本书为国家哲学社会科学基金项目"美国文学现代化进程中的荒野意象研究"（项目号：14BWW043）终期成果，结项良好。

美国文学现代化进程中的荒野意象

南方 ◎ 著

中国社会科学出版社

图书在版编目(CIP)数据

美国文学现代化进程中的荒野意象/南方著. —北京：中国社会科学出版社，2024.1
ISBN 978-7-5227-3145-2

Ⅰ.①美… Ⅱ.①南… Ⅲ.①文学研究—美国 Ⅳ.①I712.065

中国国家版本馆CIP数据核字(2024)第040722号

出 版 人	赵剑英
责任编辑	郭晓鸿
特约编辑	杜若佳
责任校对	师敏革
责任印制	戴 宽

出　　版	中国社会科学出版社
社　　址	北京鼓楼西大街甲158号
邮　　编	100720
网　　址	http://www.csspw.cn
发 行 部	010-84083685
门 市 部	010-84029450
经　　销	新华书店及其他书店
印　　刷	北京明恒达印务有限公司
装　　订	廊坊市广阳区广增装订厂
版　　次	2024年1月第1版
印　　次	2024年1月第1次印刷
开　　本	710×1000 1/16
印　　张	16
插　　页	2
字　　数	224千字
定　　价	89.00元

凡购买中国社会科学出版社图书，如有质量问题请与本社营销中心联系调换
电话：010-84083683
版权所有　侵权必究

目 录

前言 ……………………………………………………………… （1）

第一章 荒野的概念溯源 ………………………………………… （1）
 第一节 荒野意象的宗教隐喻 ………………………………… （2）
 第二节 荒野意象的美国特性 ………………………………… （13）
 第三节 荒野意象的生态内涵 ………………………………… （25）

第二章 美国文学的现代化进程考据 …………………………… （38）
 第一节 美国现代化进程概述 ………………………………… （39）
 第二节 美国荒野文学的衍生和发展历程 …………………… （43）

第三章 美国现代化酝酿时期的"神性荒野" ………………… （56）
 第一节 美国现代化酝酿时期的荒野空间意义 ……………… （58）
 第二节 布雷兹特里特：荒野中的缪斯 ……………………… （67）

第四章 美国现代化起步期的荒野浪漫化建构 ………………… （76）
 第一节 "诗化"原生荒野 …………………………………… （78）
 第二节 霍桑虚实相间的道德荒野 …………………………… （83）
 第三节 惠特曼和红杉树：荒野中的文明化身 ……………… （89）

第五章　美国现代化转型发展期的"混融荒野"与身体拓荒 …… (97)
　　第一节　"混融荒野"中的疏离与抗争 ………………… (101)
　　第二节　地方感的重构 ………………………………… (108)

第六章　美国现代化成熟时期的工业拓荒与荒野警示 ……… (118)
　　第一节　杰弗斯与"非人类主义"预警 ………………… (121)
　　第二节　卡森与荒野警示 ……………………………… (132)
　　第三节　福克纳的荒野情结 …………………………… (141)

第七章　美国后现代化时期的"符号荒野"与精神拓荒 ……… (152)
　　第一节　荒野异质空间 ………………………………… (155)
　　第二节　西部荒野神话的重构与复写 ………………… (169)

结语 ……………………………………………………………… (210)

参考文献 ………………………………………………………… (216)

前　言

　　自然变化、社会发展、文学繁荣，这三者始终互相依赖，密切相关，也是全面认识人类、社会、文明的前提条件，而人类对自然的响应始终是一个活跃的研究前沿。[1] 地方是人类世代生存繁衍的立身之本，是我们之于地球的一切经验之基础，人类发展的历史轨迹始终镶嵌在地方变迁之中。地方概念最初囿于地理学的实体性特征层面，20世纪70年代以来，随着环境运动和文化研究的日益高涨，地方概念开始脱离传统地理学意义发生文学转向。华裔美国地理学家段义孚曾指出"地方是可感价值的中心"[2]，相对于空间来说，地方更能引发联想与遐思，由此，地方理论开启了与文学批评渐融的新局面。美国生态批评家劳伦斯·布伊尔（Laurence Buell）也进一步明确了其理论指向："地方概念至少同时指示三个方向——环境的物质性、社会感知或建构、个人影响或者约束。"[3] 这一定义将地方与自然环境、历史文化和个人情感联系在一起，也使地方演绎为体察社会文化发展的独特话语机制。置身于不同的历史阶段，不同环境下，个体参与地方的体验迥然不同。在空间文学研究中，"空间"是一个适用于复杂的思想

---

[1] ［美］段义孚：《恋地情结》，志丞、刘苏译，商务印书馆2019年版，第4页。
[2] ［美］段义孚：《空间与地方：经验的视角》，王志标译，中国人民大学出版社2019年版，第4页。
[3] Laurence Buell, *The Future of Environmental Criticism*: *Environmental Crisis and Literary Imagination*, Oxford: Blackwell Publishing, 2005.

— 1 —

集合的抽象术语。"我们对空间区域的判断都要服从于我们一般性的区域概念，在某种程度上它们都是由其与身体方位的关系来决定的。"① 我们是通过身体的方位搞清楚事物所处的区域以及整个系统中事物彼此的相对位置的。而地方是一个"具有意义的有序的世界"非常关键的概念，人通过其唯一的存在性形成一种空间图式。

美国的现代化和工业化发展迅速，举世瞩目，不论在速度、规模和达到的高度上，都史无前例。第二次工业革命前，美国还是一个二流国家，但短短30年，就已经将英、法、德远远落下，1893年，美国经济就已经跃居世界第一，并于第二次世界大战后成为超级大国，优势一直保持至今。美国的现代化能在较短时期内取得如此耀眼成就，使得其成为学者们一直饶有兴趣的研究课题。人们习惯于认为美国成功地实现现代化，是因为丰富的资源、不断的外来移民和广阔的西部土地这三个美国自身得天独厚的条件。但看待一个国家的现代化，不能静止地考虑其固有条件，更重要的是要对其环境、人及其相互关系进行深入探讨。② 在许多专门研究现代化的学者们眼中，"现代社会和传统社会的主要区别在于，现代人对自然环境和社会环境具有更强的控制能力"。③ 农业普及以后，人们通过开垦土地，发现自己能控制地球的生产力，可以不再只是依靠大自然的仁慈作为生存的唯一途径，便开始失去了对土地的崇敬，忘记了自然在农业生产中的作用，而是把自己当成了原材料产品的创造者。这种对种植的态度使自然环境的重要性减弱到了最小。环境史的研究成果表明，美国从殖民主义时期农业拓荒到工业迅速崛起的现代化历程，可以说是几千年来人类与自然关系的缩影。④ 工业化的节奏加快势必会给人们的经济生活带来天

---

① ［美］段义孚：《空间与地方：经验的视角》，王志标译，中国人民大学出版社2019年版，第28页。
② 李庆余：《美国崛起和大国地位》，生活·读书·新知三联书店2013年版，第11页。
③ Samuel P. Huntington, "The Change to Change: Modernization, Development, and Politics", *Comparative Politics*, Vol. 3, No. 3, 1971, p. 286.
④ 付成双：《美国现代化中的环境问题研究》，高等教育出版社2018年版，第1页。

翻地覆的变化，给环境带来灾难性的破坏，反过来也必然会对文化和精神生活造成影响。

地理学家大卫·哈维（David Harvey）指出，在以"现代化、资本积累以及空间凝缩"[①]为主要特征的后现代现实下，地方性质发生了本质转变，亟待我们重新审视地方观念。现代化进程导致前所未有的地方环境恶化，地方的均质化发展趋势滋生地方认同弱化和意义贬值，消费文化使得地方成为极不真实的存在，无止境的移动空间使人们对地方很难产生依恋，传统意义上的地方历史文化底蕴和情感依附渐趋消逝，地方感正在面临消亡的严峻危机。因此，本书旨在选取荒野意象为切入点，将美国文学发展置于这个国家现代化进程中加以观照，通过梳理现代化酝酿期、起步期、发展期和成熟期等不同历史阶段美国代表作家、作品对荒野的刻画，将荒野作为地方概念的一个重要维度，剖析其背后的宗教、生态和隐喻内涵的同时，梳理人类对"荒野"地方感的依附，把握人与自然的关系变迁和发展规律。

在传统认知中，荒野既是充满希望与自由之地，又是险象丛生、令人畏惧的深渊。17世纪早期，一群勇敢的欧洲探险家乘着"五月花号"帆船到达了这片未知的蛮荒大陆。他们来到这里，希望在这里扎根、安家，但广袤而荒芜的北美大陆并不是一片乐土，这里遍布着各种危险——严酷的自然环境、野蛮的土著人，都是对这些荒野探险家的极大考验与挑战，但这也是机遇与自由的温床，来到这里的探险家望着公平和机遇。而这些在古老而腐朽的欧洲是不可能实现的，他们认为只有在北美大陆这片蛮荒而原始的大地上才有可能得到，虽然危险环绕，吉凶难料，但他们始终对生存和安居抱有信心。由此，可以说美国文明就是建立在荒野之上的，而荒野也就自然而然地成为美国文学中的核心意象，自始至终贯穿美国文学的发展。

[①] David Harvey, *Justice, Nature and the Geography of Difference*, Cambridge: Blackwell Publications, 1996, p. 305.

一　国内外研究述评

"荒野"是美国文学中的重要隐喻之一，也是生态学研究中一个极为重要的概念。在美国蛮荒开垦的现代化进程中，荒野意象的内涵也在不断引申变化。从魑魅显灵的可怖之处或流放之所，到昭示圣谕之地，再到人类与自然二元对立中的一级，以及人类理想化的最终归宿，清晰地体现着时代的更替和文化观念，尤其是人类生态意识的流变。

20世纪40—60年代的传统文学和思想史对美国文学作品及其所蕴含的主题、神话和元叙事影响深刻[1]，主要论著包括亨利·纳什·史密斯（Henry Nash Smith）的《处女地》（1950）、R.W.B.刘易斯（R.W.B. Lewis）的《美国亚当》（1955）、理查德·蔡斯（Richard Chase）的《美国小说及其传统》（1957）、莱斯利·费德勒（Leslie Fiedler）的《美国小说中的爱情与死亡》（1966），以及里奥·马克思（Leo Marx）的《花园中的机器》（1964）。这些思想家都不约而同地将美国荒野作为重要的史学研究焦点，从不同角度阐述了荒野与文明的冲突演变，以及荒野对美国国民性格形成的作用。

纵观荒野研究，从历史和地理视角出发对其进行诠释，是众多学术作品中出现较早也最为繁盛的一隅。这一领域最早也最权威的声音当属弗雷德里克·杰克逊·特纳（Frederic Jackson Turner）的巨著《美国历史上的边疆》（1920），特纳在书中提出了著名的"边疆假说"，强调了荒野对塑造美国民族意识的重要意义；罗德里克·纳什（Roderick Nash）出版于1967年的《荒野与美国思想》被认为是荒野研究的权威之作，也是第一部从思想史角度全面系统论述荒野的著作。

---

[1] ［美］埃默里·埃利奥特、克莱格·萨旺金：《美国文学研究新方向：1980—2002》，王祖友译，《当代外国文学》2007年第4期。

迈克斯·奥尔斯萨格（Max Oelschlaeger）编纂了《荒野的概念：从史前到生态学时代》（1991）一书，焦点在于呈现荒野的历史变迁，两者为后来的荒野研究学者提供了全面而详细的史料依据。

20世纪后期，美国的荒野研究著作大多把目光聚焦在了特定的自然写作作家和生态学家，比如霍尔韦·R. 琼斯（Holway R. Jones）的《约翰·缪尔和塞拉俱乐部：约塞米蒂之战》（1965）、简·贝内特（Jane Bennett）的《梭罗的自然：伦理、政治与荒野》（1994）等，论述这些作者在不同时期对荒野概念的解读和荒野保护意识。弗兰克·伯根（Frank Bergon）在《荒野读者》中选取记述了探险家、拓荒者和环保主义者等荒野观察者们对这片土地的个人体会。

进入21世纪，国外学者对荒野的研究切入点逐步显现出新的跨学科趋势变化，引入了环境学、人文地理学等学科的最新观点。罗伯特·约瑟夫·布劳特（Robert Joseph Brault）的《荒野写作：十九世纪美国文学中的土地保护、保存和居住》（2000），格雷戈里·李·伯德（Gregory Lee Byrd）《美国现代文学中的沙漠之地荒原：1900—1940》（2001）分析了现代主义文学中的沙漠和荒野书写，艾米·克莱瑞（Amy Clary）的《文本地形：美国文学、法律和文化中的荒野》，德莱西·克莱格（Delancey Craig）在其研究《荒野的生态概念》（2012）中将荒野定义为一个丰富而复杂的可持续性生态系统。进入21世纪第二个十年后，有学者开始关注荒野隐喻在美国文学发展中的演变。凯利·恩来特（Kelly Enright）在《荒野极限：美国文学中的丛林》（2012）中通过分析约翰·缪尔（John Muir）、威廉·比伯（William Beebe）、理查德·舒尔茨（Richard Schultes）和威廉·巴勒斯（William Burroughs）等20世纪早期美国自然学家的作品和观点，追溯了"丛林"在美国文化中的地位，认为"丛林"概念也是大众文化的产物，那些去往热带雨林的人们也是在逃避现代文化。

2014年，乔纳·拉斯金（Jonah Raskin）所著《美国文学中的荒野》一书出版。他在书中对梭罗前后的诗人、小说家和散文家笔下的荒野呈现进行了详细全面的梳理，可以算作是从当代生态危机视角出发，系统审视美国文学的首部文化研究著作。他认为，在美国文学发展进程中，荒野不仅是灵感源泉，也是经典主题。他对美国荒野隐喻力量的独特分析再次唤起了人们的记忆，重述荒野这一持久散发魅力的主题对如何在当今现代社会对自然保有敬畏有着重要意义。

国外文献从最初的宗教视角到近年来的生态主义批评，对荒野研究的相关成果较为丰富，主要可以分为三类。第一类观点主要从历史时间、空间地理、哲学以及生态批评角度切入梳理了荒野的概念，比如李·克拉克·米切尔（Lee Clark Mitchell）的《消失的荒野及其记录者对19世纪美国文学的"进步"的担忧》（1975），戴尔凡·艾弗利（Dale Van Every）的《到美国第一边疆荒野去》（1961）。第二类观点是将荒野置于宗教和神学范畴进行分析，阐释宗教因素对于美国荒野的形成和过程的影响，如：艾伦·海默特（Alan Heimert）的《清教主义、荒野与边疆》（1953），乔治·赫兹顿·威廉（George Huntston Williams）的《基督教历史中的荒野和天堂》（1962），对荒野对基督信众的心理影响进行了研究，认为荒野在当时的北美就是避难所和保护伞。步入21世纪，更多的批评家进一步采取跨学科视角，例如马尔科姆·克莱门斯·扬（Malcolm Clemens Young）在其著作《荒野中的无形之手》中将经济学、生态学和神学研究综合在一起，指出环境退化并非源于人类对自然的盲目愤怒，而是源于为了适应不断变化的技术、生态和人口现实演变而成的复杂符号系统。第三类观点主要关注代表性生态作家或作品中的荒野呈现，主要作品有：约翰·C. 埃尔德（John C. Elder）的《约翰·缪尔与荒野文学》（1981），唐纳德·沃斯特（Donald Worster）的《梭罗与美国人对荒野的热情》（2008），阿伦·沃森（Alan Watson）等发表在《生态与社会》上的《传统智慧：保护荒野文化图景》（2011）一文曾提到："保护（美国）土著居民与北美通常称之为'荒野'的这一相对完整、复杂系统之间的关系,是促进景观和文化遗产可持续性的一个重要因素。"①

杰夫瑞·比尔布若(Jeffrey Bilbro)在《热爱神之荒野:美国文学中生态伦理的基督教根源》一书中也提出了其主要观点:"基督教神学极大地影响了美国人对他们与自然世界关系的认知。"他认为,殖民主义时期清教徒的信仰和行为塑造了"美国人理解和利用自然环境的方式",同时,通过分析典型自然作家的作品,他也强调了清教主义赋予荒野概念的神学含混性,即"荒野可能是魔鬼的地盘,故而须开发;但也是上帝对选民的原始昭示"。荒野概念从一开始就彰显了动态性的张力。

国内对美国文学中的荒野隐喻研究起步相对较晚,且研究集中于分析具体时期、具体作品的个案研究,成果多为期刊论文,主要有以下方向:重视殖民主义时期文学中的荒野书写;强调荒野在美国文学传统中的血脉作用;剖析早期美国文学中的荒野描写与当今生态诠释的不同;通过重读文学作品,还原美国自然荒野原始狂放的独特气质;展示美国文学从建国伊始就有别于古老欧洲的自然观。

1990—2000年的外国文学研究中,很少有学者关注荒野概念或荒野意象,只有屈指可数的文章谈到了霍尔姆斯·罗尔斯顿(Holmes Rolston)的作品,推介荒野的哲学转向。2000年,国内美国文学研究领军人物之一杨金才教授发表了《论美国文学中的"荒野"意象》一文,迄今为止仍被认为是荒野文学研究领域的里程碑式成果。其中"荒野意象是整个美国文学发展中的主要母题之一,并形成了美国文学的传统"② 这一重要论述被后来者反复提及和引用。文章通过研究不同时期美国经典作家作品,尤其是霍桑(Nathaniel Hawthorne)小说中的荒野隐喻内涵,认为"美国文学中的荒野是森林的代名词",具

---

① Alan Watson, Roian Matt, Katie Knotek, Daniel R. Williams and Laurie Yung, "Traditional Wisdom: Protecting Relationships with Wilderness as a Cultural Landscape", *Ecology and Society*, Vol. 16, No. 1, Mar. 2011, p. 1.

② 杨金才:《论美国文学中的"荒野"意象》,《外国文学研究》2000年第2期。

有二元性象征意义。

21世纪以来,社会学、汉语言文学学科对荒野这一概念有了更多理论层面的思考。受罗尔斯顿荒野的美学价值研究影响,出现了理论反思与建构的相关文章,比如探索荒野审美价值的文章,从时间、空间和情感维度剖析了荒野的审美价值,以及与人类之间的深刻联系[1];但多是理论推介,解读罗尔斯顿的思想,或是对自然中心主义生态伦理学的困境及其根源进行辨析。这一阶段的研究者提到"荒野"一词,更多是取其在哲学或生态学范畴的理论意义,抑或其广泛的引申义,少有谈及其在文本中的应用。外国语言文学研究仍旧没有对"荒野"概念的衍生和在文学中的流变给予足够关注和系统研究。从2007年开始,关注荒野文学研究的论文开始出现并逐渐增多起来。一些学者对美国文学部分作品中的荒野呈现进行了梳理,开始从社会历史和文化传统两方面挖掘这一意象原型,比如《红字》中反复出现的"森林与荒野"意象;这一时期的研究关注点从诸如杰克·伦敦(Jack London)、赫曼·麦尔维尔(Herman Melville)等典型自然文学作家,开始向两端延伸扩展,对殖民时期文学和20世纪文学中的荒野意象进行了梳理和解读。陆续有学者开始将美国自然文学作品作为研究对象,《瓦尔登湖》可谓最典型的文本之一,其中亨利·大卫·梭罗(Henry David Thoreau)既践行了超验主义思想,即简化物质生活,追求精神富足,又在与荒野亲密接触的同时,无比信服地让人们警醒,去关注自然的内在价值;对梭罗、缪尔等自然写作作家予以关注,除运用文本细读法解析了其作品中的自然观之外,还从弱势群体,诸如印第安人的视角出发,对荒野进行了诠释。2009年国内学界出现了一篇较有影响力的文章,即朱新福教授的《美国文学上荒野描写的生态意义述略》,梳理了殖民主义早期、浪漫主义时期以及现当代代表性作家经典作品中的荒野描写,剖析了不同阶段美国人的自然观及荒野的生态

---

[1] 王惠:《论荒野的审美价值》,《江苏大学学报》(社会科学版)2006年第4期。

意义。

2010年以后国内相关荒野文学研究可以概括为三种趋势：其一，追踪20世纪西方环境哲学关于荒野概念研究的进展，从环境学、生态学角度切入梳理"荒野"概念的缘起，荒野保护运动的由来、发展，探讨人们对荒野的认知。其二，把荒野作为生态主义批评范畴中的一个重要概念，从生态女性主义视角出发剖析女性作家笔下的自然呈现，以及两性之间、人类与自然之间的二元对立关系。其三，把荒野作为一种文学隐喻和重要意象的研究论作更加繁荣，具体可以体现在以下三点：一是把荒野作为自由的象征，探讨个体在荒野空间中如何保持一种自然状态下的独立存在，主要集中在杰克·伦敦等典型自然主义作家；二是通过荒野所蕴含的宗教意义，重新解读经典作家作品；三是把荒野作为一个承袭国家叙事的核心空间符号，探讨加拿大、澳大利亚等国家早期移民"在建国过程中因为时空位移的改变而造成的位置困惑和身份焦虑"[①]，体现了文学研究的空间转向。研究多集中在梭罗、缪尔、西奥多·德莱塞（Theodore Dreiser）、威廉·福克纳（William Faulkner）、奥尔多·利奥波德（Aldo Leopold）、爱德华·艾比（Edward Abbey）和加里·斯奈德（Gary Snyder）。对自然写作、荒野叙事的关注开始拓展到更多的美国作家，如玛·金·罗琳斯（Marjorie Kinnan Rawlings）的自然文学经典之作《克罗斯小溪》以及美国以外的作家；同时也呈现出多元文化研究趋向，荒野不仅是文学的经典母题，也是电影研究的热点之一，有学者将《荒野生存》《荒野猎人》等典型影片的人性、善恶、复仇等传统主题和叙事结构等作为研究对象。

纵观国内荒野文学研究，对荒野这一概念的把握多为二元论，其中有代表性的观点为：殖民主义时期的荒野意象既是上帝恩赐的自由与希望，也是魔鬼的诱惑与阻挠；随着美国工业化进程不断深化，荒

---

① 袁霞：《艾丽丝·门罗〈荒野小站〉中的民族国家叙事》，《东北大学学报》（社会科学版）2016年第3期。

野不断消失，人们受浪漫主义思潮影响，又开始怀旧，荒野作为财富象征的同时，也逐渐回归成为心灵的荡涤剂。实际上，荒野自始至终都是一个复式声音，呈现着多元含义。但遗憾的是，目前学界相关荒野意象研究中有很多论点或有失偏颇，或经不住推敲，例如曾有研究者认为"荒野一直被当做否定、负面的词语，直到18世纪末，否定性评价才渐渐消解"。[①] 这种说法未免有失公允。无论是在西方视野还是东方理解中，荒野始终是一个内涵丰富、充满不确定性的词语。就西方文明而言，基督教和《圣经》的影响自然不言而喻。圣经中对荒野的描述和诠释也并非始终否定、负面，而是充满了含混性。此外，还有学者认为，踏上北美大陆的清教徒"对荒野的认知应粗略以19世纪末为拐点，历经了由害怕和征服向珍惜与保护的改变"。[②] 此种观点对殖民时期白人对荒野的认识和态度分析趋于简单化，真实情况是，从来到新大陆的最初一刻起，清教徒们对于荒野的态度就始终是复杂的，有恐惧也有期待，有征服也有尊重。再有，"对荒野观念的转变来自欧洲浪漫主义哲学运动，浪漫模式认为荒野象征着纯净与洁白"[③]。而真实情况是，荒野概念内涵之所以转变，首先源于真实生产生活的需要、现代化进程的需要，继而在文学作品中有所投射，再反作用于人们对荒野的理解，而不是作家们首先认为荒野纯净，所以才改变人们的认识。由此可见，对于荒野意象在美国文学，乃至世界文学中的重要地位毋庸多言，无论中外学者，都能就此达成共识，但国内相关荒野文学研究的系统性和规范性还有待进一步提高。

二　选题的价值和意义

荒野隐喻不仅贯穿了美国最初殖民和独立战争时期，在其后的西

[①] 焦文倩：《孔子思想中的荒野范畴及其价值探究》，《襄阳职业技术学院学报》2016年第5期。

[②] 滕海键：《1964年美国〈荒野法〉立法缘起及历史地位》，《史学集刊》2016年第6期。

[③] 毛严正：《荒野哲学的发展与对环境伦理价值观的影响》，《商》2016年第5期。

进运动、农业化向工业化转型,世界大战等现代化及城市化进程的酝酿、起步、发展、成熟等各个时期,同样意义重大。荒野意象的演化与美国文学的现代化进程以及美国生态意识发生发展有着深刻而复杂的关联性。美国建国伊始就是在荒野之中,荒野观念的变迁对美国民族性格的形成有着重要作用,同时,对美国文学的发展走向也产生了深远影响,梭罗、惠特曼(Walt Whitman)、安妮·迪拉德(Annie Dillard),不断有作家从自然界中寻找材料来了解自己,致力于寻找改善美国人与环境关系的方法,为构建"荒野神话"贡献着自己的力量。对他们来说,自然是一种恢复活力的良药;进入20世纪,又不断有学者重新审视和修正这一文学传统,打破固有史诗框架的民族传奇的同时,也建构了新的美国神话。从这个意义上说,荒野意象自始至终都是美国文学中的核心命题,根深蒂固地彰显着民族情感和文化意识。但迄今为止尚无学者将荒野隐喻作为对象,对其在美国文学现代化进程中不同阶段的内涵、发展轨迹和趋向进行系统、详细的专项研究。

因此,本书把荒野意象置于美国现代化进程中不同时期的思想、文化背景之下进行综观和探究,对每个阶段美国文学中的荒野的刻画进行梳理、整合,提炼这一概念隐喻的不同内涵,寻找并勾勒背后折射出的美国文学传统演变轨迹、特殊的艺术本质和特色,产生、存在与发展的必然性,预见其可能的前景,对美国文学中的荒野书写对当代美国生态批评思潮的形成与变化赋予的启示也给予了关注。

创新之处体现在三个方面:第一,重新审视荒野意象在美国文学发展中的历史地位,系统探究荒野意象演化与美国现代化进程以及美国生态意识发生发展之间的关联性。第二,摆脱学界对于荒野意象的定式研究,不孤立探讨荒野描写集中的个别时期,把荒野意象作为贯穿美国文学的中心隐喻之一,对其流转影响进行专门、整合研究。第三,把荒野意象置于美国现代化进程的四个阶段中加以分析,归纳提炼出荒野隐喻内涵发展过程中的异同,以此折射出美国文学传统中拓荒主题的时代演变，论证荒野情结和西部化趋势的存在，梳理挖掘当代美国文学研究的崭新视角。

荒野这一概念无论是在自然、历史还是环境生态研究领域，都有着深远的内涵，以美国文学为研究对象，梳理荒野意象的嬗变，某种意义上说，就是试图在自然与社会间架起桥梁，采取跨学科视角，考察美国历史上人与自然的复杂变化。研究方法可概括为三类：首先，运用跨学科研究方法，引入社会学关于美国现代化进程的研究成果，构建课题的理论线索；其次，以生态主义批评理论和空间地理学为主要研究框架，阐述美国文学现代化进程中各个时期荒野意象的空间意义与艺术特征；最后，以比较研究的方法详细探究现代化进程不同阶段荒野意象隐喻内涵的同质性与异化。

总之，本书旨在对荒野意象这一概念隐喻进行溯源梳理的基础上，以美国现代化进程的酝酿、起步发展、成熟和过渡时期为研究区间，着重阅读、梳理17世纪殖民主义时期到20世纪末期的美国文学作家作品，分析其中荒野意象的刻画和演变，以生态主义批评和空间地理学为研究切入点，重新审视美国西部这片土地上人类与自然的关系史。

三　研究内容和理论框架

本书共由三部分构成，包括前言、正文（七章）、结语。第一章主要是对"荒野"这一概念隐喻进行学术溯源，分为三节：荒野意象的宗教隐喻、荒野意象的美国特性和荒野意象的生态内涵。第一节首先从神学角度对荒野意象进行了梳理和诠释。"荒野"这个词源于盎格鲁—撒克逊语，根据西欧文明最早的文字记录，荒野是可怖的魑魅显灵之处。当犹太教《圣经》成文时，它基本被视作矛盾的象征，因为上帝曾在这里为魔鬼所惑；在亚当和夏娃被逐出伊甸园后，荒野是流放之地；而当亚伯拉罕领导人们在荒野中建立起国家，当摩西领导以色列人穿越荒原重返家园的时候，荒野又变成昭示神谕的神圣之地。

因此，《圣经》作为西方文明的根基，从一开始就呈现出了多元化的荒野意象，并非如前述学者所讲为象征自由和邪恶的"二元化"对立。

第二节探讨了荒野意象的美国特性，以及它在美国国家和民族形成发展过程中的重要地位，主要表现为以下三点。其一，荒野本就适合移民的新世界，特别是美国当初未开化的景致和独特分明的自然文化力量，因此，美国建国初期，荒野就展示出了强烈的"悖反性"。荒野自开始就是"文明的反题"；既代表着边疆英雄主义，同时又因为现代化进程中对环境的破坏，而充满耻辱和负罪感；在欧洲人看来，"荒"野其实是印第安人的家园，因此，处女地假说并不成立。其二，荒野是美国西部神话的重要载体，无论是牛仔神话、花园神话，还是边疆神话，荒野都是一种刻意的想象建构物，目的是从当时的文化困境中寻得出路。其三，荒野意象还是理解美国国家"游戏规则"的关键线索，从人们对待西部荒野的态度变化中，可以窥见美国传统建国神话叙事，西部荒野无疑是美国文化接受的唯一一个区域性长信号，既是美利坚民族国民性的基础，也是美国建国元叙事中最持久也最精致的部分。

第三节将荒野置于生态批评思想发展范畴内进行了阐述。随着现代化进程的不断加快，科学原理的产生冲破了惯有的价值观和象征意义。荒野不再是抒情思怀的想象之域、浪漫主义诗歌中的文学典范，也不再是野生动物躲避人类逐利从商所致劫难的安居之所，而是被理性驯服，自然被人类主属，沦为功用之物。生态主义批评最早在美国萌芽，也是在这里发展最为繁荣。

第二章总结概括了美国文学的现代化进程，旨在结合已有对美国历史时期划分和美国现代化进程的研究，梳理美国文学现代化进程的大致阶段。包括两节内容。第一节吸收社会学的已有成果，简要还原了美国的现代化进程的发展脉络。美国现代化可以划分为经典现代化和新现代化两大阶段。其中，经典现代化以工业化为重要标志，美国工业化的起点大约是1790年；美国经典现代化的完成时间，是1960

年前后,①之后进入第二次现代化时期。在这一进程中,美国政治、经济、社会、文化各个方面都发生了重要变化。根据以上社会学研究成果,对美国文学的现代化进程进行了考据,把美国文学的现代化进程划分为酝酿、起步、发展、成熟和向后现代化过渡五个阶段,分别对应殖民地和独立战争、西进扩张和工业转型、世界大战和战后繁荣六个历史时期,总结各阶段文学中的荒野描写和隐喻变迁特点,给出科学依据。

第二节讲述美国荒野文学的衍生和发展历程。荒野文学作为一种文学类属,在美国发展最为繁荣,具体可从荒野叙事、荒野隐喻和"野蛮体"三个维度进行剖析。其中,荒野叙事又可细化为美国现代化酝酿时期的旷野记述、起步发展期的自然写作,以及西部荒野神话叙事和囚禁叙事等范畴;荒野隐喻作为美国文学史上重要修辞之一,准确生动诠释了"摒弃和寻求"这一普遍主题,其中渗透出来的逃离欲和地方感背后是典型的文化地理学空间结构。不同时期荒野隐喻的演变也体现了从空间向地方过渡,从拥有"位置感"到最终失重"无地方"的过程中,人类对荒野、对地方的依附,从而凸显美国文化意识和价值观的形成与变迁。

随后,以上述时期为美国现代化进程的分界点,详细展开对美国文学传统中荒野意象的细读梳理,探讨了美国文学现代化进程中的荒野意象流变,分别为美国现代化酝酿时期的"神性荒野"、美国现代化起步期的森林荒野和身体拓荒、美国现代化转型发展时期的"混融荒野"和工业拓荒、美国现代化成熟期的荒野警示,以及美国经典现代化向后现代化过渡时期的"符号荒野"与精神拓荒。旨在纵向考察荒野意象在美国文学史中从二元化到多元化的演变,历史性与隐喻性的交融,摸索其发生发展内在规律,求证20世纪美国文学呈现出来的西部化趋势。

---

① 张少华:《美国早期两条现代化道路之争》,北京大学出版社1996年版,第6页。

前言

第三章探讨了美国现代化酝酿时期，即殖民地时期（1607—1775）和独立战争时期（1775—1783），美国仍是传统农业社会主导的背景下，荒野意象在文学作品中的呈现。一个地方之所以称为"地方"，就是已经区别于它之前所属的未分化的抽象空间，两者之间是不能轻易相互转化的。但荒野却既有空间特性，也有地方属性。最初清教徒到达北美大陆的时候，荒野的地理概念空间呈现的并不是干旱少雨、黄沙满地，而是一望无际、动植物资源极其丰富的森林。哲学家詹姆斯·K. 费布尔曼（James K. Feibleman）指出："在任何生活中，与其说事件的重要性更直接地与它们的广泛性相关，倒不如说与它们的强度相关。"清教徒刚刚到达北美大陆时，面对与欧洲传统有序的花园截然不同的狂放荒野，所受到的震撼和冲击强度可想而知。在约翰·史密斯（John Smith）、安妮·布雷兹特里特（Anne Bradstreet）、威廉·布拉特福德（William Bradford）、菲利普·布鲁诺（Philip Freneau）等作家笔下，荒野散发着独特原始的自然力量，同时，又反过来受人们的宗教信仰和心理模式的影响，充满了神性，这一点在安妮·布雷兹特里特的诗歌中体现最为明显，荒野对她来说是净化灵魂之地，在与荒野的接触体验过程中人类会听到上帝的声音，发现真实全新的自我。

第四章美国向西扩张时期（1815—1860）是其现代化的起步期。"对于游牧民族而言，生活的周期性需要在两个层面上产生地方感，即对营地的地方感和对它们迁徙所经过的极为辽阔的领地的地方感。"[①] 进入19世纪后，随着美国城市化速度直线上升，人口不断增长，农田与居住地区迅速向西推进，荒野的地方属性也逐渐占据绝对优势，之前的森林空间不断缩减，东部的文学家们与艺术家们越来越警醒，意识到荒野正在迅速消失。因而，这一时期在美国工业化进程

---

① ［美］段义孚：《空间与地方：经验的视角》，王志标译，中国人民大学出版社2019年版，第151页。

不断加快的过程中，文学中荒野的浪漫主义建构趋势越发明显，出现了"诗化"荒野，颂扬"未受污染的、淳朴的、美好的"原生状态，费尼摩尔·库柏（Fenimore Cooper）、布莱恩特（William Cullen Bryant）、爱默生（Ralph Waldo Emerson）、梭罗等作家代表的美国文学中，"荒野"以原始森林为主要意象呈现在读者面前，超然纯净，远离喧嚣的文明，独立于工商业社会之外；同时，霍桑和爱伦·坡（Edgar Allan Poe）也通过刻意"魔化"荒野意象，引导人们开始思考其内在价值。他们笔下的荒野"阴森荒凉"，是现实空间和虚拟空间的交汇物，也是人类本性显现的地方，更是道德接受考验的场所；他们眼中的古屋"倾颓腐朽"，代表着"人类创造出来的邪恶机构"，通过对这一文明象征的描绘，对当时的美国社会现实和城市前景表达了深深忧虑。这一时期的美国文学作品中总渗透着一种对于自然与文明、乡村与城市之间关系的不确定态度，人们一边享受现代化进程带来的便利，一边试图在满是机器的城市喧嚣中找到更多的纯净自然。在惠特曼的诗歌中，文明之斧的挥舞削减了荒野的神性或是魔性，使其渐渐变成了自然与文明之间的"中间地带"，但读者在他的作品中却很难察觉到自然与文明的冲突，相反，森林甘心让位于拓荒者，一切交融和谐。

  第五章主要探讨美国现代化转型发展时期（1861—1913）文学作品中的荒野意象。在这一时期，荒野的地理空间概念发生了变化，从森林边疆过渡到了草原边疆。实际上，早在19世纪上半叶，美国人拓殖的先锋就已经到达了草原区，但当时的平原干旱如荒漠，因而迫使他们将移民方向改道向了西北和西南部。随着南北内战的结束，美国东部和远西部地区的森林空间都被移民占据之后，西部平原才成为最后一片拓疆土地。[①] 这一时期的文学比以往任何时候都更关注自然。从农业国家向工业国家的转变引起了人们价值观和生活态度的巨大变

---

① 付成双：《美国现代化中的环境问题研究》，高等教育出版社2018年版，第243页。

化。妇女也从压迫和蔑视的枷锁中解脱出来，越来越多的女性成为家庭的主导角色，而男性则因走入城市导致缺失。萨拉·奥恩·朱厄特（Sarah Orne Jewett）、薇拉·凯瑟（Willa Cather）和玛丽·奥斯汀（Mary Austin）是这一时期少有的几位独自走进大自然、体验文明城市和自然场所之间区别的作家。她们也把目光投向遥远的沙漠或荒凉的海岸，但与之前男性同行相比，她们笔下的荒野往往是可居住的，以乡村和小镇为典型环境，探索当地人民的日常生活，记录下巨大的变化，诉说着西部乡土的异化与挣扎。

第六章关注点为美国经典现代化成熟期，即两次世界大战（1914—1945）期间的文学作品。20世纪初，美国进入大众消费阶段，工业化迅速发展，城市化快速推进，文明进一步扩张的代价是严重的资源浪费和环境破坏，人类与自然之间的距离不断拉大。蕾切尔·卡森（Rachel Carson）在其系列自然写作作品中首次进行了毒物描写，她笔下的荒野表现出的是一种沉默的姿态，但却对人类为一己私欲而蹂躏自然进行了最有力的谴责；罗宾逊·杰弗斯（Robinson Williams）诗歌中科学意象的频繁出现，"非人类主义"的激进态度，对自身种族的不稳定性和非永恒性、对人类中心主义做出了深刻预警；而威廉·福克纳则通过怪诞的意象比喻，展现了其小说中蕴含的生态警示性内核和荒野情结。

第七章讲述了战后繁荣时期（1945—1960），这一现代化社会向后现代化社会过渡期文学中的荒野意象。空间与地方具有生态意义、历史意义、产生重要话语，是建构情感的重要空间和承载集体记忆的重要场所，而荒野是美国人地方感的一个重要来源和基础。1960年以后，美国进入谋求生活质量的后现代化社会，农业人口不断萎缩，科技膨胀，持续削弱人与自然界打交道时的生存意义。美国文学创作呈现出了强烈的多样性和复杂性。荒野意象也不再是传统中的物质空间，而是呈现出更多的异质特征，或为诺曼·梅勒（Norman Mailer）笔下的外层空间，或是托马斯·品钦（Thomas Pynchon）作品中的超自然平原,成了一种符号,更多是在象征自然的秩序,真正的荒野其实存在于不断蔓延的城市之中,在这里,传统荒野叙事中的男性纽带断裂,两性角色颠倒。

从踏上新大陆到走入 21 世纪,美国作家对荒野神话的描述、记录、想象和追寻始终没有停止,他们不断回到过去,通过不断地重构复写,去获得对自己身份新的认识,同时使得荒野这一意象越发丰富,引人瞩目。在这张复写地图里,美国西部小说无疑是记述荒野最为典型的一个标志。以拉里·麦克默特里(Larry McMurtry)为代表的后西部小说家,通过描写破碎的家庭、集体、个人信仰等,解构了殖民时期聚为一体的荒野群体性经验,对美国民族叙事自身进行了重写。但他们又与一味颠覆的"反西部"作家不同,而是通过在真实历史和虚构文本、通俗文学与严肃文学之间搭建桥梁,深度绘制了一幅全新的"复调荒野"图景。这种立足于对荒野概念的理解、在西部地方空间中扎根、承担对地方的深层义务以及将荒野重新神圣化的努力,在全球城市化和去乡土化临近、无土时代来袭之际,显得尤为可贵。

21 世纪以来,人类与荒野之间陌生异化的距离不断拉大,荒野在人类孤独的精神拓荒中再次被当作了灵魂诗意的栖息地。从荒野讲述到毒物意识,从生态预警到反乌托邦(dystopian),从"人化自然"到"后自然",都在试图对日趋严峻的生态危机作出回应:技术好像是伊甸园的苹果,是否会吞噬人类?想象的世界是否会变成现实?地方是整合人类思想、记忆、身份和梦想的伟大力量之一,它直接关系到人类生存依附的环境、文化和情感。人类社会的发展始终铭刻在地方之中,缺失与地方的亲密联系,人类将丧失"居"的能力。因此,我们必须在新的历史条件下重估地方的意义和价值。

美国著名人文主义地理学奠基人段义孚先生将人与地方之间的情感纽带定义为"恋地情结"(topophilia),同名著作《恋地情结》通常被地理学者和其他学科学者奉为经典引用。他在此书中论述了人类对于自然的积极态度和价值观的形成过程,以及人对自然的态度和价值观本质所在，为人地观提供了新的研究范式和分析体系。具体分为以下几点：探索人们如何认识和构建身边的世界；将其环境感受和态度看作文化的有机组成，了解受心理模式影响的感知的世界；了解民族文化对心理模式的建构；了解个体差异对世界感知的影响。[1] 荒野，就是美国人与其乡土之间情感纽带的最关键一环，映射着这个民族对自身环境的感知，对自身个体意识的认知，以及对国家叙事的建构。通过将荒野概念和隐喻内涵的变迁置于美国现代化进程发展史的大背景之下去观照、解析其地理空间和心理空间属性，我们可以看到，美国文学中荒野意象的隐喻含义变迁既与美国文学的现代化进程有着深刻而复杂的关联性，标志着生态意识在不同阶段的流变，也折射出了美国文学传统中身体拓荒、工业拓荒和精神拓荒主题的演进和更替。荒野文学作品在为人类社会的发展敲响警钟的同时，构建了一种别样的地方救赎叙事空间，蕴藏着真实历史或文学隐喻背后的生态主义思想内涵，也暗示了当代美国主流文学必然无法逃避荒野情结和西部化趋势，无疑对当下社会发展和地方建设具有重大的启示意义。

---

[1] ［美］段义孚：《恋地情结》，志丞、刘苏译，商务印书馆2019年版，第2页。

第一章 荒野的概念溯源

《汉语大字典》中"荒"字首意为"田地生草，无人耕种"。"野"为"郊外"，"广远之处"。英语中，"荒野"一词写为 wilderness，源自盎格鲁—撒克逊语"widdeoren"，其中"deoren"这个旧式英语用词意为"动物"，加上前缀"wild"便显示了"deoren"的范围，表示存在于文明之外的、不受控制或约束的动物。后来缩短为 wild-deor，指代"狂野的、无人居住的、未开垦的地方"（"wild, uninhabited, or uncultivated place"）。Wild-deor 一词最早的使用记载之一是在 8 世纪的史诗《贝奥武夫》中，意思是指"栖息在一个阴暗的布满森林、峭壁和悬崖的地带上的野蛮人和怪兽"[1]。塞缪尔·约翰逊（Samuel Johnson）在《英语大辞典》（1755）中将"荒野"与"野生、野火、野生植物"（wild, wildfire, wilding）等收录到一起，并将"荒野"定义为"粗鲁无序"（rudeness and disorder）[2]。诺亚·韦伯斯特（Noah Webster）在词典中也将"荒野"定义为"荒僻野蛮的大片土地"（a tract of solitude and savageness）。可见无论古今中外，学者对荒野的具体诠释虽不同，但均认为荒野之处无人烟。一千五百年以来这个词的基本词义都没有发生变化，始

---

[1] [美]罗德里克·弗雷泽·纳什：《荒野与美国思想》，侯文蕙、侯钧译，中国环境科学出版社 2012 年版，第 22 页。

[2] Jonah Raskin, *A Terrible Beauty: The Wilderness of American Literature*, California: Regent Press, 2014, p. 14.

终是一个富有宗教内涵和神秘色彩的人文地理学词语。

在探讨荒野这一重要概念的背后内涵时，有必要清楚几对词之间的区别。第一，"荒野"（wilderness）和"野性"（wildness）。两个词具有同样的词根 wild，意指"居于自然之中，非惯常驯服的或是家居的"。"wilderness"的词根是"will"，带有一种"我行我素"（self-willed）或者"难以控制"（uncontrollable）的意思。从这个词中产生了"wild"，在古瑞典语中，意指"不羁无序""未被驯化"的。[①] 但荒野与野性不同。荒野是人类提出的概念，用于定义特定类型的包含植物、动物和生态系统在内的野生环境。荒野不同于野性，声明荒野与人类规模一样宏大也无不适之处。野外的自然随处可见，荒野却不是。在混凝土人行道的缝隙中生长的草与在阿拉斯加布鲁克斯山脉中生活的熊一样富有野性。但是，没有人会质疑其中一个是在荒野中，而另一个却不是。第二，"荒野"和"田野"（field）。荒野不是田野，田野这个词出现在公元 1000 年，指的是开阔的空地，是"由于人类干预或意图而有种子或花朵生长的地方"。[②] 而荒野多是指"无序或混乱之景"，常与森林相联系，与田野相比，荒野是容易令人迷失或困惑的地方。在美国人心中，荒野不仅是地理概念上的地方，也是一种思想，更是一种行为。

第一节 荒野意象的宗教隐喻

最早记录欧亚西部文明的文献《吉尔伽美什史诗》，把荒野描述为威胁，是可怖的魑魅显灵之处。后来在《圣经》中也得到了证实。《旧约》中的荒野实际始终是一个本土化意象，有着确定的地理概念

[①] ［美］罗德里克·弗雷泽·纳什：《荒野与美国思想》，侯文蕙、侯钧译，中国环境科学出版社 2012 年版，第 1—2 页。
[②] Steven Stoll, "Farm Against Forest", in Michael Lewis, ed., *American Wilderness: A New History*, G. B.: Oxford University Press, USA, 2007, p. 55.

指向，并没有证据表明，它是泛指跟人类居住之处相对的"无人之境"，而是具体指代巴勒斯坦地区，尤其是西奈荒野、犹太东部的坡地和约旦河谷。① 整部《圣经》都可以用荒野这一母题来诠释，始终贯穿沙漠信仰和城市信仰之间的冲突，或者概括为由于原罪从花园（天堂）跌落，荒野中游荡，继而又见到第二个伊甸园的过程。②《创世记》开篇就有两处提到了荒野：其一是使女夏甲在撒莱抱怨她丈夫亚伯拉罕是夏甲孩子的父亲后，逃到了荒野之中；无论是随后渲染夏甲的绝望，还是为其提供一个倾听上帝旨意的场所，或者最终和她的儿子以实玛利一起受到赐福，享有这片土地，荒野都起到了非常关键的作用。（创世记，16：7）从此，荒野就成了《圣经》中事件发生的一个中心背景所在地。③

"荒野"一词在《圣经》中反复出现，这一点毋庸置疑，但有趣的是，不同学者在论著中提到引用这个词的频率时，数据不尽相同。纳什认为，在钦定版《圣经》修订版《旧约》（RSV）中，该词出现了 245 次，在《新约》中出现了 35 次，共计 280 次④；基斯·华纳（Keith Warner）在《重回伊甸园：基督教思想中荒野的神性》一文中提到，《圣经》中"荒野"一词出现了大约 300 次⑤；美国圣经协会网站显示，钦定版中"荒野"出现了 293 次⑥；新国际版（NIV）中出现了 163 次，数量悬殊的原因在于后者的翻译中用"沙漠"取代了"荒野"。

本文所引版本是英文钦定本（KJV），笔者认为"荒野"在其中一共出现 305 次。钦定译本中将"荒野"写为 wilderness，简易英文译

---

① Robert W. Funk, "The Wilderness", 78 J, *Biblical Literature*, 1999, p. 205.
② George H. Williams, *Wilderness and Paradise in Christian Thought*, Beacon Press, 1962, p. 10.
③ John Copeland Nagle, "The Spiritual Values of Wilderness", *Environmental Law*, Vol. 35, No. 4, 2005, p. 955.
④ ［美］罗德里克·弗雷泽·纳什：《荒野与美国思想》，侯文蕙、侯钧译，中国环境科学出版社 2012 年版，第 10—11 页。
⑤ Keith Warner, "Back to Eden: The Sacredness of Wilderness Landscape in Christian Thought", *Ecology and Religion: Scientists Speak*, Green Cross (1996) 28, pp. 10-12.
⑥ "American Bible Society", http://search.americanbible.org.

本（BBE）中把 wilderness 写为 wasteland，简体中文和合本将 wilderness 译为"旷野/荒野"。无论哪个版本，与荒野有关的更多是"荆棘火焰、尸首坟墓、穷乏饥饿、危险灾殃、野狗污鬼、淫行邪恶、欲心原罪"等贬义词语。荒野是"无人之地""无路之地"（约伯记，12：24、38：26），是"未曾耕种之地""幽暗之地""干旱之处，无人居住的碱地"（耶利米书，2：2、2：31、17：6）。荒野始终与有河有源有泉，有各种树木、食物、矿产的"美地"（申命记，8：7—9）相对，与"流奶与蜜"之地对立为两个极端，是信奉上帝与否的不同归宿，"等到圣灵从上浇灌我们，旷野就变为肥田"（以赛亚书，32：15）。

《圣经》中的"荒野"对应的反义词并非我们如今所理解的"文明"，而是"江河湖海""水潭"等有水之地，例如"他使江河变为旷野，叫水泉变为干渴之地"（约伯记，107：33）。《圣经》中凡荒野处必无水，更没有"牛奶和蜜"，而是"大而可怕"，布满"火蛇蝎子"，只有"坚硬的磐石""荆条和枳棘"（申命记，8：7），人们"因穷乏饥饿，身体枯瘦，在荒废凄凉的幽暗中啃干燥之地"（约伯记，30：3）。因此，圣经中的荒野意象首先与沙漠有关。

除去大部分表示灾殃、欲心、邪恶等贬义的名词、形容词和动词，圣经中与荒野意象相关的词汇还有少部分是与上帝、神性有关的褒义词，例如诏引、荣光、神谕等，但前者数量是后者的两倍之多。个别属于中性词，诸如居住（dwelt, abode, inhabit）。由此可见，在基督教教义中，荒野虽然隐含着宽容仁慈，但更多是冷酷危险、野性未驯、因背离上帝而被诅咒的可怖之处。高频词显示，身处荒野之中的人们，不是因"饥渴困乏，荒废凄凉，干焦无水"（hungry, thirsty, weary, desolate and waste, dry and thirsty/burned up/parched）而"倒毙、灭亡、尸横遍地"（die/slain/kill/consume, overthrown/destroyed, dead bodies fallen to the earth），就是因悖逆、玷污（rebell, pollute）耶和华，不知蒙恩（grace）而被"厌弃、丢弃"（despise, cast），遭受"责打、分散、惩罚"（smote/tear the flesh, scatter/disperse, plead with），或是因神谕而"逃跑、绊跌、迷失、困住"（flee, stumble, wander, entangle），终日游荡，遍寻不得归宿。

《旧约》中的荒野意象有三种表现形式：沙漠、深渊和海洋。[①] 海洋对于希伯来人来说，仍旧会让他们想起《创世记》篇章中对原始混沌状态的描述。《圣经》中记载，神是天地之父，万物众生之源。"地是空虚混沌，渊面黑暗；神的灵运行在水面上。"神秘与混沌造就了人类世界的原始状态。最初的世界便是荒野之态：神秘而黑暗。然而，这最初的神秘也被赋予了神性。在这混沌之中，唯有上帝凌驾于万物之上。正是因为上帝的存在，荒野被生命取代，才有了空气、水、光、动物、植物，有了这世界的丰富多彩与无限活力，更是有了最美好、原始、和谐状态的伊甸园。而这三种荒野的表现形式也成了美国文学中不断重复出现的重要意象。

荒野也始终与异端、原罪相关，是不信不忠、亵渎上帝之人性命的终结之处，尸骨消失归尘之处，"违背了我的命，没有在涌水之地，会众眼前尊我为圣，耶和华的怒气向以色列人发作在旷野飘流四十年，等到在耶和华眼前行恶的那一代人都消灭了"（民数记，27：14、32：13）；也是上帝严惩悖逆之辈的地方，"把你（埃及法老王）并江河中的鱼都抛在旷野。你必倒在田间，不被收敛，不被掩埋"（耶利米哀歌9：5），"所以我必用旷野的风吹散他们，像吹过的碎秸一样"（耶利米书，13：24）。荒野是大卫等圣徒选择的藏身居身之处，也是不同部落族人血腥杀戮的战场，比如约书亚领导的以色列人追赶、诱杀、灭尽艾城人都是在荒野。荒野可以是犹大支派的宗族之地，也可能是以色列众人和在他们中间寄居的外人所分定的地邑，"使误杀人的都可以逃到那里，不死在报血仇人的手中，等他站在会众面前听审判"（约书亚记，20）。

荒野是圣经中最有用的意象之一，用来证明一个反复出现的事实：

[①] George H. Williams, *Wilderness and Paradise in Christian Thought*, Beacon Press, 1962, p. 11.

即便是在救世者的生命中,也有失败、沮丧、迟疑,甚至背叛。当犹太教《圣经》成文时,它基本被视作矛盾象征,因为圣子曾在这里为魔鬼所惑;"当时,耶稣被圣灵引到旷野,受魔鬼的试探"(马太福音,4:1),"他在旷野四十天受撒旦的试探。并与野兽同在一处"(马可福音,1:13)。而当亚伯拉罕的领导人们在荒野中起事,当摩西领导以色列人穿越荒原重返家园的时候,荒野又变成昭示神谕的神圣之地,"耶稣却退到旷野去祷告"(路加福音,5:16)。

也正是因为荒野是世人感知上帝的最近去处,荒野同样是自由的象征,"但愿我有翅膀像鸽子,我就飞去得享安息。我必远游宿在荒野。我必速速逃到避所,脱离狂风暴雨"(约伯记,55:6—8);是人们渴求上帝眷顾和赐福,使心灵得以安息的场所,"神阿,你是我的神,我要切切地寻求你。在干旱疲乏无水之地,我渴想你,我的心切慕你"(约伯记,63:1),"我如同旷野的鹈鹕。我好像荒场的鸟"(102:6)。

荒野也是盟约之地。当埃及新王压迫以色列人时,摩西带领以色列人逃离居住了四百三十年的埃及,去往迦南之地,中途经历了漫长的荒野朝圣与考验。以色列人仓促离开埃及,食物和日用品准备并不充分,注定了这次旅程是希望与挑战并存。三个月后,以色列人到达了西奈山。在这一片荒野之中,山上是神降临之地,山下是以色列人短暂的安营之地。也正是在这里,摩西接到上帝的召唤,把上帝的旨意传达给百姓。百姓在这片充满荒凉之地感到的是神秘,更是畏惧。"到了第三天早晨,在山上有雷轰、闪电和密云,并且角声甚大,营中的百姓尽都发颤。"(出埃及记,19:16)自然中的荒野因为其神性与人类居住之所划分界限,神灵的寄居之地与降临之所更是神圣不可侵犯。人们向往能通过自然与上帝沟通,但却是遥不可及。在西奈山上,摩西接受上帝的召唤,把上帝的"十诫"和多种条例传达给百姓,百姓因此接受上帝赐予的福祉。在西奈山上的四十天,上帝赐予了摩西写有律法和诫命的石板,使得他能够训斥和领导百姓。此时的荒野，在上帝的蒙恩下，已不再荒凉，而是接受召唤与赐福的地方，是神圣的象征。

离开西奈山，众人在摩西的带领下，按照上帝的旨意前往希望之地——迦南。然而，尽管迦南之地被描绘得如此理想，"那地有河、有泉、有源，从山谷中流出水来。那地有小麦、大麦、葡萄树、无花果树、石榴树、橄榄树和蜜"（申命记，8：7—9），但在到达如此富饶之地，人类必定要接受一番考验。不仅要克服在旷野中的自然带来的种种问题，还要与各地争战。旷野里的四十年，是上帝考验人类能否谨守遵行，无条件信奉上帝的长期战斗。上帝有意将荒野作为他考验人类的训练场，劳其筋骨，饿其体肤，使得原本充满挑战的自然定居之旅难上加难。"你也要记念耶和华你的神在旷野引导你这四十年，是要苦炼你，试验你，要知道你心内如何，肯守他的诫命不肯。"（申命记，8：2）

《圣经》文本中为以色列人的流浪设置的荒野背景既非偶然，也不孤立，因为文学中的荒野意象非常普遍。美国知名学者罗伯特·奥尔特（Robert Alter）曾把荒野作为主要的文学"类型场景"之一。一般叙事呈现的是直接的意义，而类型场景的意义往往层层传递，通过隐喻修辞表达。"场景类型不仅是一种叙事方式，同时也会把叙述对象置于更大的历史和神学背景下去理解"，因此，圣经中的荒野讲述的是"故事中的故事"，一旦这个意象出现，读者就会明白与"神灵""诱惑"和"考验"相关[1]。

但同时，荒野也是神谕之地，始终有上帝的引领和暗示。"神常与你同在，故此你一无所缺。"（申命记，2：7）"你还是大施怜悯，在旷野不丢弃他们。白昼，云柱不离开他们，仍引导他们行路。黑夜，火柱也不离开他们，仍照亮他们当行的路。"（尼希米记）荒野也可以

---

[1] Clark J. Elliston, "The Calling of the Wild: Christian Tradition and Wilderness", *Rural Theology*, Vol. 14, No. 1, 2016, p. 7.

变为伊甸园，但前提是上帝的垂青。"耶和华已经安慰锡安，和锡安一切的荒场，使旷野像伊甸，使沙漠像耶和华的园囿。在其中必有欢喜、快乐、感谢和歌唱的声音。"（以赛亚书，51：3）

荒野也可能是远离危险与罪恶的藏身避难之处。在"撒母耳记"中，扫罗因妒忌大卫的卓越才能而恶意相对时，大卫虽无辜蒙冤，不知原因，却也在约拿单告知后，为保性命逃离到荒野的山寨。藏身于西弗的树林里，他首先见到了扫罗的儿子约拿单。森林见证了两个人的约定，也见证了两个人的友谊。当获悉扫罗渐渐逼近时，他又转到玛云的旷野。此时的荒野，既是大卫为保住性命的藏身地，也是他的游击地，这一场抗战因为有了荒野的保护他才得以生存。最终反败为胜，他饶恕了扫罗。当押沙龙阴谋造反，企图做以色列的王时，得民心的大卫断然决定逃离耶路撒冷，"我们要起来逃走，不然都不能躲避押沙龙了"。这时，逃离之处是越过约旦河，那荒野中的橄榄山。每一次的荒野之行都是挑战。收容之所，避险之处，在荒野里，生存即是最基本的问题。当百姓把被褥、小麦、豆子等一切必备品供给大卫时，他们说："民在旷野，必饥渴困乏了。"荒野固然充满挑战，但因大卫的恩德而变成百姓表达尊敬与敬仰的温暖之地。

《新约》中也处处可见荒野意象和神的创举。施洗约翰是听到以赛亚"荒野中哭泣的声音"才远离人类社会。耶稣自己也被引入旷野，在那里撒旦诱惑了他四十个昼夜。几乎每篇概要福音都记录了一个生活在荒野中的恶魔的故事。荒野对基督教徒来说是精神与生命相遇的重要背景，也代表着世界与人类的竞争。从该隐谋杀亚伯的故事开始，土地不就再轻易地结出果实，荒野就作为一种力量而存在，它既能轻易地维持生命，也能轻易地致人于死地。①

总之，在后圣经历史时代，以下四种荒野概念或是母题不断重现：

---

① Clark J. Elliston, "The Calling of the Wild: Christian Tradition and Wilderness", *Rural Theology*, Vol. 14, No. 1, 2016, p. 7.

其一，荒野是道德荒芜之地，却也是潜在天堂；其二，荒野是充满考验、甚至惩罚之处；其三，荒野象征着盟约誓约之福；其四，荒野是避难所（保护地）或者沉思处（新生地）。① 荒野意象同边疆意象一样，既是地理概念，也是心理概念。但在基督教发展史中有这样一个基本共识，即荒野母题比边疆母题更为重要，它不但可以诠释整个美国历史，同时也是理解宗教历史的关键。②

基督教的多个分支和机构发展史中都有一种相同的推动力，那就是对荒野的追寻，先是把荒野作为避难地去追寻，在这里人们可以找到在世俗世界遭受迫害的真正信仰；后来对荒野的追寻与其说是身体层面的征服、耕种和播种，不如说是精神和道德层面的征服和耕种，荒野也由此变成了上帝的花园。③

纳什曾指出，来到北美新大陆的首批清教徒随身携带的还有不少对荒野的成见，这些来自旧世界秩序的影响先入为主，根深蒂固，不但导致了人们当初踏上这片土地的最初反应，更是在美国文化中留下了持久的印记。④ 众所周知，《圣经》中亚当和夏娃受到蛇的诱惑，偷吃禁果之后，上帝担心其再吃智慧树上的果实而长生不老，便将其逐出伊甸园。自那时起，荒野这一放逐之地的意象便在西方文化中根深蒂固，"神便打发他出伊甸园去，耕种他所自出之土"。但其实，这时的荒野因为有了人类的足迹而不再与世隔绝。荒野已不再是远离人类的神秘之地，对生于尘土的亚当来说，荒野已成为他的归属之地，是他繁衍后代的生存之处。从亚当踏上这一片土地起，荒野便开始与人类息息相关。

综上所述，有关荒野的一些固有成见和观点受《旧约全书》和《新约全书》影响颇深，但它也与早期的修道院传统有关：早期的基督

---

① George H. Williams, *Wilderness and Paradise in Christian Thought*, Beacon Press, 1962, p. 18.
② George H. Williams, *Wilderness and Paradise in Christian Thought*, Beacon Press, 1962, p. 4.
③ George H. Williams, *Wilderness and Paradise in Christian Thought*, Beacon Press, 1962, p. 5.
④ Roderick Nash, *Wilderness and the American Mind*, 3rd edition, New Haven: Yale University Press, 1982, p. 8.

教隐士为逃脱罗马当局的迫害和世俗的诱惑而进入荒原。于是犹太—基督教的荒野概念，融合了磨炼与自由、拯救与纯洁的意义。① 犹太—基督教对荒野的矛盾态度在早期现代哲学与文学中被转化成了几乎是敌意的东西。英国神学家托马斯·班尼特（Thomas Burnet）在《地球的神圣理论》一书中将山峰解释为上帝对人类行为不满的后果，在诺亚及其家人幸存下来的"大洪水"中，洪水给原本光洁平整的地球留下了伤痕。他说道，地壳突然崩裂，一场源自地球深处的可怕的洪水喷涌而出，洪水过后，只剩一个伤痕累累的地球。

对刚刚到达北美大陆的清教徒们来说，这片荒野是缺失上帝的，人们的宗教信仰经受了严峻的考验。② 罗杰·威廉姆斯（Roger Williams）（1603—1683）曾被认为是17世纪美国最疯狂的清教徒，他把脚下这片土地称为"异教荒野"，因为在他看来，这里原本没有基督徒，居住在此的本土印第安人不信上帝。顺此推断，当清教徒踏上北美土地的时候，内心应该像前文所述，是充满惶恐不安的。但我们在约翰·史密斯和罗伯特·约翰逊（Robert Johnson）作品中看到的荒野却是截然不同的一番景象。

为何清教徒美化荒野而不觉其可怖？首先与其自身所赋使命相关。他们信仰基督，但并不坚信《圣经》所说，仰仗天恩赦免罪恶，而是通过自己的双手努力实现这一目标，因此创立新教。马克斯·韦伯（Max Weber）曾在《新教伦理与资本主义精神》一书中提出，按照欧洲宗教改革中形成的路德教等新教教义，上帝并非训导人们以苦行僧式的禁欲主义超越世俗道德，而是要求人们在现世中努力创造业绩来尽"天职"，并以此证明自己是上帝的选民。因此，清教伦理中包含的理性主义和世俗化倾向是推进西欧早期现代化的决定性因素。③

---

① Greg Garrard, *Ecocriticism*, Routledge: London and New York, 2004, p.59.
② Jonah Raskin, *A Terrible Beauty: The Wilderness of American Literature*, California: Regent Press, 2014, p.37.
③ ［美］理查德·布朗：《现代化——美国生活的变迁1600—1865》，马兴译，世界知识出版社2008年版，第28页。

其次，早期浸信会传教士约翰·梅森·派克（John Mason Peck）在著作《最新移民指南》（*A New Guide for Emigrants*）中说道："西方人可分三种：拓荒者、殖民者/移民和资本家（men of capital and enterprise）。"这三种身份在面对西部荒野的时候有一个共性，那就是功利主义的眼光。在他们眼中，荒野的价值就是可以供人类使用，所以北美大陆都是待开发能赚钱的商品，因此在约翰·史密斯的作品中，我们看到的是"海湾和河流中可以交易的鱼类，适合制盐、造船和冶铁的场地"。在罗伯特·约翰逊笔下，这里被描绘成花园，他记录了荒野，同时号召人们移民于此投资"历险"。

1678年，约翰·班扬（John Bunyan）在《天路历程》的开篇，把这一世界形容为"充满欺骗、赌博、游戏、愚弄……"整个17世纪和18世纪的大部分时间，清教主义者们提到"荒野"一词的时候，都要加上"咆哮"二字，似乎这就是他们所亲历的画面，但如前所述，实际上他们真正听到的，并没有说出来。[①] 他们到达北美大陆的时候，印第安人早就居住在那里的荒野上，并且使其发生了很大变化。

如果说加尔文清教徒对自我、对他们与土地关系的认知可以概括为天堂中的亚当，或是荒野中的摩西，那么天主教徒的态度截然不同在他们那里则是表现为对圣人和圣徒的认同。对天主教徒来说，荒野的价值不在其本身，而是因为这里没有欧洲的邪恶，凡夫俗子可以有机会见到耶稣或是在这一朝圣过程中光荣殉道。[②] 而长老会信徒则有另一番认识，受西方文化中古老传统的影响，他们把荒野，或者说未被驯服的自然环境看作一种可怕的物质事实，需要人类去征服。同时认为，荒野是一种荒原隐喻，呈现出来的绝望和罪恶恰恰映照了人性的堕落本质。只有通过在拓荒者和当地本土人中推行基督教，才有可

[①] Jonah Raskin, *A Terrible Beauty The Wilderness of American Literature*, Regent Press, Berkeley, 2014, p. 40.

[②] Mark Stoll, "Religion 'Irradiates' the Wilderness", in Michael Lewis ed., *American Wilderness: A New History*, G. B.: Oxford University Press, USA, 2007, p. 41.

能将险恶的荒野变为美丽的花园。

正如纳什在《荒野与美国思想》一书中所解释的,宗教主题在美国人对待荒野态度的演变中扮演了重要角色。他写道:"欣赏荒野是一种信仰。"然而,他也承认,"在过去的几十年里,美国人在荒野和宗教问题上的认识已经并非荒野与上帝有关这么简单"[1]。这当然不是说荒野的宗教内涵淡化了。20世纪荒野保护的推动,以及《荒野法案》的颁布,确实依赖于很多环境伦理洞见和法案本身所陈述的功利主义初衷。但人们恰恰是从《圣经》对荒野的注解中发掘出了荒野新的精神价值,因此非但没有消失,还扮演了越来越重要的角色。

实际上,人们对荒野的理解是从19世纪开始发生变化。当时的历史背景有三种趋势同时出现:荒野的日益减少、新兴的荒野欣赏潮流,以及荒野神学观和伦理观的分道扬镳。纳什认为,"城市中回归荒野浪潮的兴起,与上帝和荒野的联系息息相关"。

在《荒野法案》颁布之前的七年中,国会为了荒野保护的提议举行了9次听证会。[2] 可见其中艰辛。1955年,当时的美国荒野协会主席,也是《荒野法案》初稿的撰写人,霍华德·扎尼泽(Howard Zahniser)在一次演讲中提到保护荒野的必要性时说道:"现实中,我们人类难道不是要靠某种'野性'(wildness)来直接或者间接滋养的精神生物么?而这种'野性'难道不是必须身处荒野才能常有常新么?"[3] 由此,我们可以清晰地看到荒野精神价值的重要性。

除去法案本身,1964年后最为重要的学界新成果就是对荒野相关宗教内涵的再度思考。苏珊·宝沃·布莱顿(Susan Power Bratton)的《基督教、荒野和野生世界:最初的孤寂沙漠》是其中最为全面详尽的代表作。布莱顿在书中详细梳理和分析了《圣经》中展现出来的人

---

[1] Roderick Frazier Nash, *Wilderness in the American Mind*, 4th ed., 2001, p. 238.
[2] John Copeland Nagle, "The Spiritual Value of Wilderness", *The Environmental Law*, Vol. 35, 2005, pp. 955 – 992.
[3] Howard Zahniser, *The Need for Wilderness Areas*, in *Where Wilderness Preservation Began: Adirondack Writings of Howard Zahniser*, Land & Water, Vol. 2, 1992, p. 61.

类与野生自然的不同类型关系，以及后期宗教作品中荒野意象的作用，将她收集到的观点和例证创见性地应用到了当时的荒野保护运动中，为人类如何密切与自然界的关系提供了有效借鉴。而在此之前出版的两部著作也很好地呼应了苏珊的研究。一部是哈佛神学院教授乔治·H. 威廉姆斯（George H. Williams）出版于1962年的《基督教思想中的荒野与天堂》，另一部是俄勒冈州立大学厄里奇·毛瑟教授（Ulrich Mauser）出版于1963年的《荒野中的基督：福音第二卷中的荒野主题及其圣经传统》。

保护荒野有很多理由，诸如保护生物多样性，提供休闲娱乐空间，还有"生态、地理或其他科学、教育、景致或历史功用"等，但对荒野林地精神层面价值的思考也会提升荒野研究的深度和维度。读者在批判地阅读西方《圣经》时，不难发现其中沙漠、森林、海洋是荒野最常见的代名词，这些荒野意象至少表明，古时之人已经意识到，自然是与人类并行存在的，而且时刻对人类产生威胁。因此，人类既不能过于美化荒野，也不能试图征服控制它，在基督教徒看来，荒野是与上帝相遇相处的独特空间。除此之外，生态系统中还有很多其他因素，可能并非拥有壮观的美景或是特殊之处，但依然富含精神价值。

第二节 荒野意象的美国特性

从欧洲人开始探索新大陆以来，荒野就一直在他们的想象中占据重要地位，也使荒野最终成为美国国家形象的决定性特征。真实与想象的美国荒野也孕育和塑造出了最有趣的人物现实生活中的探险家，比如丹尼尔·布恩（Daniel Boone）、戴维·克罗克特（Davy Crockett）、纳蒂·班波（Natty Bumppo）、保罗·班扬（Paul Bunyan）、约翰尼·阿普尔赛德（Johnny Appleseed）、梭罗和约翰·韦斯利·鲍威尔（John Wesley Powell）等。

荒野既是真实的地理空间，又是思想的建构物，本就适合于移民的新世界，特别是美国当初未开化的景致和独特分明的自然文化力量。理解荒野意象在美国文学中的演变，必然要对这个国家特殊的历史和文化背景进行全面深入的阐述。美国殖民时期文学中的荒野各不相同，甚至大相径庭，那当时真实的荒野又是怎样呢？

  英国人占据北美新大陆无疑给"荒野"这个词带来了新的含义，但奇怪的是，1604年，由罗伯特·考德里（Robert Cawdrey）编纂而成的第一本英语词典却没有收录 wilderness（荒野）这一词条。1609年，伦敦人亨利·哈德森（Henry Hudson）和朱特（Juet）乘坐"半月号"（Half Moon）到达了北美新大陆，并于1625年出版了这次旅程见闻，但他们同样没有称这里为"荒野"，而是把大西洋对面称为"那片土地"（the land）。他们当时亲眼见到、亲身经历的这片大陆可以算作荒野前的美洲（pre-wilderness America）[①]。荷兰人哈门·梅恩德茨·范登博加特（Harmen Meyndertsz Van den Bogaert）和阿德里安·范登东克（Adriane Van der Donck）到达北美大陆也比较早，他们也没用"wilderness"这个词来形容眼前的一切，而是说："这里完全被森林覆盖，太多太多的森林。"[②] 威廉·布雷德福总督曾这样描述移民眼中的新大陆"整个大地上树木林立，杂草丛生，满目是荒凉原始之色。回头望去，则是刚刚越过的浩瀚大洋，而现在它已经变成了他们与文明世界之间的重大障碍和鸿沟"。[③]

  人们通常会把美国荒野与西部等同起来，但"西部"这个概念也很复杂，如同荒野概念一样，涉及广阔，且有新旧之分。在18世纪，"西部荒野"是指俄亥俄州和田纳西州山谷地区，但随着西进运动不断开拓疆土，到19世纪，相关学者在研究中将密西西比河西部直到太平洋沿岸的辽阔土地统称为"西部"。

[①] Jonah Raskin, *A Terrible Beauty The Wilderness of American Literature*, Regent Press, Berkeley, 2014, p. 18.

[②] Jonah Raskin, *A Terrible Beauty The Wilderness of American Literature*, Regent Press, Berkeley, 2014, p. 3.

[③] 冯泽辉：《美国文化综述》，四川人民出版社2002年版，第11页。

第一章 荒野的概念溯源

一 荒野的悖反特质

荒野的美国特性体现在其强烈的悖反特质。作为一种真实存在，荒野始终与美国民族和国家的形成息息相关。其悖反性首先体现在，对于代表文明的欧洲旧大陆来说，北美大陆的突然出现"就是与它们恰恰相反的事物"，让他们极度不安。因此，荒野自开始就是"文明的反题"[①]。15—16 世纪的欧洲正在经历一个重要的过渡时期，主要表现在两点：一是人对自然的认识，正从中世纪的神学诠释刚刚向启蒙时期科学客观的解读过渡；二是宗教、科学和大众信仰之间的界限还不像现代社会这么明显深刻。科学家认定的所谓事实在我们现在看来，与魔法没什么两样。民间传说中，没有人烟的深林中居住的往往是危险的猛兽、四处丛生的怪异植物，还可能有叫作"野人"的生物。因此，在清教徒们发现美洲新大陆时，对于 wild 这个词，头脑中是有先入为主的认识的，即"未被驯服的自然，非文明的象征"[②]。

因而，森林成为当时北美殖民者所仇视的自然和荒野的代表，被看作异教徒、野兽、黑暗所代表的地方。在基督教教义中，邪恶一方并非破坏大自然的行为，而是大自然本身。这一认识和使命观势必将森林以及它所代表的荒野意象看作"道德邪恶的象征，是天国和文明的对立面，需要基督徒去征服。因此，人类为了拯救灵魂，毁掉森林、征服荒野在道德上就是正确的"[③]。

其次，美国荒野的悖反性之二体现在，美国对自然环境的破坏、对土地的剥削开采、对神圣的亵渎都史无仅有，但同时，却又拥有着众多国家荒野公园和世界上最复杂的自然资源保护系统。正如保

[①] 林国华：《从荒野角度看美国》，《南方周末》2018 年 11 月 29 日。
[②] Melanie Perreault, "American Wilderness and First Contait", in Michael Lewis ed., *American Wilderness: A New History*, G. B.: Oxford University Press, USA, 2007, p. 18.
[③] 付成双：《文明进步的尺度：美国社会森林观念的变迁及其影响》，《世界历史》2017 年第 6 期。

— 15 —

罗·谢巴德（Paul Shepard）所说，美国社会"既是世界上最残忍的破坏者，也是野生公园和珍稀动物的最狂热保护者"。[1] 1650—1850年，美国人共清理了46万平方公里森林。壮阔无边的绿色荒野被大面积毁灭，连同景观一并消失的还有当地的印第安人，但同时，也正是这场大规模的西进运动，塑造了美国人的"国民性格"。因此，美国文学中总萦绕着一种双重性，开天辟地的边疆英雄主义和挥之不去的耻辱和负罪感，始终缠绕在一起，在19世纪的文学作品中尤为凸显。

另外，如前文所述，在美国，荒野概念中蕴含深厚的宗教意义，无论是普通民众还是立法者，对《圣经》所赋予的荒野的精神价值都广为认同，但在《荒野法案》中，却只字未提荒野的精神内涵，相反，划定荒野保护区的目的却描述得非常世俗功利"仅为公众提供娱乐、观景、科研、教育、环保和历史功用"。[2] 唯一与其精神价值最相关、最接近的一点是，"能为独处提供绝佳机会"，这也是衡量荒野的标准之一。

实际上，荒野保护的倡导者们早在法案出台前就已经确认了荒野所具备的四种特殊精神价值。第一，荒野处土地仍如上帝创造的模样，因此，"保护荒野就是人类所能完成的最高贵的挑战之一，造化神奇，胜过人类可以产出的任何东西。"第二，荒野是与上帝相遇之处。第三，在荒野中，灵魂和肉体都可以得到新生，这一点在精神尤其需要宁静、复苏和振奋的现代社会更是难能可贵。第四，荒野不但自身具有价值，还可以为人类提供独处空间，为其躲避"文明之毒"提供解药。[3]

最后，其悖反性之三体现在荒野的"荒"字上。牛津英语词典将"荒野"定义为"未开垦的地区，或是土地，无人居住，或者只有野生动物出没"。但这并非欧洲人到达北美大陆的真实情景。罗德里克·纳什的观察也许更接近事实，"新世界得以发现时称为荒野，是

---

[1] Paul Shepard, *Nature and Madness*, San Francisco: Sierra Club, 1982.

[2] John Copeland Nagle, "The Spiritual Value of Wilderness", *The Environmental Law*, Vol. 35, 2005, pp. 955-992.

[3] John Copeland Nagle, "The Spiritual Value of Wilderness", *The Environmental Law*, Vol. 35, 2005, pp. 955-992.

因为欧洲人这么认为。他们发现人类文明强加给自然的控制与秩序在这里是缺失的，人是异类存在"。① 约翰·史密斯看到的是"茂密的森林"（good woods）、"宽阔的土地"（spacious tracts of land），他把弗吉尼亚描述为马萨诸塞的"处女妹妹"（Virgin Sister），自此，处女地神话与荒野神话一样流行起来。②

然而，1519 年，西班牙探险家赫尔南多·科提斯（Hernando Cortes）带领探险队到达墨西哥山谷时，随行一位士兵就曾这样描述他在阿兹特克（Aztec）古都特诺奇提特兰（Tenochtitlan）看到的一切："很多城市和村庄建在水上，陆地上也有不少宏伟的城镇。我们吃惊极了，很多人都在问是不是在做梦。"这一切当然不是梦，而是几百年来人类改造地形的产物。墨西哥山谷根本不是什么未开化的荒野，而是人类历史上最有野心的湿地种植工程地。接下来的旅途中，虽然探险者们没有再发现类似的地方，但即便在半酸雨环境中，仍然可以看到人类生活过的痕迹，后经考古学家证明是公元 3—15 世纪霍霍坎（Hohokan）人在这里定居过。这些事实都表明，当地的印第安人并非只是一味被动接受自然赋予的一切，比如说"他们用火使得北美丛林中草地生态得以维持，其他一些生产和生活活动都对北美洲的自然环境产生了重要影响"。③

因此，处女地假说并不成立。换句话说，在欧洲人看来是荒野，其实是印第安人的家园，完全对立的两个概念。但在美国早期殖民作家笔下，对这片土地的描绘大多是跟随"处女地逻辑"（The Rhetoric of a virgin land），言外之意是，在他们眼中，印第安人跟野花野草没有区别，从概念上就把印第安人完全驱逐了出去。弗朗西斯·詹宁斯（Francis Jennings）批判说："美洲土地不是处女地，更像是一片寡妇

---

① Roderick Nash, *Wilderness and the American Mind*, New Hacen: Yale, 1973.
② Jonah Raskin, *A Terrible Beauty The Wilderness of American Literature*, Regent Press, Berkeley, 2014, p.35.
③ 付成双：《美国现代化中的环境问题研究》，高等教育出版社 2018 年版，第 159 页。

地（Widowed land），欧洲人在这里发现的不是一片荒野，但不管是多么不情愿，他们在这里制造了荒野。"[1] 因而，荒野意象从开始就带着浓厚的排他主义气息。

二　荒野与美国西部神话

于诸多美国文学批评家来说，要探究的荒野集中于美国西部，那里是人们想象中的自由王国。美国西部满载着神话，也可以说，在美国，没有其他什么能像西部一样成为耳熟能详的国家象征。"荒野"、"西部"和"边疆"这些概念都是美国向西扩张神话的一部分，因此它们不仅表示物理空间，而且象征着仍然支配着人们对美国及其历史的想象和理解的文化意识形态。

事实上，凡是描写过西部的人都无一例外提到了"神话"，但却鲜少有人能在使用这个词的时候，给出它的精确意思。[2] 这个术语从一开始就暗示着某种含混性，神话自然非真实，但同时又确是某种文化中根深蒂固的真实存在。如果有人在图书馆检索这个词，就会惊奇地发现"神话"所涉及的领域是多么不同。尽管四分之三个世纪以来，业界都在对此进行密集研究，但我们仍不能准确地定义神话是什么，用途是什么。不过，学者们都认同一点，神话能够解释文化起源，对原始文化来说尤其如此，"它可以表达、维护信仰，使其顺理成章，为各种宗教仪式效能提供担保，同时也包含着指引人类的实用原则"。[3] 然而，神话的功能远非如此。

特殊的地理位置和西部的独特经历赋予了美国这片土地与生俱来

---

[1] Francis Jennings, *The Invasion of America: Indians, Colonialism and the Cant of Conquest*, New York: W. W. Norton & Company, 1975, pp. 15, 30.

[2] David H. Murdoch, *The American West: The Invention of a Myth*, Wales: Welsh Academic, 2001, p. 2.

[3] Barbara Howard Meldrum, ed., *Under the Sun: Myth and Realism in Western American Literature*, N. Y.: Whitston, 1985, p. 14.

的文化意象。西部神话源于西部扩张运动，19 世纪早期经通俗文化散播，对于很多美国人来说，已然成为解美国国家"游戏规则"的良好途径。亨利·纳什·史密斯、弗雷德里克·杰克逊·特纳和莱斯利·菲德勒（Leslie Fiedler）很早就认识到西部神话是最重要的概念边界之一，定义了美利坚的民族意识。他们提出了很多深刻见解，为帮助后来人区分西部神话背后隐藏的多层内涵和功用作出了重要贡献。对于美国人而言，西部神话就是他们的荒野故事，是他们的"创世记"，是在讲他们自己，如何成了美国人而不是欧洲人。

神话常见的内涵有以下三种：首先，神话是一种幻象，是不真实的，目的在于娱乐、宣传或者教导。其次，神话是某个民族系统成形的价值观，是其历史和文化的一部分。最后，神话是一种宗教，是历史、哲学和宗教合一的特殊形式。综观后现代主义大多数论著，不管是从文学、历史或是理论哪个层面出发，叙事结构都是常见研究焦点之一。这三种叙事因素在擅长讲述荒野故事的西部小说中都有所涵盖。

"神话"所讲述的第一层话语含义在西部小说写作中常被解释为"浪漫传奇式叙事"。美国早期作家们对地区性文学因素的追捧，大众对逃避主义的热衷，都加速了这种叙事模式的发展。从"浪漫传奇叙事"开始，就种下了米西亚所讲"永恒回归神话"的种子[①]：主人公总想重返人们集体记忆中的天真时代，从而期待更好的未来。

神话的第二层话语含义表明，西部神话来源于历史的碎片和累积的传奇，因而并不仅仅是一种创造。亨利·纳什·史密斯认为，不能把神话狭窄地理解为一种"错误的信念"，实际它还暗示着"想象创作和真实历史之间的关系"。他曾把神话定义为"一种知性建构，把概念和情感融合到了一种意象之中"。[②] 西部研究中的另一个权威声

---

① Mircea Eliade, *The Myth of the Eternal Return*, Princeton: Princeton University Press, 1991, p. iv.

② Henry Nash Smith, *Virgin Land: The American West as Symbol and Myth*, New York: Vintage Books, 1950, p. 20.

音理查德·斯洛特金（Richard Slotkin）也指出，神话是语言的有机构成，是一种深层次隐喻，可能包含我们已知历史的所有"课程"和世界观里所有决定性元素，在这个意义上，它是活生生的，是持续变化的。

神话的第三层话语含义认为，神话本身就是一种融历史、哲学、文学和宗教为一体的特殊信仰。斯洛特金曾对"神话"给出过确定而简洁的定义，认为"神话故事来自一个社会的历史，通过持续不断的使用，赋予了自身象征这个社会意识形态和将其道德自觉性戏剧化的力量，意识有多复杂，多矛盾，神话也同样"[1]。他同时阐明："边疆神话是我们最古老也最具美国特征的神话，三个多世纪以来始终贯穿于民间传说、宗教仪式、历史编纂学研究中心，是激烈争论的焦点。"[2] 大卫·汉密尔顿·默多克（David Hamilton Murdoch）曾指出，很大程度上，美国西部神话是一种刻意地想象建构物，目的是解决巨大的文化困境，以及理想和现实之间的根本冲突。[3] 事实上，默多克认识到了美国西部神话具有现代功能。他认为西部神话由一场危机应运而生，而这场危机暴露的正是美国自我形象核心的矛盾。特纳关于西部重要意义的唯一权威论调，也指出西部源于美利坚民族特性，也进一步定义了其独一无二的性格。在20世纪最初十年中，西部神话不仅繁荣发展，还逃离了创造者的控制，在美国人的记忆里深深扎了根。

西部荒野神话的表现方式多种多样，但一般可归纳为三种模式，可谓中心观点。这三种广为人知的神话模式是：牛仔神话，旨在塑造民族英雄；花园神话，致力于呈现西部荒野自然环境的多样与丰富；

---

[1] Richard Slotkin, *Gunfighter Nation: The Myth of the Frontier in Twentieth-Century America*, New York: Harper, 1993, p. 5.

[2] Richard Slotkin, *Gunfighter Nation: The Myth of the Frontier in Twentieth-Century America*, New York: Harper, 1993, p. 10.

[3] David H. Murdoch, *The American West: The Invention of a Myth*, Wales: Welsh Academic, 2001, p. 17.

边疆神话,将西部作为一个地区置于国家视野下,讲述其特殊作用。不论何时研究荒野母题和西部神话,这三类叙事模式都非常重要,因为它展现的正是人和自然环境之间、不同性别之间和不同文化之间的关系。这些关系在边疆和牛仔神话的研究中尤为凸显。

在美国文化和文学研究中,"边疆"(frontier)这个词具有多种多样的含义,争议性很强,因为边疆既是一个实体,也是一个概念,体现的是不同历史时期的美国意识形态。不过,正如帕特里夏·罗斯所说,边疆"通常被看作是一个与荒野截然不同的实体"[1],边疆可以包含荒野,在历史上某一特定时刻,一片森林荒野的边缘也可能就是边疆。

边疆神话,也是美利坚的建国神话。整个民族在这里诞生,也由此支撑维系,一直到20世纪早期。它宣告美国是上帝赋予的乐土,而这里的人民是上帝的选民。这主要受到美国西部研究中两部重要作品的影响,一是特纳的史学论文《美国历史上边疆的重要性》(1893)(The Significance of the Frontier in American History)。特纳在这篇文章中指出,边疆是一条可移动的线,是一种波浪。这一"边疆假说"不仅给美国史学带来了一场革命,最终,经济学、社会学、文学批评甚至是政治学都受到了很大影响。[2] 他开创了一个先例,就是把边疆看作"文明"和"野蛮"接触的地方,本就存在于美国人想象中的"拓荒者与自然荒野"间的二元对立自此更加牢固。另一篇文章是莱斯利·菲德勒所作《消失美国人的回归》(1893)(The Return of the Vanished American)[3],文中他坚信美国西部小说中占据主导性的主题应是盎格鲁—撒克逊白人新教徒(WASP)和印第安人之间的关系。他说:"所谓西

---

[1] Ross, Patricia A., *The Spell Cast By Remains: The Myth of Wilderness in Modern American Literature*, New York: Routledge, 2006. Print, p. 2.

[2] Fred Erisman, "The Enduring Myth and the Modern West", Gerald D. Nash and Richard W. Etulain ed., *Researching Western History: Topics in the Twentieth Century*, University of New Mexico Press, 1997, p. 168.

[3] Henry Nash Smith, *The Virgin Land: The American West in Symbol and Myth*, Cambridge, Mass., 1950, p. 250.

部小说的原型,就是外来新教徒和极其相异的印第安人在荒野中的对抗——最终结果不是新教徒的变形,变得非白也非红,就是印第安人的毁灭。"[1] 以上两位学者的"边疆观"很大程度上加速了个人主义和天定命运论在美国文化意识中的根深蒂固,即边疆神话的形成。

实际上,边疆神话就是荒野神话,或者说,边疆神话只是荒野神话的更新版本,因为两者的核心都是假定美国是一个拥有无限机会和可能性的空间,可以为坚毅强壮之人提供他想要得到的东西。两种神话的面纱背后都有一个孤独的男性身影,冒险或是归隐于荒野之中,时时处处彰显着代表美国国民性格的个人主义特征。

三 荒野与美国国家元叙事

神话存在的最重要功能就是"统一",就是通过它们的讲述勾勒出统一的民族文化。在其三个多世纪的文学发展进程中,美国建国神话——关于信仰、艰难、成就、节操的传统叙事——逐渐成为一种元叙事。根据罗伯特·克罗耶齐的观点,元叙事是一种"共享故事",是"国民性的基础"。[2]

安东尼·史密斯(Anthony D. Smith)在《国家身份》中定义"国家"时,认为西方国家都具有"民族的公民范式",包含以下四个因素:一个清晰的地理和历史区域,拥有统一政治意愿的法律和制度群体,法律和政治层面平等的公民关系以及共同的文化及公民思想。但在亚洲和东欧国家中存在的却是"民族的种族范式",比起地域,更强调血缘和宗谱;比起法律权利,更强调本族文化。基于以上两种范式,他概括了"国家意识"的五个特征,贴切也好,牵强也罢,都不

---

[1] Quoted from Jeff Davis' doctoral thesis, *Riding the Formula Western Subgenre over the Divide between Popular Literature and "High" Literature: Genre Influence in the American Western Fiction*, University of California, Santa Barbara, 2002, p. 2.

[2] Kroetsch, R., *Disunity as Unity: A Canadian Strategy*, Heble, A., Pennee, D. P., Struthers Jr. T., *New Contexts of Canadian Criticism*, Peterborough: Broadview Press, 1997, p. 355.

是本书想要且能够梳理清楚的问题。但他的"民族范式"至少给此处讨论的国家元叙事提供了一个站得住脚的理论框架。从他的研究中，我们可以推测出，"国家"至少暗含两层意思：其一，"公民的"和"地域的"；其二，"种族的"和"谱系的"。在真实社会中，这两层维度会因实际所占比例不同，有不同的增殖。对于美国这个民族来说，在现有后现代多元背景下，想要理解元叙事，必须从以上两个层面出发。

基于此，我们在这里更倾向于用"nation"而不是"country"来指代国家。研究美国民族主义的学者汉斯·科恩（Hans Kohn）指出，美国是历史上第一个把自身建立在抽象信念或是概念上的国家。缺少共同的民族和历史文化。那这种信念具体是什么呢？换句话说，美国国家元叙事或国家神话的精髓是什么呢？著名学者西蒙·利普塞特（Simon Lipset）把这一信念具体分解成了五个词：自由、平等主义、个人主义、文明主义和无约束的自由。王立新在《美国国家认同的形成及其对美国外交的影响》一文中分析了在美国国家认同问题上三种流行观点的局限性，给出了新的切入角度。他认为，决定美国国家身份有两个关键因素：一是公认为革命历史的新英格兰经验，二是追求普遍自由的信念和理想。这一信念或概念是美利坚民族形成的根基，在美国历史的各个时期广泛传播，也是提到美国和美利坚民族认同时，众多论断中唯一有力、持久引起争辩的一个。马尼·格西亚（Marni Gauthier）认为，美国国家身份的概念边界由两部分组成，一部分是不断修订传统的神话，另一部分是由历史上身处边缘化的民族赋予的新神话。

国家神话往往会出于某种特定目的，将历史和社会的复杂性理想化，或是有目的性地更改历史事实，来渗透其信念和价值观。如前所述，西部荒野神话毫无疑问在美国传统神话中排在首位，西部是美国文化接受的唯一一个区域性长信号，是美国建国元叙事中最持久也最精致的部分，这一点毋庸置疑。西部神话从库柏的小说开始，就开始散发威力。在库柏的年代，美国国家文化还没有完全形成，因此，他的《皮袜子故事集》创造出了一种文学图景,"使得美国自身成了神话空间,旧日理想为适应当前需要得以配置"。以荒野为中心意象的美国西部神话图景就像一个重写本,原始的作品渐渐淡去,为新的创作腾出空间。"重写本"这个词源于中世纪写作领域,后来卡尔·索尔(Carl Sauer)在其著作《文化地理》(*Cultural Geography*)中对其又有所采用和延展。正如索尔指出的那样,"一处地形景观的形成无外乎取决于其时间关系和空间关系,始终处在发展、分解和取代的持续进程中"①。因此,对西部神话的早期诠释并没有完全抹去,随着时间的演变,逐渐成了一个混合物——重写本,代表着覆盖和复写。实质上,美国西部,因其空阔的荒野而成的象征图景,孕育了国家叙事的精髓,美利坚民族自身也从这个过程中诞生。

在美国国家叙事谱系中,"西部"这个词有两层意思。首先,西部,具体地说,是停止西进的边疆,为美国人的"大家庭"提供了血统起源。其次,它帮助建立了从边疆时代到地区主义时代,再到后地区主义时代的演变过程,美国历史和思想的转化可以从中找到理论依据。萨克万·博科维奇(Sacvan Bercovitch)从加拿大移民到美国时,发现这是"一个复杂多元、实用为上,公开活在梦想里的民族,联结维系他们的是一种思想上的共识,这一点其他现代国家无可比拟"。②达成这一思想共识的重要因素就是西部荒野神话的影响,而这一共识也成为不同部落和种族间的同宗意识,指引着几代美国人的生活。

在《美国自我的清教起源》(1975)一书中,博科维奇进一步研究了美国作为一个移民民族,创生"美国人"的潜在文化机制。何为"美国人"?是指那些认为自己归属于民族神话,拥有民族特征,是国家统一体的一部分,而非疏离个体的集合。他在这部著作中提出,美

---

① Mike Crang, *Cultural Geography*, London and New York: Routledge, 1998, p. 22.
② Sacvan Bercovitch, "The Rites of Assent: Rhetoric, Ritual and the Ideology of American Consensus", In Sam B. Girgus, ed., *The American Self: Myth Ideology, and Popular Culture*, Albuquerque: University of New Mexico Press, 1981, p. 6.

国拥有连贯的国家认同,对这一认同本质的共识也确实发挥着重要作用,美国的排他主义神话也就此永久化。所以,对于西部小说的读者们来说,自然而然会期待任何发生在西部荒野上的故事,尤其是19世纪晚期古老西部的传说,都跟讲述这个国家相关。

其实,荒野思想从未只是美国人的想法,相反,它源于人类共同的现代体验,在全球性的科学革命和工业化过程中,发生在自然界的急剧转变聚焦到荒野意象上。但在北美新大陆这片土地上,荒野呈现出了独特的悖反性,与美利坚民族的形成密不可分,对美国的身份和历史至关重要。美国文学本身就是荒野书写,与树木、森林、沙漠等荒野一样都是人为产物。[①]

第三节 荒野意象的生态内涵

综上所述,荒野这一概念在不同历史时期、不同范畴,有着不同的含义。既是人类的对抗面,也是其生存繁衍的养育者。对荒野概念的理解是随着时间的推移而变化的。东西方有着相似的发展轨迹,都是从以恐惧、逃避为核心的宗教意味,演化为一种从崇敬到赏玩的审美情趣,再演化为近现代的观念,即认为荒野是一种供人们休闲娱乐的资源。随着现代化进程的不断加快,科学原理的产生冲破了惯有的价值观和象征意义。荒野也不再是抒情思怀的想象之域、浪漫主义诗歌中的文学典范,也不再是野生动物躲避人类逐利从商所致劫难的安居之所,而是被理性驯服,自然被人类主属,沦为了功用之物。在这一进程中,人们在享受物质带来的快乐的同时,也承受着失去荒野的痛苦。因而,人们开始反省总结,从生态角度重新审视,朝着每个生态单元相互作用、和谐沟通的共同体努力迈进。

---

① Jonah Raskin, *A Terrible Beauty The Wilderness of American Literature*, Regent Press, Berkeley, California, 2014, p.19.

荒野具有多元价值，这一概念在不同的语境下始终在发生变化，不仅有深厚的宗教内涵，也因其塑造了国民性格而具有重要的历史和文化价值，但除去经济、文化、社会、精神层面的内涵外，其主要价值是生态价值。环境主义者和生态思想家们通过改变人们对野生土地的看法，赋予了荒野独特的生态和美学意义。生态主义批评发展至今，已从方兴未艾华丽转身成为文学理论主流舞台上的一枝独秀，中外观点繁盛相融，空间有限，无法逐一梳理阐述，也并非本书重心所在。因此，本部分将以荒野意象为主要线索，将其置于生态批评思想发展范畴内加以阐释。正如女性主义从性别视角审视语言和文学，马克思主义批评把生产方式和经济等级带入文本解读中一样，生态主义批评是通过以地球为中心的方法来做文学研究，[①] 重点关注文学与物理环境之间的作用和反作用关系。荒野描写始终是美国文学中一个极具美国性的命题，也是生态批评中环境文学的一种重要书写形式。

一 生态视域下荒野的价值更迭

和田园文学的悠久历史不同，荒野概念在 18 世纪才成为文化焦点，荒野问题也是生态批评主义挑战文学和文化研究的一个关键环节。最初生态主义批评家讨论的"荒野文本"主要是几乎被其他批评家忽略的纪实性自然作品。荒野最热忱的信徒之一亨利·大卫·梭罗及其被奉为荒野传统的早期典范之作《缅因森林》，以及把荒野文化建设为美国文化身份试金石的约翰·缪尔，一向被视为生态批评思想的缘起和环保运动的鼻祖。自然书写下的荒野以不同形式传达着多元的意义。这个领域的很多作品可能都会被当作思想史或者哲学，因此扩大了传统文学批评的领域，也造就了荒野的生态主义内涵。他们早于生

[①] Cheryll Glotfelty, *The Ecocriticism Reader: Landmarks in Literary Ecology*, The University of Georgia Press, 1996, p. xix.

态思想体系形成之前就已经践行了相似的思想，梭罗可以说是美国第一位生态学家。

作为一种思考人与自然的方式，超验论对美国荒野的意义具有重要的影响。梭罗认为，荒野具有"智性价值"和"滋补作用"。他曾说："我们称之为荒野的是一种文明，与我们所拥有的相异。"荒野体现了生命力，提供了摆脱文化束缚的自由。在荒野中，人们得到心灵的放松和精神的解放。它是活力、灵感和力量的源泉，使人们得以摆脱与文明世界有关的义务和压力。缪尔1869年抵达内华达山脉（Sierra Nevada）时，也曾宣称："我所听到或读到的对天堂的描述，没有比这更好的了。在这片新的荒野中，没有了物质追求占据现代趋势的文明世界。"在荒野中，人们的行为更习惯于没有任何欲望的自然生活。在荒野中，唯一的欲望就是充分享受大自然，与非人类世界亲密接触。

纳什认为，梭罗是美国荒野的"哲学家"，约翰·缪尔是荒野的"推销者"，而利奥波德是荒野保护的"预言家"。这些思想家的观点对美国的荒野保护运动非常重要，也极大地影响了美国生态主义批评的发展走向。从1868年起，缪尔的足迹踏遍了美国西南部、约塞米蒂和阿拉斯加几千英里的荒野区，他把自己的经历整理成书，建立了塞拉俱乐部，不厌其烦地说服联邦和州政府保护他走过的土地，他也经常引用《圣经》中的表达来形容荒野奇迹。

在梭罗、缪尔等自然写作先驱的努力下，美国的荒野保护运动在19世纪末开始兴起，荒野概念也才逐渐具有了学理和政治意义。"生态学"（Ecology）这一概念最早由德国学者海克尔（Ernst Haeckel 1834—1919）于1866年提出，但美国学界对这个词的真正应用却推迟了将近一个世纪。20世纪20年代，生态学作为自然科学的一个分支，还是一门独立学科。进入30年代，随着利奥波德"大地伦理"等生态思想陆续出现，生态主义批评率先在美国崛起，这也预示着人与自然新型关系的到来，一个生态文明时代的到来。

在生态学中，荒野的概念意味着自然是一个没有被人类文明污染的地方,换句话说,是一个保护特定栖息地和物种的地方,扮演着维持人口资源提供者的角色。荒野是自然的系统,其中所有部分和谐地相互关联;同时,它也是一个与人类文化分离和对立的地方,而人类文化主要以农业经济为基础。务农的人倾向于把"家"定义为"家",而不是"荒野"。他们认为,他们的劳动成果是与自然抗争的结果,而不是大自然的恩赐。许多评论家认为,从旧石器时代狩猎—采集到新石器时代农民的转变是一个关键的转折点,标志着"从原始生态优雅的堕落"[1]。荒野的现实,尤其是关于荒野的思想,在新的以生态学为指向的环境保护主义中发挥了重要作用。在人的生物渊源、人与一切生命的亲族关系,以及人是生物群落的成员和依附者方面,荒野是一个显而易见的提醒者。[2]

生态伦理学大概形成于20世纪40年代的欧美国家,主要关注点在人与自然环境、生物群落之间的伦理关系。里程碑著作是法国哲学家阿尔贝特·施韦泽(Albert Schweitzer)提出的"生命伦理"和美国自然作家利奥波德的"大地伦理"。共同点在于尊重其他物种及生态过程的存在或固有的权利。施韦泽认为"迄今所有伦理学的巨大错误在于,他们认为自己必须所处的关系仅仅是人与人之间的"。他认为一切伦理学体系都应建立在"尊重生命"的基础上,只涉及人类的伦理学是不完整的。"一个人,只有在他视生命为神圣,包括所有植物和动物以及他的人类同伴的生命,他才是有道德的。""对生命的崇敬否定了把生命分为高级和低级、有价值和无价值。"[3] 所有的存在都有价值。我们不仅与他人有联系,而且与我们周围的所有生物都有联系。我们必须关心它们、尊重它们、保护它们,给予所有生物道德关怀。

利奥波德认为,人们必须先有伦理感,必须先在心里"将土地视

---

[1] Greg Garrard, *Ecocritism*, Routledge: London and New York, 2004, p. 60.
[2] [美] 罗德里克·弗雷泽·纳什:《荒野与美国思想》,侯文蕙、侯钧译,中国环境科学出版社2012年版,第354页。
[3] David C. Miller and James Pouilliard, *The Relevance of Albert Schweitzer at the dawn of the 21st Century*, University Press of America, 1992.

为一个生物机制,只有涉及某种能够看见、感觉、了解或信任的事物时,才有伦理可言"[1],因此,他提出"土地金字塔"理念,强调生态整体主义的价值判断标准,认为"所有物种之间彼此息息相关","对维护生命共同体的完整、稳定和美丽有益的事情是对的,否则就是错的"。[2] 他的代表作《沙乡年鉴》(又译为《沙郡岁月》)表达了地球是一个整体的观点;世界上的一切都是它的一部分,所有的事物都以这样或那样的方式与他人联系在一起。他还首次提到了土地共同体的概念,指出地球不仅指土壤,还包括气候、水和生物。人类作为社会的一个组成部分,必须改变其征服者的角色,因为社会中的每一个组成部分都有生存和发展的权利。由于以上环境伦理观获得了关注,到了20世纪80—90年代,很多荒野的维护者们都转向了这类生物中心论的伦理学观点,例如深层生态学、环境伦理学、保护主义生物学,以及"野化"[3]。1973年,挪威哲学家奈斯(Arne Naess)提出了"深层生态学"的新概念。虽然一些生态学家反对环境污染和对自然资源的掠夺性开发,但他们也赞成人类中心主义关于人与自然的关系。在他们看来,大自然除了人类的利益和需求,毫无用处。但深层生态学的核心思想是生态中心主义。对奈斯来说,即使不依赖于人类,自然也有价值。人类只是众多物种中的一种。在整个生态系统中,人类并不优于其他物种。自我实现是一个拓展自我认同边界的过程。

生态美学也是相对较新的哲学美学分支学科,大致产生于20世纪六七十年代,它将研究重心从艺术哲学转移到了对自然的审美。美国哲学家霍尔姆斯·罗尔斯顿在《哲学走向荒野》一书中指出,人类对荒野自然的需求比对驯化自然的需求更为真实,更难以言表。荒野自然的价值在于其艺术和审美的价值,而非其工具价值。荒野是我们的

---

[1] [美]阿尔多·李奥帕德:《沙郡岁月》,吴美真译,中国社会出版社2004年版,第295页。
[2] Bill McKibben, ed., *American Earth: Environmental Writing since Thoreau*, New York: Literary Classics of the United States, 2008, p. 464.
[3] [美]罗德里克·弗雷泽·纳什:《荒野与美国思想》,侯文蕙、侯钧译,中国环境科学出版社2012年版,第354页。

"生命之根",是"邻居所在",也是邂逅陌生者、正视"人非万物尺度"的地方,因此,荒野并非只有生存价值,而是"最有价值能力的领域"①,在荒野中体验这些"野性的""在人类出现之前就已经运行的自然过程"更有意义。

  正是受到以上诸多思想的影响,加上当时工业化进程给美国自然环境造成的恶劣影响,美国人对于荒野的认识也持续进一步变化深入。这些"我行我素""野兽出没的地方"一再昭示人类:他们不曾创造过荒野,而是荒野成就了他们。脱离了物质的城市化环境,置身荒野的人类与其他哺乳动物无异,生存依赖的不再是科技智慧,而是所在栖息地的健康。这便是荒野的生态价值和道德价值。1995年,罗尔斯顿提出了"荒野伦理学"(也被称为"哲学的荒野转向")。他的主要贡献是阐述了自然的内在价值和外在价值,证明了生态伦理的合理性。荒野确实有价值;它是一个自组织、自调节的生态系统,不断地进行着积极的创造。他认为自然在荒野、城市及混合地带中具有不同的价值体现,比如荒野中的悦耳的鸟鸣、城市中的湖岸嬉戏、混合地带中的农业生产。同样,在我们的生态、城镇和农业的不同国土空间中,自然凸显了不同的价值。

二 荒野概念的本体论之争

  1964年,美国颁布了《荒野法案》,其中对荒野的定义较为具体:"与那些已经由人和人造物占主要地位的区域相比,荒野通常被认为是这样一种区域,它所拥有的土地和生物群落没有受到人们所强加给它们的影响,在那里人们是访客而不是主宰者"。② 如果顺着这个逻辑

---

  ① [美]霍尔姆斯·罗尔斯顿:《哲学走向荒野》,刘耳、叶平译,吉林人民出版社2000年版,第233页。

  ② "The Senate and House of Representatives of the United States of America in Congress", *The Wilderness Act of 1964*, p. 51;刘丹阳、叶平:《20世纪西方环境哲学关于荒野概念研究的进展》,《哲学动态》2010年第11期。

去推理，地球上没有被人类改变、可以称为荒野的地方屈指可数。在这些美国联邦政府划定的677个全国最精心保护的荒野景观中，假如你去走上一走，其中大部分地方连续走上几天也不会看到人影或是任何明显的人类生存的痕迹。《荒野法案》的出台可以追溯到19世纪美国的荒野思想、浪漫主义和超验主义①，实际上，1872年3月，美国总统格兰特就签署过一个法案，标明"怀俄明西北部超过200万英亩的地区为黄石国家公园"，这也是世界上首例大规模荒野保留区的出现。②但这个法案的出台并不是在认知荒野内在价值的前提下采取的措施，最初的目的只是阻止私人使用。然而，1964年颁布法案的直接原因是荒野面积的急剧萎缩和所面临的巨大威胁。以国会立法的方式保护荒野，在历史上属首次。颁布法律保护荒野，可见荒野对于美国政府和民众的重要性。也正是因为荒野背后蕴含着一种元叙事，也就是美国的建国神话——"关于拓荒、西进和宗教力量的传统叙事"，所以才不遗余力地保护这种民族文化的"统一性"和"国民性基础"。

那么问题来了，荒野究竟是一种先于人类的客观存在，还是人类构建的文化概念？有学者指出，以上提到的美国自然写作作家和提倡将荒野纳入伦理范畴的哲学家、生态学家着力探究和构建的只是荒野的"自在性"而非"实在性"，强调的只是"自然的历史性"而忽视了"历史的自然性"，否定了人的主动性。③

实际上，美国文学史上最早站出来为自然和野性说话的梭罗曾用一句"荒野是世俗世界的保留区"概括了他的荒野观，用"我走入森林，希望从容地生活"表明了他的世界观。梭罗眼中的荒野并不是完全与人分割开的，而是一种充满现实性的自然。正如他对待文明的态度一样，虽然主张"一切简化"，提倡节约是享受生活的唯一法则，

---

① 滕海键：《1964年美国〈荒野法〉立法缘起及历史地位》，《史学集刊》2016年第6期。
② [美]罗德里克·弗雷泽·纳什：《荒野与美国思想》，侯文蕙、侯钧译，中国环境科学出版社2012年版，第102页。
③ 孙道进：《环境伦理学的本体论困境及其症结》，《科学技术与辩证法》2006年第6期。

但他并不否定文明的作用和进程,而是认为人类应该与自然发展和谐的关系。为了享受自然的和谐,人类必须与自然融为一体。当他从瓦尔登湖畔回归时,我们并没有看到多么强烈的荒野信仰,相反,更多的是对文明的尊重和平衡的意识。对他来讲,荒野既是自然风景,也是生活方式。

与梭罗不同,缪尔认为,文明扭曲了人与其他生物关系的情感,所以他总有一种"回归原始的野性倾向"。受超验论影响,在他看来,自然和所有其他存在都有权利。其他生物也是人类社会的一部分,因为他们都是上帝创造的。大自然是一个神圣的地方,人类理解和崇拜上帝。所以,人类必须尊重自然。对缪尔来说,荒野就是约塞米蒂的森林,具有"鼓舞和振作的神秘能力",既是真实存在,也是精神信仰。

不过,也有学者指出,塞拉俱乐部要求更多的"荒野"时,他们实际上代表的是富裕的郊区人民而不是农村工作人民的利益,代表的是休闲工业而非农业。这次对荒野政治的关注在美国生态批评主义中占有很重要的地位。美国生态批评近期在强调精神和道德层面,忽略了荒野是阶级和性别斗争的场地。与他们相比,1990年以来的新派荒野历史和生态学家有一些共同的特征,他们更倾向于权力的不平等以及种族、阶级和性别政治。[1]

即便是美国环境史学者内部,对荒野概念的认识也不统一,甚至大相径庭。以塞缪尔·海斯(Samuel Hays)为代表的环境史学家认为,荒野就是一种客观存在,有广义、狭义之分。而罗德里克·弗雷泽·纳什在《荒野与美国思想》中论述了荒野自旧大陆到新大陆不断变化的命运,他假设了一个从纯野性到纯文明涵盖细微刻度的光谱,"荒野和文明成为两种以不同比例结合起来截然相反的影响,从而决定一个地区的特点"。在他看来,荒野"不但是自然的一种客观存在,

---

[1] Greg Garrard, *Ecocriticism*, Routledge: London and New York, 2004, pp. 59 – 84.

也是思考自然的一种方式,是一个历史范畴,更是随着农耕生活出现而产生的一种认识,是与文明相对的概念"。①

到了20世纪90年代,越来越多的历史学家意识到需要重新解释荒野及其历史。在这些荒野修正主义者中,没有一个比美国环境史专家威廉·克罗农(William Cronon)更有影响力,他提出:荒野是人类文化上的创造,"荒野是自然的,未堕落的,是失去灵魂的非自然文明的对立面。这是一个自由的地方,在这里我们可以找回迷失在人工生活腐败影响里的真实自我。最重要的是,它是真实的终极景观"。②尽管将这种"人工生活"定义为现代生活,尤其是古典现代化时期的生活,可能略显偏颇,但克罗农在这里看到了工业化的弊端,转而欣赏自然世界。野生自然似乎有一种解放的影响,这有利于人类的幸福。在这个宁静的地方,人们可以找到生命的真谛。人与自然融合后,边界不再存在。在他看来,人们对人迹罕至的荒野所下的定义充满内在矛盾:

> 这里存在一种关键性的悖论:荒野包含了二元对立思想——即人类完全处于自然之外。如果我们允许我们相信自然,是真实的,也必须是野生的,那么我们在自然界中的存在代表了它的秋天。我们在的地方,是自然不在的地方。如果我们相信自然是真实的、野性的,那么我们在自然中的存在本身就是自然的沉沦。人类所到之处便不存在自然了。③

1972年,美国生态学者约瑟夫·密克尔(Joseph Meeker)首次尝

---

① [美]罗德里克·弗雷泽·纳什:《荒野与美国思想》,侯文蕙、侯钧译,中国环境科学出版社2012年版,第20—29页。

② William Cronon, "The Trouble with Wilderness; or, Getting Back to the Wrong Nature", Uncommon Ground: Rethinking the Human Place in Nature, London: Norton, 1996, p. 80.

③ William Cronon, "The Trouble with Wilderness; or, Getting Back to the Wrong Nature", Uncommon Ground: Rethinking the Human Place in Nature, London: Norton, 1996, pp. 80–81.

试将生态观点引入文学艺术研究，指出"人类是世界上唯一的文学生物"，应把人和其他物种的关系作为文学研究的对象，认真审视和发掘文学对人类行为和自然环境的影响，[①] 也是他提出了"文学的生态学"这一术语。1978 年，另一位学者威廉·鲁克尔特（William Rueckert）在其著作《文学与生态学：一次生态批评实验》中第一次提到了"eco-criticism"一词。进入 20 世纪 90 年代，生态文学研究不断升温，1992 年，"文学与环境研究会"（ASLE）的成立、第一家生态文学刊物《文学与跨学科研究》（ISLE）的出版标志着生态文学批评之潮形成。随后，在彻丽尔·格罗特菲尔蒂（Cheryll Glotfelty）、劳伦斯·布伊尔、帕特里克·穆非（Patrick Murphy）、格伦·洛夫（Glen Love）等先驱们的带领下，美国生态主义批评日渐繁盛，已经成为一种全球性文学批评现象。生态批评发展迄今，呈现出了更加突出的跨学科特性，诸如地理学、诗学等其他学科的观点陆续引入和借鉴，"地方"及其理论和应用逐渐成为生态批评新的研究范式和热点。

20 世纪美国著名生态诗人加里·斯奈德将中国的道家思想引入了"荒野"概念，他认为，荒野是"地方"，是圣地，是家园，是人等自然生命与无生命的统一。[②] 这便成了生态区域主义（Bioreginalism）的核心要义，世界由"地方"组成，整体由部分组成，而人类只是一个"地方"生活的一部分，早期居民适应生态环境的文化，或是今天现代的居住者试图以一种可持续的方式与这个地方协调的活动都可以证明这一点。生态区域主义根据在特定地方发现的独特的自然特征的整体模式来定义一个地区，包括特定的气候、季节、地形、流域、土壤和本地动植物等。彼得·伯格（Peter Berg）指出，生态区域既指地理意义上的地区，也指思想意识领域；既涵盖一个具体地方，也象征如

[①] 王育烽：《生态批评视阈下的美国现当代文学》，山东大学出版社 2013 年版，第 6 页。
[②] 蔡霞：《"地方"：生态批评研究的新范畴——段义孚和斯奈德"地方"思想比较研究》，《外语研究》2016 年第 2 期。

何在这个地方生活的理念。因此，荒野"不仅具有地理和生态学层面的含义"，更加关乎文明的继承与发展，关于包括人类在内的一切生物的和谐共处与秩序。①

总之，生态整体主义是20世纪形成的一种思想体系。生态整体论是一种不以任何事物为中心的理论，它所强调的是世界上所有存在之间的整体性、相互联系和相互作用。其关于荒野的核心思想在于"人类利益并非是最重要的事务"这一论断。荒野完全不是为我们而生的。我们应当允许它存在，尊重自然其他部分固有的价值和各种生命形式，同时，生态整体主义强调人与自然的共存。人类必须回归自然，调整自己的位置，承担起生态责任。20世纪美国著名自然写作作家蕾切尔·卡森（Rachel Carson）指出："很多地方的人对大自然的平衡毫不在乎，甚至有部分人认为自然的平衡是人类臆想的产物，这种忽视会给人类带来巨大的灾难，就好像站在悬崖边却无视重力定律的人一样。"② 自然界的平衡不是完全静止的，它在不断发生变化。这是从荒野出发，向人与自然交汇的中间地带的回归。她认为世界上的一切都有存在的价值，所有的生命都是平等的。自然把多种生命联结在一起，组成了一个复杂、精确、统一的生态系统。

> 夜晚的海岸是一个完全不同的世界，在这个世界里，正是隐藏了日光的干扰，使基本的现实更加清晰地显现出来。有一次，我在探索夜晚的海滩时，在手电筒的搜索光束中发现了一只幽灵蟹。它躺在它刚在海浪上面挖的一个坑里，好像在注视着大海，等待着。什么声音也没有，只有风吹过水面，海浪拍击海滩。没有其他可见的生命——除了一只小螃蟹。我在其他地方见过几百只幽灵蟹，但我突然有了一种奇怪的感觉，我第一次在它自己的

---

① Gary Snyder, *The Practice of the World*, New York: North Point, 1990.
② ［美］蕾切尔·卡森：《寂静的春天》，文竹译，台海出版社2017年版，第250—251页。

世界里认识了这个生物——我前所未有地理解了它的本质。就在那一刻,我所属的那个世界根本不存在了,我可能是一个来自外太空的旁观者。小螃蟹独自与大海在一起,成了生命的象征。生命是脆弱的,可毁灭的,但又是不可思议的生命力,使它在无机世界的严酷现实中占有一席之地。①

在这里,大自然给了我们一幅美丽的图画,充满了和谐,正是生态整体论的集中体现,即所有生物都有我们应该尊重的价值。英国气象学家洛夫洛克提出了另一种类似的生态整体论,称为"盖亚假说"。在他看来,地球是盖亚——一个母亲,世界上所有的生物都是盖亚的后代。所以世界上的每件事都与他人有某种联系。在地球表面的大气层之下,存在着一个生命系统。地球、岩石圈表面和整个生物在生产和改造过程中形成了一张网。

美国学者蒂莫西·莫顿(Timothy Morton)在《祛魅自然生态学——重思环境美学》一书中提出了一种新的生态批评形式,称为"黑暗生态学"(Dark Ecology)。他认为,生态学的目标应该是消除人类强加在自然身上的无限意义,从而还原自然的本真样态。自然不应只是像人的审美闹钟一般存在,而需要有自身的价值体现。因此,所谓"怪诞"是自然的本真样态,"自然的秽物"也是自然世界的真实所有。②

综上所述,无论是生态批评家们解析荒野概念内涵,还是我们作为普通人去理解,都应时刻注意不要把人和自然割裂开来,避免陷入环境伦理研究者们"荒野本体论"的困境。③ 把荒野和文明对立起来的是技术的力量和人类的贪婪,而不是荒野观点和荒野保护。如今,荒野保护已经提升到了治国方略的层面,与我国开展的生态文明建设、

---

① Rachel Carson, *The Edge of the Sea*, New York: The New American Library, Inc., 1966, pp. 14-15.
② 胡友峰:《生态美学理论建构的若干基础问题》,《南京社会科学》2019年第4期。
③ 孙道进:《环境伦理学的本体论困境及其症结》,《科学技术与辩证法》2006年第6期。

倡导的人与自然和谐发展息息相关，更能代表一个国家生态文明意识的提升。荒野的概念在西方颇为盛行，而在中国的传统文化和社会实践中较为弱化。随着中国生态文明建设的推进，荒野开始获得越来越多的关注，人们对荒野的理解也从"毫无价值的地区或待开垦地区"开始转向生命支撑、科学、审美等多元价值的视角。

第二章 美国文学的现代化进程考据

现代化是一个包罗万象、内涵丰富的概念,很难一言概之。关于现代化进程研究的论著也浩如烟海,并非这里所能一下阐明。学界声音繁杂多样的原因之一是,现代化是一个渐进的过程,很难划定一个确切的开始,另外,现代化又是一个几乎涵盖一切的整体变革过程,研究者的关注点、切入点不同,结论和发现往往也会存在差异。因而现代化理论不是一个单一的理论,而是不同学者在不同学科中对现代化研究成果的集合。若通论现代世界的发展趋势,社会学视野下,现代化是指"突破原有农业大生产力形态转向工业大生产力形态引起的社会巨变"。[①] 中外不同学者在阐述现代化进程时,将这一世界规模的大变革概括成了三次发展浪潮:18 世纪后期到 19 世纪中叶,由英国工业革命开端、向西欧扩展推进的早期工业化进程;19 世纪下半叶到 20 世纪初,工业化向整个欧洲、北美洲延展并取得巨大成效的过程;20 世纪下半叶是发达工业世界向高工业化升级与欠发达世界的大批国家卷入工业化的过程。当然,各国的现代化进程和特点不尽相同,共性有二:"一种是由内在因素导致的突破,称为内源性现代化,是一种自下而上的创新性巨变,英国和最早进入现代化的西欧各国都属于这种类型;另一种是由外在因素导致的变革,是自下而上的传导性变

---

① 罗荣渠:《现代化新论——世界与中国的现代化进程》,商务印书馆 2004 年版,第 6 页。

化,东亚诸国皆是如此。"① 而美国是在荒野上形成的新国家,移民过程几乎贯穿整个社会发展史,在此期间,英国原始现代化的各种因素也在这片土地上衍生出现;此外,由于这个民族选择走入荒野,又从荒野开拓出新天地,这一独一无二的历史起点又使其现代化进程"具有巨大的传导性,又具有巨大的创新性,形成了一条独特的道路"②。

第一节 美国现代化进程概述

美国独立战争和西进运动后,美国在经济和政治上取得了前所未有的成就。巴里·W. 波尔森指出:"1790 年以后,美国向现代经济发展过渡。19 世纪的高速持续不断的经济增长带来了这个国家令人惊异的转变。"③ 美国 1789 年才通过宪法,成立联邦政府,1893 年就已经在经济上跃居世界第一,短时期内取得如此巨大的成就确实使其成为全球瞩目的焦点和学者们持续研究的课题。

1890—1960 年这段时期通常被认为是美国现代化的成熟期。因此,伴随工业化发展而来的环境问题比以往任何时候都更加严重。在这一时期,大量的环境文学作品似乎引起了人们的关注。荒野作为美国现代化进程中的一个热门术语,在社会学、哲学和文学等领域得到了广泛的应用。它远不只是地球上一个缺少人烟的地方,而是一个由人类创造出来的概念。随着现代高科技在美国的升级,人类体验到了身体上的舒适和便利。随着从农业国家向工业帝国的转变,美国文明变得古老而复杂。荒野作为现代文明的产物,越来越受到人们的重视。原始的荒地转变成现代人的资产和工具。它不像以前那么自然,因为它反映了人类的渴望和欲望。斯奈德指出,文明是混乱和无序的根源,而荒野则是自然自由组织的缩影。经济增长与环境恶化之间的不平衡

---

① 张少华:《美国早期两条现代化道路之争》,北京大学出版社 1996 年版,第 6 页。
② 周辉荣:《中国美国史研究的现代化取向》,《史学月刊》1999 年第 1 期。
③ 中国美国史研究会:《美国现代化历史经验》,东方出版社 1994 年版,第 10 页。

使人类陷入了无法解决的困境。

事实上,美国的现代化进程贯穿着三次大辩论,分别是建国初期、20世纪初与20世纪70年代,反映了美国如何从农业社会走向工业社会,又如何完善现代工业社会与向后工业社会过渡的全过程。[①] 第一次辩论发生在以财政部部长汉密尔顿(Alexander Hamilton)为代表的工业化计划和以国务卿杰斐逊(Thomas Jefferson)为代表的农业社会理想之间,最终以19世纪末,美国社会财富极速增长,完成向工业化社会转变而结束;第二次辩论是指经济大萧条时期,以当时共和党总统胡佛(Herbert Clark Hoover)为代表的一方坚持工业社会自由放任,而民主党总统候选人罗斯福(Franklin Delano Roosevelt)则提出应实行"新政",进行政府干预,最终"新政"不但挽救了资本主义制度,更是在改革实践中形成了一条美国式的现代化道路,政府开始对社会进行支配,积极维护公共福利,继而维护私有财产和个人自由;第三次辩论是指以里根(Ronald Wilson Reagan)为代表的共和党新保守派与以克林顿(William Jefferson Clinton)为代表的变革派之间的不同主张,影响了美国现代化的变革取向,而且将会一直持续下去。

简单讲,美国现代化进程主要涵盖经典现代化和后现代化两个阶段。一般是以在工业化推动下,由农业社会向工业社会的整体社会变迁来衡量。美国的现代化当始于18世纪90年代,即学界广泛接受的美国工业化起点——1790年;南北战争之后,美国工业化和现代化进程逐步推进,到19世纪90年代,美国已初步完成了工业化和从农业社会向工业社会的转变。亨利·康玛杰(Henry Steele Commager)认为,19世纪90年代是美国历史的分水岭。到20世纪60年代,美国基本完成了经典现代化建设。在这一进程中,美国政治、经济、社会、文化各个方面都发生了重要变化。

根据已有的社会学研究成果,美国的工业现代化可以划分为五个

[①] 中国美国史研究学会:《美国现代化历史经验》,东方出版社1994年版,第10页。

第二章 美国文学的现代化进程考据

历史时期。第一个历史时期是18世纪末到19世纪60—70年代,是工业现代化的起步与第一次跃进时期;第二个历史时期是19世纪60年代至第一次世界大战前夕,是工业现代化的第二次跃进高潮;第三个历史时期是从第一次世界大战至第二次世界大战结束,是工业现代化的徘徊时期;第四个历史时期是从第二次世界大战结束至20世纪70年代初,是工业现代化的第三次跃进时期;第五个历史时期,是20世纪70年代初至80年代末,是美国工业现代化的第二次发展低潮期。[①]

本书旨在结合以上对美国现代化进程历史时期的划分,梳理美国文学现代化进程的大致阶段,通过吸收社会学、经济学等领域的权威核心观点,为美国文学的现代化进程时期划分提供有说服力的依据,将美国荒野概念的变迁置于这个背景之下,挖掘人与自然的关系,以及经济社会发展对荒野这一文化建构物的影响。根据以上社会学研究成果给出的美国现代化、工业化开始、发展和完成的界标,本书把美国文学的现代化进程也划分为酝酿、起步、发展、成熟、向后现代化过渡五个阶段,分别对应殖民地和独立战争、西进扩张和工业转型、世界大战和战后繁荣六个历史时期,以此为基础总结各阶段的荒野描写和隐喻变迁特点:第一,1750年前后到1790年为现代化的酝酿时期,基本涵盖美国历史上两个重要阶段,殖民地时期(1607—1775)和独立战争时期(1775—1783);第二,1790年到1890年为现代化的转变时期,包括西进扩张和工业转型时期;第三,1890年到1960年前后为现代化的成熟时期,主要是指两次世界大战(1914—1945)期间;第四,从1960年至今,也就是战后繁荣时期,是美国从现代化向后现代化过渡的时期。以现代化的视角研究文学发展历史也是方法上的创新,因为世界现代化的客观进程会把地球上的国度联结成一个整体世界,在这样一种框架下,对美国文学中现代化进程的描述势必也

[①] 韩毅:《美国工业现代化的历史进程(1607—1988)》,经济科学出版社2007年版,第20页。

— 41 —

会为中国的现代化发展提供借鉴。

现实空间的不断变化，势必也会在文学空间中有所体现，因为文学自身就是现实的反映，其产生和阐释是多元化的，互文性很强。现实中的地方、景观、风情、荒野会影响文学创作，而作品反过来也会影响现实中的地理空间。人们与地方的互动、人们对地方和空间的主观感受不一定是快乐的，相反是充满焦虑的，时常是可怕的、不悦的和枯燥无味的。人们往往会有种迷失或者茫然的感觉。这种感受可称作"厌地情结"，或者更确切的术语应该是"恨地情结"。1927年，露西·哈泽德在《美国文学中的边疆》中把与边疆相关的美国文学发展过程概括成两个阶段，首先是以库柏和布莱特·哈特（Bret Harte）为代表的边疆文学，以掌控自然为目的进行的身体拓荒；其次是以诺里斯（Frank Norris）、辛克莱·刘易斯（Sinclair Lewis）和埃德加·李·马斯特斯（Edgar Lee Masters）的作品为代表，描写以控制他人劳动为目的进行的工业拓荒。最后，她预测第三个阶段将会是以控制人类自我为主的精神拓荒。

在整个美国现代化进程中，荒野可以说是一个切入理解美国人与所处空间环境关系的核心概念。从踏上荒野之初对自然的依赖，对自然无私馈赠的赞美和开发，到描绘建立独立国家后人与自然和谐相处，再到阐述工业化社会中的文明观及批判人类中心思想对自然生态系统的破坏。在美国文学中，荒野思想经历殖民期至今近四个世纪的跨度，极大地影响了美国人的心智，在很大程度上塑造并形成了美国精神。美国文学家通过各自作品透析人与自然对立统一的关系，思考自然生态与人类的联系。

随着工业化进程的不断迈进，荒野地带逐步缩减，年轻一代对荒野的欣赏和追求日渐增长。但他们生长于钢铁丛林之中，电子屏幕之前，与自然有了很大距离。这就会导致他们在认知、理解荒野时与其父辈产生巨大差异，荒野的价值在代际之间发生了强烈的认知异同。生态批评家尼尔·埃文登（Neil Evernden）就曾表达过对地方感的担忧,"都市生活中自然环境的骤减,会导致人类与地方的真正依附步履维艰——即使在一个地方生活很久的人也必须去努力获得这种依附感"。因此探究美国文学现代化进程中的荒野意象,了解不同时期人们的自然生态思想,有很强的现实意义,也会对我国生态文明建设产生一定的启示和借鉴作用。

第二节 美国荒野文学的衍生和发展历程

虽然荒野意象伴随着美国民族的诞生,但并非有关荒野的故事最早都是起源于到达北美大陆的欧洲人。前面提到,类似荒野的描写最早可以追溯到公元前 2100 年陶土片上记载的亚述人史诗《吉尔伽美什》(The Epic of Gilgamesh),讲述了自然人恩基都(Enkidu)受到引诱,投入人类文明怀抱,而临终遗憾却是再没有机会去享受与瞪羚一起快乐腾跃的自由生活①,表达出了强烈的回归自然的愿望。但毋庸置疑的是,由于美国特殊的自然背景和上一节所述的荒野的美国特性,荒野文学在美国发展最为繁荣。② 美国作家在某种意义上都是荒野作家,他们笔下或者是真实的荒野,或者是想象的荒野,总之他们在描写荒野的同时,也把自己写入了这片土地。③ 美国文学从一开始,就注定是一首"土地的歌"。

拉斯金把美国文学史上与"荒野"相关的三种文学形式概括为:荒野叙事(wilderness narrative)、荒野隐喻(wilderness trope)和"野蛮体"(wild form)④。遗憾的是,他并未在著作中对这三种形式有进一步系统化的定义和阐述。拉斯金未提及原因,不过读者却可以从他

---

① [美]段义孚:《逃避主义》,周尚意、张春梅译,河北教育出版社 2005 年版,第 19 页。
② 程虹:《美国自然文学三十讲》,外语教学与研究出版社 2013 年版,第 192 页。
③ Jonah Raskin, *A Terrible Beauty The Wilderness of American Literature*, Regent Press, Berkeley, California, 2014, p. 18.
④ Jonah Raskin, *A Terrible Beauty The Wilderness of American Literature*, Regent Press, Berkeley, California, 2014, p. 17.

写在前言的一句话中窥得一二：无论是从字面上阅读，还是分析其隐喻内涵，美国作家几乎都是荒野作家。美国虽然建国时间短，但以荒野为线索，重新梳理浩如烟海的文学作品也绝非易事。国内外对于美国荒野文学系统化发展的研究也寥若晨星，且说法不一。笔者基于文本细读和文献查阅，尝试对国内外学者关于荒野叙事和荒野隐喻两种文学形式的论作进行概括总结，以期对深化美国荒野文学研究有所裨益。

荒野叙事，也有学者称为荒野写作或是荒野记述。如果追溯其源头，恐怕早在哥伦布探险日记中就已经出现了这种记录人类与异域土地邂逅的非虚构式文体。在过去的两个多世纪中，从刘易斯上尉和克拉克少尉的探险考察开始（Lewis and Clark expedition），荒野叙事已经发展成为一种独立的文学类属，惯用欧美人视角，主要描写他们远离文明，投身荒野之中的经历[1]。朱新福教授在《美国文学上荒野描写的生态意义述略》一文中，曾将其定义为"荒野描写"（Wilderness Writing），即"以美国大陆原始自然和对野外生态学观察经验为素材，书写原始自然的文学创作形式，常见题材为随笔、游记、札记、诗歌、小说"。[2] 但美国生态批评家格拉格·盖拉德（Greg Garrard）在其论著《生态批评主义：新批评术语》第一章中谈道："许多早期生态批评作品存在一个共性特征，即对浪漫主义诗歌、荒野叙事诗和自然写作有专一的兴趣。"由此可见，中美学者关于荒野叙事的定义不尽相同，题材不外乎上述几种。而根据其讲述内容，荒野叙事又可分为殖民时期作家的荒野记述、西部浪漫传奇叙事和自然写作。

美国文学中的荒野叙事起于殖民主义作家对新大陆旷野的记述，多以日记、游记为主；成熟于19世纪自然文学，尤其是以梭罗、缪尔为代表的自然写作作家对荒野内在价值的描述与歌颂，后经20世纪玛

---

[1] Sue Ellen Campbell, "Feasting in the Wilderness: The Language of Food in American Wilderness Narratives", *American Literary History*, Vol. 6, No. 1, Spring, 1994, pp. 1–23.
[2] 朱新福：《美国文学上荒野描写的生态意义述略》，《外国语文》2009年第3期。

丽·奥斯汀、蕾切尔·卡森、斯奈德和爱德华·阿比等作家发扬光大，逐渐走向繁盛。随后的章节分别会对此两种表现形式有专门的论述，这里不再赘述。

当人类逐渐意识到自然的内在价值而非实用价值时，就会把更多的目光转向远离城市生活的无边荒野。荒野在自然写作中逐渐脱离了边缘化的被动地位，体现出了一种野性之美，和谐之美。它是梭罗笔下的瓦尔登湖，是奥斯汀身处的西部沙漠，是特丽·坦皮斯特·威廉斯（Terry Tempest Williams）的盐湖，也是利奥波德废弃农场的土地家园。在自然文学的书写中，荒野是一种没有界限的自然之地，它不仅因其自然性具有审美价值，更被众多的作家注入了感知情怀。可以说荒野叙事在文明和真正的"荒野"之间开辟一个"中间地带"。20世纪的荒野叙事不再以传统的旅行见闻形式作为文本的写作框架，在以往游记中，自然荒野只是日常生活的外在消遣。而在以上作家的作品中，自然成了一种催化剂，帮助我们了解各自内心的荒野，以及我们和其他生物之间的普遍联系。自然像是一面镜子，反射出每一位故事的讲述者，他们在荒野中发现的，正是他们需求得到的。

以荒野为主题的自然写作又可细化出很多分支，比如沙漠文学。在《圣经》中，沙漠几乎是荒野的代名词。根据《大英百科全书》，"沙漠"一词描述的是"任何大片极度干旱、植被稀少的土地"。这些地理特征表明，沙漠显然不是人类居住的完美之地，相反，沙漠通常被认为"贫瘠而无趣"，象征着焦虑、迷茫和死亡。沙漠也是文学中的一个重要概念，经常与"花园荒野、边疆、西部、处女地等隐喻"联系在一起。[①] 美国荒野叙事作品在不同时期也都存在着沙漠文学的代表作，例如玛丽·奥斯汀《少雨之地》、李奥帕德《沙乡年鉴》、爱德华·阿比《沙漠独居者》和巴里·洛佩斯的《荒漠随笔》。在阿比

---

① Cartrin Gersdorf, *The Poetics and Politics of the Desert Landscape and the Construction of America*, in *An Interdisciplinary Series in Cultural History*, *Geography and Literature* 6, ed., Robert Burden, Amsterdam-New York, 2009, p. 23.

笔下,沙漠是"地球上最漂亮的地方"。他强调,这些石头、植物、动物以及沙地的最可贵的品质在于它们对人类的存在、缺席、到来、停留所显示出的冷漠。我们是生是死,与荒漠绝对无关。奥斯汀更是通过颂扬这片"贫瘠而无趣"的土地,帮助美国创造了沙漠美学,这种文学话语"激发了文化幻想,使孤独、舒适的休息和神圣启示的真实和想象的体验成为可能"[1]。

美国荒野文学的另外一种表现形式就是在本章第二节中提到的西部神话叙事,也有学者称之为西部浪漫传奇叙事,最常见的叙事模式有三种:牛仔神话叙事,旨在塑造民族英雄。最具代表性的经典模式便是长途赶运,过程非常简单,却能造就拥有无限可能的神话。花园神话叙事,致力于呈现西部自然环境的多样与丰富;以及边疆神话叙事,将西部作为一个地区置于国家视野下,讲述其特殊作用。从表面上看,西部浪漫传奇叙事就是各种模式的综合体:西部高原的异域风情,枪战对决中英雄的缓缓倒下,好与坏、野蛮与文明之间老套的"二元对立"等,这些都和美国人头脑中的"荒野"牢牢拴在一起,无论他来自西部还是东部。根据约翰·考威尔蒂(John Cawelti)的观点,模式可以从文化和情节两方面来分析。"文化模式"是指重复出现在小说中的某一时期、地点或国家的文化形式和母题,对美国西部小说来说,牛仔、拓荒者、不法分子、印第安人、二元模式等勾勒出来的就是文化模式,而"情节模式"则是指相对稳定的故事叙述框架。后现代主义批评家西奥·德哈恩(Theo D'haen)也曾强调说,模式化故事通常有双重含义:"文学含义最终表示的是文化准则",从这一角度而言,这些故事实际是在以一种隐形方式在对现有秩序表示支持。

在美国历史的某个阶段,"成为西部人"这个过程一度作为美国

---

[1] Cartrin Gersdorf, *The Poetics and Politics of the Desert Landscape and the Construction of America*, in *An Interdisciplinary Series in Cultural History*, *Geography and Literature* 6, ed., Robert Burden, Amsterdam-New York, 2009, p. 16.

身份的代名词,越发变得自然强大。"神话本质上是在定义我们是谁,更重要的是在定义我们要成为什么。"① 神秘浪漫的西部传奇叙事赋予了或者说是复原了美国故事经典的个人主义、男性气息和盎格鲁—撒克逊式的控制欲。然而,对边疆历史的神秘讲述可能会满足深植于民族心理之中的渴望,但同时,"也创造出了对某种生活方式的向往,而这种生活方式只存在于排他主义者话语的封闭领域。"②

意识到这一叙事存在,并在西部题材和背景下成功运用的首位主要作家公认是詹姆斯·费尼摩尔·库柏③。他首次在《皮袜子故事集》中展示了边疆拓荒经历的史诗维度和神话力量。作品中对征服荒野这一主题的无尽想象性创造,对一代又一代创建了文明却又被文明摧毁的男男女女的描写,都表明库柏也是神话的创造者之一。在皮袜子系列最后一部发表六十多年后,另外两个事件为现代西部小说的发展埋下了伏笔。首先是"一角硬币小说"让西部英雄迅速蹿红,人物形象和《皮袜子故事集》中的主人公极为相似;其次是1902年欧文·威斯特(Owen Wister)《弗吉尼亚人》的出版。黛博拉·L.麦德森(Deborah L. Madsen)认为,20世纪文学对征服西部荒野的描写和评论源于《弗吉尼亚人》和赞恩·格雷的作品,之后回归到约翰·福特(John Ford)和他在银幕上塑造的美国现代神话,西部小说这一文学类属的基础皆在于此。④ 作品中的人物除去前辈们身上的坚韧、勇气和智慧,又增加了几分文雅,牛仔因而成了美国西部荒野的史诗级中心。他创作的仪式性举枪对决也被看作是"西部模式"的一个重要标志。到欧文开始创作《弗吉尼亚人》的时候,他已经成了西部小说的代言人和宣传者。

---

① Susan Faludi, "An American Myth Rides into the Sunset", Published on Sunday, March 30, 2003 by the *New York Times*.

② Deborah L. Madsen, *American Exceptionalism*, Edinburgh: Edinburgh University Press, 1998, p. 148.

③ J. Golden Tayler, et al., *A Literary History of the American West*, Fort Worth: Texas Christian University Press, 1987, p. 154.

④ Deborah L. Madsen, *American Exceptionalism*, Edinburgh: Edinburgh University Press, 1998, p. 122.

之所以这样定论,是因为曾有一位不知姓名的牛仔这样评论道:"韦斯特先生写这本书之前我们可能不是用他那种方式说话,但这本书出版后,我们确实都像他写的那样交谈起来了。"[1] 此后的三十年间,赞恩·格雷和其他一些西部作家又进一步定义了这一荒野叙事模式。

除去以上三种模式,西部传奇叙事还包括另外一种,虽然不常被提及,却也在美国荒野文学中占有一席之地:囚禁叙事(Captivity Narrative),通常是指欧洲白人,尤其是妇女,被印第安人掳走囚禁的故事框架。理查德·斯洛特金曾把这一叙事核心定义为"个人,通常是女人,被动地遭受邪恶的打击,等待上帝的救赎"。美国文学中最早的囚禁叙事体源于17世纪殖民主义时期,代表人物是玛丽·罗兰德森(Mary Rowlandson,1636—1678)。

玛丽·罗兰德森是在1676年2月10日在马萨诸塞殖民地的兰卡斯特(Lancaster)被印第安人掠走的,5月2日才被放回。除了她在《玛丽·罗兰德森夫人的囚禁与解放》这部日记体荒野记述中所讲的一切,世人几乎对其一无所知。但这并不妨碍这个故事成为17世纪最畅销的散文作品,是美国文学史上第一部,也是最好的同类题材著作。一般来说,囚禁叙事具有西部荒野所象征的一切神秘因素:荒野密林、复仇冒险、教科书般的虔诚信仰等,通过基督的恩典和清教徒执政官的努力,俘虏最终得到救赎,这就好比灵魂在皈依中得到重生。因此,这种严峻的考验既预示着痛苦和邪恶,又预示着最终的救赎。后来,在库柏的"皮袜子"系列小说,尤其是《最后一个莫西干人》中,囚禁叙事模式得以改造成小说。一直延续到20世纪中期,仍然有相关创作和研究出现,例如威廉·福克纳的《圣殿》[2]。

美国荒野文学的第二个突出特征是荒野隐喻。最早把荒野作为修

---

[1] David H. Murdoch, *The American West: The Invention of a Myth*, Wales: Welsh Academic, 2001, p. 81.

[2] Ronald Gottesman, Francis Murphy, *The Norton Anthology of American Literature*, W. W. Norton & Company, 1979, p. 58.

辞隐喻去看待的是罗杰·威廉姆斯（1603—1683），他是新大陆上第一个把荒野当作一种修辞的英国人。① 在某种意义上说，是他创造了文学中的"美国荒野"。同时，他也是第一位为荒野赋诗的作家。正如派瑞·米勒（Perry Miller）所讲："除了威廉姆斯之外，没有哪个新英格兰作家从'荒野'这个词中开发出这么多魔力。"② 他的代表作是《开启美国语言的钥匙》（*A Key into the Language of America*）。在创作这部作品的过程中，威廉姆斯意识到，荒野极大地影响了他，赋予了他第二次生命。书中收录的三十多首诗歌中有一首最为著名，其中提到一个印第安人这样回击清教徒。"你们才是野蛮人，疯狂的异教徒，你们的土地才是荒野。"正是荒野概念中隐含的这种"双重意识"，使得新大陆的语言和文化凸显了独一无二的美国特性。③ 自此，荒野在美国文学中的象征含义引申一发不可收。

　　荒野既是美国人地理的重要支撑，也是其精神的强大支柱。荒野意识本就是美国人性格的一部分，不同时期美国人与荒野的关系，反射着社会的变迁和自然观的演变，以及人们的心理轨迹。荒野隐喻在美国文学发展进程中的不同阶段，有着不同的表达。有学者将其定义为"精神边疆"，有人专门分析森林、海洋、河流三种意象，除去之前所阐释的宗教内涵，美国文学中的荒野隐喻主要体现在以下三方面：成长追寻、逃离欲和地方感。

　　首先，美国西部小说呈现出一种原型结构，弗莱称之为"传奇神话"，是他归纳的四种文学神话原型之一。他认为"传奇情节的关键因素是冒险"，而富于传奇形式的主要冒险是追寻（quest）。成功的追寻之旅往往包含三个步骤：一是英雄开始危险的旅程，二是在途中遇

---

① Jonah Raskin, *A Terrible Beauty The Wilderness of American Literature*, Regent Press, Berkeley, 2014, p. 42.

② Jonah Raskin, *A Terrible Beauty The Wilderness of American Literature*, Regent Press, Berkeley, 2014, p. 42.

③ Jonah Raskin, *A Terrible Beauty The Wilderness of American Literature*, Regent Press, Berkeley, 2014, p. 43.

到不计其数的强盗和逃犯,三是以英雄的升华告终。每个主要人物都在一系列的旅途中经历了不同的苦难考验和不断的自我摸索。美国文学中,最先把成长主题引入英雄身份的应该是库柏,其外在架构就是打猎。卡尔维蒂认为,人们"通过猎杀收获猎手和勇士的称号,展现其作为成年领导人的潜力,也得以证明自己具备遵守荒野原则的能力,拒绝女性所象征的世俗进步,崇尚荒野所代表的暴力、阳刚的生活"等,这些仍是模式化西部小说的重要主题。

另外,美国西部小说的主要背景多是那个曾捕获世世代代美国人浪漫主义想象的长途赶运年代。其实,长途赶运开始于美国内战刚一结束,尤其是当得克萨斯人重返故地,发现他们不在的日子里野牛成倍增加,因此便将牛群向东北方向赶运,一直赶到铁路终点,连推带搡塞进火车车厢,运到东部市场。养牛业在东部平原上逐步兴盛的时候,牛群的囤积放牧也持续北上,一直延伸到蒙大纳州。在堪萨斯州和内布拉斯加州大平原上飘散的定居移民围起农场,随着赶运牛群继续向西部推进。然而,长途赶运年代仅仅持续了25年。最终,由于一场得克萨斯牛瘟,政府颁布了检疫隔离相关法律,再加上当地铁路终点站的修建,穿越西部旷野的牛群长途赶运时代结束了。历史上西部牛仔的鼎盛时期过去后,文学、戏剧和神话中的牛仔形象随即诞生,他们代表着个人主义、坚定的原则、开拓进取的精神和男子汉的勇气,他们居住的地方也被描述成花园、风景秀美、物产丰富,充满无限生机和可能。

经典西部小说中,支撑表面结构的深层模式往往是俄狄浦斯神话,即正义永远会战胜邪恶,英雄总能打败邪恶的敌人。[1] 传统西部主题之一就是赋予了人物自我重生和转化,以及从东部城市化的束缚中解放出来的机会。[2] 格雷和库柏都认为,西部荒野是自我转化的最佳场

---

[1] John G. Cawelti, *Adventure*, *Mystery and Romance*: *Formula Stories as Art and Popular Culture*, University of Chicago Press, 1976, pp. 5 - 6.

[2] Lee Clark Mitchell, *Westerns*: *Making the Man in Fiction and Film*, University of Chicago Press, 1979, p. 5.

景，原本在荒野中反省的人们逐渐发现自己成了荒野的一部分。人和荒野的相互认同并不总是开始就很明显，或者一定能实现，正如《最后的莫希干人》中的大卫·盖莫特（David Gamut）和《弗吉尼亚人》中的叙述者所经历的那样。①

但在 20 世纪以麦克默特里为代表的后西部作家作品中，这种自我重生和转化更多时候是通过一种后现代西西弗斯式的身份追寻来展示的。对于他们来说，哲学的意义并不在于诠释或改变世界，而是如何在这个不确定的世界中自觉调整自己。当长途赶运终于过半，牧场主和牛仔们朝思暮想的蒙大拿近在咫尺，任务即将完成的时候，他们却开始拷问自己："既然我们已经到了这儿，下一步要去做什么？"这个问题几乎萦绕在每个人的心中。通常情况下，一场长途赶运结束后人们就会掉头回到出发地，他们唯一能想到的就是下一次探险，至于为什么去却无从谈起。最为典型的就是《孤独鸽》的格斯和卡尔，尽管有面临困境时的执着坚忍和英雄主义色彩，但他们从出发开始就步入了西西弗斯式的荒谬怪圈。四本小说都呈现了主人公们的自我追寻，在野蛮和文明夹缝中寻找认同感的过程。他们徒劳重复的意义在于对命运的接受，由此可以提炼出勇气和不屑的双重价值：用"坚定沉着"去面对荒谬的世界。在这个世界中，上帝根本不存在，或者存在也只能是人类的制造品，抑或只有无动于衷、反复无常和神秘莫测的一面。

其次，逃离和回归一直是田园文学亘古不变的母题，对家园的怀旧追溯、回家的经历过程是比较典型的文化地理学空间结构。同时这一主题也是荒野隐喻中的一个重要层面，但两者对自然的构建完全不同。田园文学传统对美国生态批评仍然很重要，倾向于对非小说自然写作的重估，因为田园文学继续提供潜在的叙事结构，在这些结构中，

---

① Lee Clark Mitchell, *Westerns*: *Making the Man in Fiction and Film*, University of Chicago Press, 1979, p.133.

主人公离开文明与非人类的自然邂逅，在经历顿悟和重生之后返回文明。但田园文学更适用于旧大陆已经驯化、长久稳定的世界，而荒野更多象征着新世界拓荒者们的足迹和心声。国内美国文学研究泰斗常耀信先生说过，19世纪中期，美国文学作品的一个普遍主题是"摒弃和寻求"，寻求的热望源于摒弃的要求。①

"逃避"也是人文地理学研究的关注点之一，其中涵盖着"迁移"和"人地关系"两个主题。段义孚曾在其论著《逃避主义》中谈到，人类对所生活的环境从来不会感到满意，因而会出现两种生存轨迹，其一是迁移，寻找更适合生活的地方；其二是选择停留，但是会对现有的生存空间进行改造。② 而"逃避"也有两种去向，逃避自然和逃向自然，也就是说逃避的对象不同，可能是自然，也可能是文化，或者是人类自身。这两种指向在美国文学发展过程中贯穿始终。

华盛顿·欧文笔下的瑞普·凡·温克尔在山中酣然一睡二十年；莱斯利·费德勒在《美国小说中的爱情与死亡》中，提到那些对抗女性、反抗婚姻和文明的不羁主人公们时，说"我们小说中的经典男性人物是一直在逃离，匆忙跑入深林，或是奔向海洋，沿河而下，或是奔向战场——总之，要去逃避'文明'的任何地方"③。它可能是《皮袜子故事集》中"出没于北部边疆的森林与草原，在落日的余晖中大步向西，再向西的古都西行者"④，一路逃跑，力求远离文明村镇的斧声和炊烟；也可能是惠特曼"从加利福尼亚海岸朝西看"中那个"不停问路，寻找着还未找到的东西"的孩子，已经很老了，却还"越过波澜，向着移民的地方，远远望去"⑤；还可能是田园梦被机器声、火

---

① 常耀信：《美国文学史》，南开大学出版社1998年版，第239页。
② [美]段义孚：《逃避主义》，周尚意、张春梅译，河北教育出版社2005年版，第19页。
③ [美]段义孚：《逃避主义》，周尚意、张春梅译，河北教育出版社2005年版，第27页。
④ 田俊武：《旅行叙事与美国19世纪文学的叙事本体——以19世纪美国文学典型作品为例》，《贵州社会科学》2016年第2期。
⑤ [美]沃尔特·惠特曼：《惠特曼诗选》，赵萝蕤译，外语教学与研究出版社2016年版，第79页。

车轰鸣声打断的梭罗们，边在荒野中寻找自我，边提醒人们带来莫大便捷的文明生活同时也在吞噬着大量时间，耗尽他们的生命价值。

荒野中的疏离感形成要追溯到清教主义者最初到达新英格兰时期。对于生活在 20 世纪初的人们来说，荒野是一个新的敌人，给人们带来了身体上和心理上的孤立感。他们与自然保持着一定的距离，持有原始的以人为中心的观点，认为自然是可以被征服的。但结果却是两败俱伤。他们在荒野中挣扎，并在寻找解决这一困境的办法。疏离感在《愤怒的葡萄》中表现尤为突出。在结尾处，汤姆·琼德（Tom Joad）在和母亲谈起凯西的精神之旅时说到"他去荒野寻找自己的灵魂了"，这可谓是斯塔贝克这部作品的点睛之笔，也是他想为世人揭示的道理精髓：人的灵魂只有回到荒野，才会完整。

最后，对于人文地理学者来说，地方感是一个非常重要的概念，"既非主观的官能，也非一个客观存在，而是在这两者间循环的某种东西"。[1] 荒野是维系美国人地方感的一个重要意象。地方感不同于空间感，在西方文化中，空间往往是自由开放的象征，正如一望无际的平原或是森林。"开放的空间既没有人们走过的道路，也没有路标，因此不存在已经成型的、具有人类意义的固定模式。而地方是封闭的人性化的空间，是一个使已确定的价值观沉淀下来的中心。"[2] 美国文学中的荒野演变正是体现了从空间向地方过渡，最终两者融会交叉的过程。殖民主义时期曾是一张可以任意书写的白纸空间，随着西进运动的深入，移民定居日渐增多，荒野所象征的美国文化意识和价值观也越发清晰地凸显出来。在纯净的荒野中，美利坚民族的命运可以重新定义为，超越腐化和复杂的欧洲，实现另一条与众不同的"天定之路"。这种自然环境与"美国性"之间的内在联系，在浪漫主义时期

---

[1] 沈洁玉：《空间·地方·绘图：〈劳特利奇文学与空间手册〉评介》，《外国文学动态研究》2019 年第 2 期。

[2] ［美］段义孚：《空间与地方：经验的视角》，王志标译，中国人民大学出版社 2019 年版，第 41 页。

超验派文学中得到了更为深入的探索。

地方感还可以理解为一种植根于地域性的地区意识，象征着独特的身份历史和特殊复杂的情感。1830—1910年是美国西进拓荒运动的高潮，这一贯穿几乎整个19世纪的壮丽史诗，同样在美国文学史上留下了难以磨灭的痕迹。农业社会结构始终影响着荒野地方感，辽阔的西部草原为美国畜牧业发展提供了必要条件，别具一格的牧区社会和文化也应运而生。这种地方感在1890—1960年的美国西部文学创作中尤为突出和与众不同。

进入20世纪，这种地方感进一步细化演变成了"位置感"，例如新超现实主义作家W.S.默温（W.S. Merwin）在诗歌《黎明时分寻找蘑菇》中这样写道："天色阴暗细雨纷纷/金色的蘑菇穿透本不属于我的梦/唤醒我/来到山上将他们寻找/我似乎曾经到过也熟悉/他们出没的地方仿佛还清晰记得/另一次生命。/而现在我又迈向别的地方/找寻自己。"[1] 蘑菇一般簇生于阴暗、潮湿、有腐殖的环境，而这些正是荒野的基本特征。因此，这首诗歌并非在简单陈述一次雨后的自然游历，其中的"蘑菇"意象代表的正是能够使人得到滋养、让人赖以生存的荒野自然，与它联系越多，对己帮助越大，一种安慰和方向感会充满内心。对于默温来说，寻找荒野与寻找自我是同一件事。默温是位对生态环境颇为关注的作家，20世纪80年代，他生活的夏威夷州大力开发旅游业，导致鸟类濒危、环境恶化，曾让他颇为焦虑，《林中之雨》和《罗盘之花》两部诗集都彰显了非常突出的生态意识。"我看着树木/它们可能是我将从大地上/最想念的事物之一。"[2] 他认为现代文明社会的人们都"不安其位"，忘记其他物种皆有其位，也就迷失了自身的"位置感"，寻找"蘑菇"正是"位置感"日益淡化模糊的现代人的真实写照。

---

[1] 夏光武：《美国生态文学》，学林出版社2009年版，第214页。

[2] ［美］W.S.默温：《W.S.默温诗选》（中），董继平译，河北教育出版社2003年版，第511页。

在现代社会，流动性和地方感之间的关系可能是极其复杂的。随着现代化进程的不断提速，地方蜕变为后现代现实下"后自然"、"无地方"（placelessness）及无情感的地方，造成社会发展与地方建设之间的断层。因此，以荒野为线索，以美国文学为研究对象，追踪梳理人类对地方的依附关系尤为必要。

第三章 美国现代化酝酿时期的"神性荒野"

荒野意象是文学中对荒野的复原和建构,而在此之前我们首先需要对荒野的地理概念有个清晰的认识。也就是说,在美国人看来,荒野究竟指的是哪些地区。因为荒野本身这个词所涵盖的意义是"人烟稀少",人们提及美国荒野,一贯将之与西部这个充满神话和象征的地区相联系,认为荒野即是干旱少雨、黄沙满地、寸草不生之地。但事实是否如此呢?荒野在地图上的痕迹有没有迁移变化呢?文字建构出的荒野和真实的荒野是否一致呢?

其实,"以西经98度经线为界,整个北美大陆可以分成东西两部分:此线以东是湿润和半湿润地区,植被以森林为主;此线以西,除了太平洋岸边的一小片地区,基本上属于缺水的半干旱和干旱气候,植被以草原和荒漠荆棘为主"。[①] 从西经98度往西直到落基山脉的大平原是美国历史上真正意义的西部。因此,美国荒野并非完全等同于美国西部,随着现代化进程的不断推进,荒野所涵盖的区域和形态也不是固定不变的,而是随着美国领土的不断西进扩张而呈现出流动性。在前一章论述荒野的美国特性时,已经提到了"将白人到来之前的北美大陆看作一片未被人类开发的处女地"之假说其实并不成立,在第一批清教徒到达美洲时,这里其实是一片资源极其富饶、动植物物种

---

① 陆建德:《现代化进程中的外国文学》,中国社会科学出版社2015年版,第235页。

都十分丰富的地区，各种树木、野果浆果、鱼类海鲜应有尽有。"延绵不断的森林西边是无边无垠的繁茂草原，一直延伸到落基山脉脚下。在东部的草原区，草的高度能达 6 英尺，高草下面的土壤中是盘根错节的草根，常年的积累使这里成为世界上的三大黑土带之一，极为肥沃。"① 从这里可以看出，美国殖民早期的荒野显然不同于《圣经》中描述的可怖之地，也非"危险而凄凉"，更不同于后来现代化成熟时期被科技侵占，得以立法保护的无人之地，而是以一种富饶但神秘的原始姿态出现在人们面前。

纵观殖民时期历史、地理、文学作品中的记录，之所以对同一片荒野的描述会有"伊甸园"和"邪恶地"的天壤之别，大多是因为清教徒对自身"神定选民"的强烈认知和欧洲人先入为主的传统成见。19 世纪中期《伦敦领袖报》（London Leader）曾这么评述过麦尔维尔的小说《白鲸》：是"一部奇怪的、狂野的作品，描写的是美国森林里错综复杂、过度生长的植被，而不是英国公园里那种茂密有序的景象"。弗朗西斯·特罗普（Frances Trollope）也认为美国是一片蛮荒之地，毫无吸引力；是他者，与英国有序可耕的自然空间和人工种植的农庄田园景象相违背。②

由此可见，欧洲人对美国这片荒野很大程度上是排斥的，因为它与旧有文明相比，意味着蛮荒、杂乱和无序。但美国人自身对荒野的认知和态度却非常复杂。殖民时期清教徒远离国土逃离到北美大陆这片荒野，心怀对上帝的感恩探索新世界，以坚强的毅力对抗陌生的环境，驯服了这片肥沃但暗含原始力量的土地。他们远离喧嚣与险恶，在尚无人涉足的荒野上开发资源，公平竞争，不受权贵和教会的影响和制约，建立了独特的文明。他们厌倦欧洲的俗尚和腐朽，感觉在这块荒野地存在机遇和生存的可能。因此，在早期欧洲移民者的心中，

---

① 付成双：《美国现代化中的环境问题研究》，高等教育出版社 2018 年版，第 154 页。
② Patricia M. Ard, *Charles Dickens and Frances Trollope: Victorian Kindred Spirits in the American Wilderness*, ATQ. Dec. 1993, Vol. 7, Issue 4, p. 293.

荒野有着不同的象征意义。

第一节 美国现代化酝酿时期的荒野空间意义

美国现代化酝酿时期是指殖民地时期（1607—1775）和独立战争时期（1775—1783）。学术界通常把1790年看作美国工业化开始的年份，在此之前的现代化酝酿时期美国仍是传统农业社会主导。农民都要寻找土地来复制他们的社会和物质生活，为他们的牲畜提供牧场和草场，并建立足够大的农场来满足他们子嗣之间的分配。北美的土地政治建立在农业人民生产生活方式和方法的深层结构之上。殖民主义时期，美国的农业贡献了生产总值的90%以上。从17世纪初到独立战争之前，美国经济呈现出快速增长的势头。西部荒野虽然自然资源丰富，但仅限于广阔的土地、森林和海产品。在这段时间，拓荒者们主要是靠土地谋生。矿产和金属制品并不充足，这也使得美国人从一开始就认识到财富是主观的，是通过交换来满足他人的需求，这样的经济模式才会让财富不断倍增。荒野所带来的无限生机与自由，使得人们能够充分挖掘本土的天然环境特点。早期殖民主义作家作品大多都是在描绘新大陆无与伦比的天然资源，其中难免有出于不同目的的吹捧推销之嫌，但同时也清楚地阐释了为何美国商人和殖民者对边疆的经济和定居机会如此乐观。

对于新大陆已有的印第安本地人来说，早期白人殖民者都是外来人。外来人面对新奇事物的兴奋感会促使他们直接表达自己的感受，因而这一时期对于美国荒野会有以上不同的回应，既惊叹于新大陆丰富的物产资源，肥沃的土壤、爽朗的气候和满山满谷的飞禽走兽等生态景象，向往新的世界提供一个肥沃、繁荣的新开端，又对未知因素充满敬畏。1967年，纳什在《荒野与美国思想》一书中分析了犹太基督教对"荒野"的态度及其对早期拓荒者的影响。他指出，《圣经》中伊甸园的故事在西方人的意识形态中深深植入了一种观念：荒野与花园是矛盾的、对立的。对早期殖民者来说，这是一片原始的土地，刚从上帝手中获得。相对于印第安人来说，他们是更为复杂世故的种族。几个世纪以来，在他们生长的地方，土地都是在人类的意愿下被人类的工具改变。但在原始的荒野中，得以显现的是上帝的意志，而不是人类的意志，这点在殖民作家笔下已是共识。撇开殖民时期的日记作者和博物学家不谈，在美国文学刚开始的独立时期，以主流文学形式书写荒野闻名的作家当数安妮·布雷兹特里特和菲利普·弗雷诺。但这种反应在某种程度上可以说是从英国文学根深蒂固的原始主义传统中衍生出来的。具体地说，荒野代表的野生自然是神性显现的中心地点，在文明中堕落腐化、疲惫不堪的人们，可以在这里得到精神上的指引和慰藉，重新焕发活力。[1]

荒野是开敞空间，"象征着自由、冒险、光明，以及庄重而永恒的美感"，在殖民地建立初期，人们对荒野空间体验的群体性特征非常突出，具体表现为两个层面：惊奇和恐惧。惊奇，来源于遇见从未接触过的景观时的新鲜感。而恐惧、厌恶则与他们的"恨地情结"有关。

在欧洲人心目中，荒野顶多是一座高峰或者一片野草丛生的荒地，他们至少知道它的特点及范围。但新大陆荒野作为一种异地空间，出现时的无边无际是他们想象不到的，此时美的感受就会直接迸发出来，可能会产生能"消除自我与他人界限的崇高意识"和因为可以享受彻底自由而生出的独特安全感。因此殖民主义时期对广阔美国荒野的最早描述多是惊叹于这块大陆上非凡的资源和生态多样性。在约翰·史密斯笔下，土地肥沃，气候宜人，新英格兰是他"遍游世界四方后所见"的殖民地最佳地点。他在《关于弗吉尼亚的真实叙述》中曾这样描述新大陆壮丽景观带给人们的震撼："这片土地可能比我们所知的

---

[1] Otis B. Wheeler, "Faulkner's Wilderness, Louisiana State University", *Wheeler American Literature*, Vol. 31, No. 2 (May, 1959), pp. 127–136.

任何地方都更令人愉悦。这里有可供航行的美丽河流，有高山、坦坡、平原、深谷，河流小溪都注入那片美丽的海湾，四周的土地肥沃，硕果累累。"①《新英格兰记》在描绘那里的海岸、岩群、森林和气候时也是同样乐观的笔调，"在人们眼前呈现出一个富饶的天堂，一片纯洁的生态乐园"②。在《新英格兰的展望》中，威廉·伍德（William Wood）描写了大量的火鸡、水禽和其他猎禽，声称一些猎人甚至一枪打死40只鸭子。鱼类不计其数，身形巨大。可食用植物和浆果处处皆是。"我们看到陆地和海洋都充满了祝福，为人类在新英格兰的舒适生活提供了充足的食物。"大多数殖民作家都在强调这片荒野的无限可能性。荒野在他们笔下，就是另一个伊甸园。毕竟还有什么比清凉的水解渴、有益健康的食物充饥、舒适的地方睡觉更能满足感官的需要呢？

但同时，如果想与肥沃原始的荒野和谐共存，也意味着辛勤的劳作。自然随时都会翻脸，前一秒还面带微笑，平静祥和，后一秒就有可能变成眉头紧皱，暴跳如雷。另外，广阔空间也会带来很多不确定性，荒野中存在的高山、沙漠、深林、海洋等不会轻易顺从约束的自然要素，都可能会使人自我意识和地方意识流失，从而产生迷茫恐惧。因此，也会有威廉·布拉德福德（William Bradford）笔下"丑陋、荒凉，充斥着野兽和野人的荒野"，他的《普利茅斯种植园》（From of Plymouth Plantation）为读者展现的是早期殖民时期恶劣的自然环境，以及早期移民面对这种情况所进行的抗争。这里我们可以看到早期殖民者到达新英格兰所面对的物资短缺、环境陌生以及与土著人的磨合等各种困难。当然，除了这些关于恶劣环境的描写，作者也同样用大量篇幅描述了这些移民者发现新事物时的欣喜与激动，展现了他们敢于向可怕的荒野源头抗争的民族精神。与其说是一部对自然环境的历

---

① 覃美静、李彤：《神的启示——美国殖民地时期文学作品中的荒野描写》，《赤峰学院学报》（汉文哲学社会科学版）2014年第1期。

② 朱新福：《美国文学上荒野描写的生态意义述略》，《外国语文》2009年第3期。

史记录，不如说是一部讴歌人类精神的史诗。

在布拉德福德的文章中，荒野大都呈现两个意象：其一，可怕且陌生的意象：这些早期移民不仅要面临物资的短缺，严酷的自然环境，更要接受来自美洲土著人的挑战。其二，神秘的花园意象，被人们认为是另一个欧洲式的"伊甸园"，是向往自由的希望之地。他们最初来到这里的目的，便是追求一种理想的自由生活，希望在这里可以远离宗教迫害，自如地运用属于自己的权利。

亨内平神父（Father Hennepin）在1679年也曾这样描述尼亚加拉瀑布："在这个可怕的悬崖脚下，我们遇见了尼亚加拉河……水从很高的地方掉下来，以你能想象到的最可怕的方式翻腾着，发出一种骇人的声音，比雷声还可怕，十五法里外都能听到它令人沮丧的吼声。"壮观的地标风景在他笔下更成了瘆人的荒地，"可怕的""骇人的""令人沮丧的"，这些词恰到好处地刻画了人们最初面对荒野时的慌乱恐惧。在荒野建立自由理想王国的过程并不是一帆风顺的，一方面要克服恶劣的环境条件，另一方面还要抵御印第安人的破坏。移民者把荒野作为实现自己理想抱负的王国，他们想要在这里建立属于自己的文明，但对于印第安人来说，欧洲人对他们是一种威胁，所以在这里常爆发战争。地狱般无序的隐喻突出了美国建国初期历史中荒野体验的重要一点，即拓荒者强调荒野对于人类，无论身体还是精神，都是潜在危险，因而征服和驯化便名正言顺。

很显然，对于早期殖民者来说，以上厌恶、排斥的态度基本是当时人们对待荒野的主流，"即便有赞赏，也是摇摆不定的"，但也有不同声音。1773—1777年，美国博物学家，散文作家威廉·巴特兰（William Bartram，1739—1823）沿着东南部卡罗来纳、佐治亚、佛罗里达诸州一直向西，直到密西西比地区，完成了他历时四年的游历，并将所见所闻所想，以日记形式保留了下来，最终形成了其代表作《游记》。

巴特兰告诉我们，他写作的"快乐主要来自发现和欣赏伟大的全能造物主的无穷力量、威严和完美"①，于是，在他的作品中，可以看到非凡景致的如画般的细节和他的陶醉感。"我的脑海中浮现着一幅生动活泼的乡村自然风光图，使我心旷神怡，那刻骨铭心的印象，那令人愉悦的沉思都让我的脚步充满了力量，变得敏捷起来，急切地奔向阿帕拉奇那美丽的田野和小树林。"他笔下的荒野，虽也有潜在的威胁，但更是令人心旷神怡的地方。森林在他笔下丝毫没有了阴暗恐怖，变得"愉快而芳香""平坦而开阔"②；海湾"生动而迷人"；马鞭蛇、草原鹤随处可见；四周除了"西方的微风穿过浓密的松叶发出的交响乐，就是孤独的沙地里蟋蟀的叫声"。

他也曾这样描述"最沉闷、孤独的沙漠"，"我看见一群群光秃秃的岩石从堆堆白沙中冒出来；草丛疏落，树木稀少"，但更多还是"绵延数英里的平坦松林和草原边缘地带，放眼望去，到处是小湖泊或池塘，折射出的阳光照亮了周围环绕着的草地，清澈的溪水在高大的松树间荡漾"。他同时代的美国同胞对此不以为然，认为他的描述太过"热情似火"。不过，像卡莱尔（Thomas Carlyle）、华兹华斯（William Wordsworth）和柯勒律治（Samuel Taylor Coleridge）这样的欧洲读者还是对他更为宽容，他们喜欢他对高大、威严的印第安人的描绘，喜欢他对人间天堂的描述，那里的草比他们所见过的任何地方都绿，水也比那里的水更纯净③。

可贵的是巴特兰并非简单地记录，而是用细腻生动的笔触还原了途经之地的风土人情，表达对自然的热爱的同时，也毫不隐晦对即将到来的文明的期待。美洲荒野贵在一个"新"字，如同朝气蓬勃的年轻人。在记述一次阿拉恰（Alachua）热带草原扎营经历的时候，他写

---

① Ronald Gottesman, Francis Murphy, *The Norton Anthology of American Literature*, W. W. Norton & Company, 1979, p. 458.

② Ronald Gottesman, Francis Murphy, *The Norton Anthology of American Literature*, W. W. Norton & Company, 1979, p. 459.

③ *The Travels of William Bartram* (Part Ⅱ, Chapter Ⅶ), *The Norton Anthology of American Literature*, W. W. Norton & Company, 1979, p. 458.

道:"如果按照欧洲文明国家不拥挤也互不打扰的方式来居住和生活的话,这里绿油油的草地和四面环绕的肥沃山脉,保守估计,能惬意地容纳10万以上人口和几百万家禽,我相信在未来的某一天,这个地方将成为地球上人口最多、最令人愉快的地方之一。"① 可以说,巴特兰笔下的美国荒野更像是一种"人化"的自然,这在殖民时期文学"神性荒野"占据主导地位的背景下,是非常难能可贵的。因此,几乎所有美国自然散文作家,更是影响了美国小说家库柏、英国诗人华兹华斯和柯勒律治等。美国学者克里斯·马高克(Chris J. Magoc)认为巴特兰的著作"代表着(北美)对自然科学思考的一个转折点"。②

托马斯·杰斐逊(1743—1826)曾在给朋友的信中写道:"我生性狂野,喜欢蒙蒂塞洛(他的家乡)的森林、旷野和独立自主的生活,而不喜欢这个淫乐放荡的首都一切令人眼花缭乱的欢乐。"1781年,他在《弗吉尼亚州见闻》(Notes on the State of Virginia)中曾这样描写自然之桥(The Natural Bridge):"往下走到山谷,感觉变得非常愉快。即便再崇高的情感,也不可能超越此时此刻的感受:如此美丽的拱形桥体,如此高悬,如此轻盈,仿佛跃上了天堂,观众的狂喜真是难以言表!桥下面流过的小溪叫雪松溪。这是詹姆斯河的水,即使在最干燥的季节,它也足够用来带动磨坊,尽管它的源头离地面不过两英里。"与巴特兰笔下的荒野相比,杰斐逊看上去显然要功利一些。当时欧洲一些自然主义者认为,美国的自然生物种类正在衰减,杰斐逊正是为了回应和反驳这一盛行的说法。

这一时期,以"革命的诗人"和"森林哲学家"闻名的菲利普·弗瑞诺(1752—1832)在《美洲移民颂》中把美洲荒野描绘成了"风致韵绝,仪态万方","原始森林生死交替,永恒不息",虽然写到森

---

① Ronald Gottesman, Francis Murphy, *The Travels of William Bartram* (Part Ⅱ, Chapter Ⅶ), *The Norton Anthology of American Literature*, W. W. Norton & Company, 1979, p. 467.

② Chris J. Magoc, ed., *So Glorious a Landscape: Nature and the Environment in American History and Culture*, Wilmington: Scolarly Resources, 2002, p. 107.

林,同样是"黑暗、幽暗",但他笔下宏伟优雅的雪松、苹果、橡树、赤杨和松树等美国林木,还是散发着新大陆独一无二的气息,很大程度上预兆了19世纪美国荒野写作的出现。他歌颂自然,把森林荒野理想化,认为它是拥挤城市的替代品。在这首诗中,他还写道:"俄亥俄这片荒凉的河流/是多么迷人的景色/大自然统治着这里/它的作品胜过艺术所能勾勒出的最大胆的图案/过去的岁月已经过去/那繁花遍地的森林/也已经凋零。"① "年轻人们离开喧嚣,去向西部的森林和孤独的平原。那是大自然最狂野的天才统治之地,他驯服大地,播种技艺——自由将显示出何等奇迹;多少大州会接连崛起!"② 可以说是对北美光辉前景的一个洞见式写照。

  对这一时期的作家来说,荒野是圣洁的象征,充满神性,人与土地的关系刚刚形成,此时,尚未对荒野形成持久的、难以割舍的"恋地情结",可以说,早期的殖民者是通过自己对荒野自然的直接体验来构建"美国新大陆的空间和地域归属感"。③ 美国华裔著名人文地理学研究者段义孚曾把这种地域归属感定义为"地方感",要经过一段时间才能获得,体验虽直接但也复杂。他同时指出,"在历史上,美国人拥有空间感而非地方感"。④ 地方感非一蹴而就,而空间感也非一个固定物体,能在确定节点完成,有确切的标准衡量,相反,空间感是"一个动态的复杂过程"。因此,在美国现代化进程的最初酝酿时期,殖民者们对新大陆的强烈直观感受正是这一荒野空间感和美国人"地方感"的萌芽时期。对清教主义的笃信使得他们更为坚定肩头的"天定使命",极大影响了这一代人的集体意识,也加速了他们对新大

---

  ① Ronald Gottesman, Francis Murphy, *The Travels of William Bartram* (Part Ⅱ, Chapter Ⅶ), *The Norton Anthology of American Literature*, W. W. Norton & Company, 1979, p. 547.
  ② Ronald Gottesman, Francis Murphy, *The Travels of William Bartram* (Part Ⅱ, Chapter Ⅶ), *The Norton Anthology of American Literature*, W. W. Norton & Company, 1979, pp. 545 – 546.
  ③ 朱新福:《美国文学上荒野描写的生态意义述略》,《外国语文》2009年第3期。
  ④ [美]段义孚:《空间与地方:经验的视角》,王志标译,中国人民大学出版社2019年版,第41页。

第三章 美国现代化酝酿时期的"神性荒野"

陆的地域认同。

美国殖民时期是其现代化进程的起源,工业化还没有对北美大陆这片土地进行改造,这一时期的大多数荒野可以说还是真正意义上的"未受文明污染"。因此,梳理殖民主义时期美国文学的荒野意象对了解美国自然生态文学及文化的形成起着重要作用。

殖民主义时期文学中的荒野意象之所以既有地理空间意义,也有心理空间意义,很大程度上是受到了宗教思想影响。首先,荒野代表新世界本身,人类跟随上帝指引到达,此时的荒野是一片待开发的宝藏,这里有丰富的物产资源,充满了未知和可能,是移民者心中美好的伊甸园。早期的叙事作品大都把北美荒野描绘成供移民避难的人间天堂,呼唤欧洲大陆的移民来到这片上帝赐予的乐土。约翰·史密斯呼唤的是想来这片土地投资的金融资本家们,而布拉福德呼唤的是想来新世界朝圣的一众信徒,也从另一个侧面反映了荒野的地理空间意义和心理空间意义。

荒野也是考验人类精神的场所。毛瑟（Mauser）认为诱惑是"伴随荒野出现的一种重要的必然现象",也是在《圣经》中重复最多的一个隐喻。荒野上的艰难困苦表明,越是"选民",越完全依赖于上帝。荒野会限制人类依靠自己的智慧和力量,因此为其依靠上帝提供了机会。[1] 大多数人相信他们是跟随上帝的指引来到荒野建立殖民地,虔诚的宗教信念始终支持他们要实现最初的愿景。因此,在心理意义层面上,荒野意象代表着人类对信仰的拷问和追寻。在这片土地上,人类在这里重新认识并审视自我。

总之,早期殖民主义时期作家或是颂扬荒野的伟大与能量,或是表现出对荒野的恐惧与迷茫,或是着重宣扬荒野代表自由与美好的生态和谐。尽管描写的角度不同,但是不管从正面还是侧面描写,都可

---

[1] John Copeland Nagle, "The Spiritual Value of Wilderness", *The Environmental Law*, Vol. 35, 1971, pp. 229–230.

以看出荒野意象在这一时期文学中举足轻重的地位和无限的空间魅力。荒野不仅是实体的自然，也是心境中的自然，始终体现着人类文明与自然环境的相互交融，使美洲新大陆具有了独特的空间地域属性。

在完成了对荒野的初步开发后，美国人拥有了自己的领土权，随之而来的是野心的不断扩大。征服荒野，将土地据为己有成为他们开疆拓土的一种方式。此时的荒野已从人们对自由的向往转变到了对疆土的欲望、对利益的争夺。人类和谐相处的美好愿望被现实击败，人人都想按自己的意愿生存，在自由的驱使下，斗争的意志不断加强。移民者从最初对荒野心怀敬意变成了对权利和财富的渴望。

尽管当地资源丰富，但欧洲殖民者很快意识到，如果人们想要在美国享受田园诗般的环境，他们就必须征服蛮荒的土地。功利主义者也好，理想主义者也好，在整个殖民地，把荒野变成花园，成了不同群体的共同目标。殖民者们都渴望把这里的风景改造成一个类似于英国乡村的地方。清教徒对新世界荒野的认识并不统一，从天堂到废墟，不尽相同，但他们普遍认为，"神圣的上帝之城"建立之前，必须征服面前的荒野，这是他们精神使命不可分割的一部分，"将应许亚伯拉罕的福赐给你和你的后裔，使你承受你所寄居的地为业，就是神赐给亚伯拉罕的地"（创世记，1：28），因此，对清教徒来说，让土地因缺乏文明和发展而"荒废"，无疑是消减了他们对土地的责任。他们认为印第安人忽视了这一责任，也为自己侵占印第安人土地的"荒野使命"找到了合理辩护和可信依据，使得他们对这片土地的开采，带来的生态变化也成了顺天命、听神谕。无论是温斯洛普（John Winthrop）的"山巅之城"、巴尔克利（Peter Bulkeley）的"福音之约"，还是爱德华兹（Jonathan Edwards）的"最后的荣耀可能就从美洲开始"，都有力地表达了殖民地益民的"天定命运"身份意识。[①]

[①] 滕凯炜：《"天定命运"论与19世纪中期美国的国家身份观念》，《世界历史》2017年第3期。

纳什在《荒野与美国思想》一书中所写，荒野不仅对拓荒者的生存构成了巨大的威胁，而且"因其黑暗邪恶的象征意义而越发重要"。因此，拓荒者敏锐地意识到，他们不仅是为了个人的生存，而且以国家、种族和上帝的名义，与野性的乡土抗争。开化新世界就意味着启蒙黑暗，将混乱秩序化，变恶为善。这些认识很大程度上来源于欧洲的先入成见，但却成为美国殖民和建国早期200多年来自然和荒野政策的基础观点。对这些期待进入天堂、进入伊甸园的基督徒来说，荒野只是一个工具或跳板，自然本身对他们没有内在价值。

从殖民时期开始，荒野的价值就不在于它是什么，而在于它可能成为什么：荒野更像是一个仓库。工程师鸿·多普斯·埃茨勒十分提倡这一观点，他于1831年移民到美国可怕的荒野，"你现在是野兽和恶毒可恶的害虫的居所，还有一些零星的可怜的印第安人，但是很快将会变成快乐的、有智慧的人类令人愉快的居住地。通过应用一个简单的新方法，所有肥沃的土壤将被人们所期望种植的气候适宜的蔬菜所覆盖，美丽的花园向四面八方绵延数英里……蛇、蚊子以及其他麻烦的害虫都会消失，它们被消灭了"。

荒野被当作能够无限被开发与利用的土地，移民者们沉浸在宗教思想宣传下的上帝赐予的美好家园，缺少对生态伦理的思考，人与自然的关系变得紧张，这促使他们在拥有荒野土地的同时，也逐渐开始面对出现的矛盾与问题，开始思考荒野与文明、荒野与文化的关系。因此，在历史的范畴中探索荒野文化的内涵，反映出美国人思想的变化过程，以及在美国现代化进程中，如何影响国民的心智，意义颇为重要。

第二节　布雷兹特里特：荒野中的缪斯

清教徒们对其"上帝选民"这一神圣身份笃信不疑，誓在荒野中追寻"流淌着牛奶和蜜糖"的乐土，这一心理模式反过来又影响了他们对荒野的感知过程，使得荒野充满了希望。"他们认为人类的功德和上帝的恩典都体现在荒野。无论直接与上帝交流，还是通过先知与上帝对话，都应该发生在一片荒凉之中，远离会使人心猿意马的潺潺水响和嘈嘈人声。"[①] 人们寄希望于这片尚未开发的土地，荒野象征着自由，在他们的眼中这并不完全是一片可怕的野蛮之地，他们想要在这里摆脱羁绊，这在早期作家作品的描述中有所体现。如戴顿（Daniel Denton）在《纽约记事》中写道："如果真有人间天堂，那必是这片遍地牛奶蜂蜜之地。"对他们来说，荒野存于庸俗人世和天堂乐土之间，是上帝考验他们信仰的中间地带。因此，这一时期文学作品中的荒野空间或者是通透开阔、一望无际的草原，或者是神秘莫测的森林，既充满灵动和可能性，对人们感知方式的影响富于变化和张力，又反过来受人们的宗教信仰和心理模式的影响，充满了神性。广阔的空间中，人们会在与异域景观的接触体验过程中发现真实全新的自我。[②]

如果说人类对环境的体验从审美开始，那么殖民时期拓荒者们是主要通过身体直接接触去感知环境。前述章节中提到新大陆早期的荒野多是指森林，这种地貌环境不同于草原和村落，它会制造出一种神秘感，"雷利人谈到森林时，仿佛是在朗诵诗歌。神把森林赐给了他们，那里面有无穷宝藏"。[③] 即便是印第安人，在面对西部荒野时也都感到困惑和陌生。"'驼背公牛'真正了解的是，海洋是个巨大的谜。在他的领地，星星和月亮也是巨大的谜；他一生都在探索它们，但却一无所知。"[④] 森林中各种植被随季节不断更迭，在视觉上并不会产生什么变化，因此，身处这种环境之中的人们的时间观念和季节轮回概念都会渐渐削弱。但拓荒者并非生长于斯，他们是从已有大量人类活

---

① ［美］段义孚：《恋地情结》，志丞、刘苏译，商务印书馆2019年版，第78页。
② ［美］段义孚：《空间与地方：经验的视角》，王志标译，中国人民大学出版社2019年版，第44页。
③ ［美］段义孚：《恋地情结》，志丞、刘苏译，商务印书馆2019年版，第124页。
④ Larry McMurtry, *Comanche Moon*, London: Orion, 1997, p. 314.

动的欧洲大陆迁移到这些待开发地区的,势必会对其所看所想留下文字记录,而且在这个过程中往往会一下显露出两个特征:第一,他们会因为新鲜感而放大民族文化的特点,因此我们才会读到约翰·史密斯等殖民地作家恨不能尽其能事地美化这片土地。第二,在试图安居于此的过程中,荒野会呈现出诸多难以驯服的要素,诸如"荒凉""苦寒""难耕难收"等,此刻人类一般会采取情感化的应对方式①,视此为神明之地,更注重与上帝的交流。赞恩·格雷(Zane Grey)的《紫艾草骑士》中,简·威瑟斯庞的助手万特斯(Venters)也曾暗示过牛仔们和这片神秘土地之间的亲密关系。他口中的"神奇山谷"(Surprise Valley)也第一次作为一个神秘、崇高的词汇呈现到读者眼前。

> 万特斯走出山谷,突然停下来,感叹这眼前的美景。弯曲的大石桥映着日出,通过宏伟的拱门透出一缕金光闪闪,照耀着神奇的山谷。尽管万斯特又慌张又担心,但他仍能感觉的神圣,他突然想到山谷居住的人一定把它当做是朝圣的光束。

荒野的神性在有"美洲出现的第十个缪斯"之称的安妮·布雷兹特里特的诗歌中体现最为明显。布雷兹特里特受父亲影响,也是一位虔诚的清教徒。婚后一年,她的丈夫被任命为马萨诸塞湾公司筹建工作的助手。随后,她便随夫来到了这片新大陆。当她第一次踏上新英格兰的荒野时,她发现自己眼前是"一个全新的世界和生存方式",最初她内心是非常抵触的。现实的西部荒野"不是严寒就是酷暑,不是阴雨潮湿就是遍地干涸,动物狂野不驯,印第安人恐怖凶悍,目的地渺茫无期,拓荒者们挨饿、生病、受伤,一败涂地被击垮"。但后来她确信了这是上帝的旨意。最终向她证明上帝存在的不是她读到的《圣经》中的文字,而是她在荒野中看到和感知的所有一切。

---

① [美]段义孚:《恋地情结》,志丞、刘苏译,商务印书馆2019年版,第103页。

美国文学现代化进程中的荒野意象

布雷兹特里特的诗歌吸引了大批读者,尤其是那些对荒野、对探索自然、上帝和人类之间关系感兴趣的人。她描述了早期在美国定居的拓荒者如何面对恶劣的环境,在《四元素》(The Four Elements)、《人的四种气质》(The Four Humors of Man)、《一年四季》(The Four Seasons of the Year)中,都有关于地域荒野景象的精彩描写。

布兹特里特将荒野视为能量和慰藉的源泉,在《一年四季》这首诗中,她兴致勃勃地描绘了森林、田野和溪流的景色和声音,还原了一幅17世纪美国荒野的美丽图画。我们似乎能看到她坐在奔流不息的梅里马克河前久久沉思。诗歌字里行间透露的,是她在荒野中得到的启示:当抛开发霉的对开本,阅读自然这本新书时,人类才能有真正的诗意。[①] 荒野,对她来说就像圣经里的伊甸园,自由、美丽、充满活力。女性天生的细腻敏感和富于观察的诗人天赋,使得她笔下的四季图景美丽而独特。就像古英语的道德剧一样,展现了四季的性格。这首诗使我们真切地感受到了原始荒野的自然力量和神圣气息:

> 她面带微笑,穿着浅浅绿衣
> 理了理她头发上的结霜,
> 她说话不冷也不热,她的呼吸,
> 却能将麻木的地球从死亡复活。[②]

冬去春来,大地焕然一新,生机勃勃,绿意盎然。春天给了万物能量和生命。在边疆,所有的东西都披上了绿色的衣服。荒野里有那么多的野生植物,随着春天的到来,万物复苏。"现在庄稼汉走到他那快活窝去了,他可能会把冬天锁着的鸟笼解开。"[③] 农民们正忙着耕地播种。他们种得越多,收获越多。园丁们修剪了树木,竖起了藤蔓

---

① Robert Boschman, *In the Way of Nature*, Jefferson: McFarland Company, 2009, p.133.
② Anne Bradstreet, *The Works of Anne Bradstreet*, Boston: Harvard University, 1967, p.169.
③ Anne Bradstreet, *The Works of Anne Bradstreet*, Boston: Harvard University, 1967, p.170.

生长的杆子。冬天枯萎的植物在春天复活，幸存的青蛙在田野里快乐地跳跃。夜莺、黑鸟等在森林里欢唱，淘气的山羊和软毛的羊羔在它们亲爱的妈妈周围做游戏。它们吃嫩草，纵情欢乐。在城市里，到处都是建筑、人群，很难充分感受到春天的到来。对于早期的定居者来说，在这片无边无际的荒野里可以感受到春天的清新和快乐，这让他们感受到了上帝的力量。

随着太阳温暖的光芒射入草长莺飞的四月，白日越来越长，空气变得更加温和。"这个月份硕果累累的雨水/浇灌了所有观赏和食用的种子：/梨李、苹果枝叶繁茂/青草长长，饥饿野兽也得到滋养。"传统概念中的荒野意味着没有边际的森林或沙漠，毫无生机。更重要的是，那里可能满是野兽、威胁和陷阱，人们随时都会陷入困境。荒野对定居者来说充满了身体上的挑战。17世纪50年代，约翰·艾略特（John Eliot）曾写过"进入一片除了艰苦劳动和匮乏，什么都没有的荒野"；爱德华·约翰逊（Edward Johnson）则描述了"一个荒野的贫困"[①]；威廉·布拉福德的妻子曾经看着科德角贫瘠的沙丘说"她宁愿被淹死，也不愿过岸上的未知生活"[②]。但布雷兹特里特在诗歌里展示的是却是荒野之美，每个季节都是上帝的不同设计，彰显着神性力量。她的诗清楚地表明，她是一个优秀的历史学生、一个敏锐的观察者和一个细心的读者。

布雷兹特里特在《四元素》中对大自然是孕育新生命的母体有着明确的描述。世界构成了火、气、土、水，大自然赋予万物生命，是上帝展示力量的地方，她写道："他是最强大、最高贵、最优秀的人，/他是最有用、最强大的力量。"早期的定居者第一次来到荒野时，与自然有着密切不可分的联系，而这四个元素是上帝提供给这片荒野的主要来

---

① George H. Williams, *Wilderness and Paradise in Christian Thought*, New York, 1962, pp. 102, 75.

② Ronald Gottesman, Francis Murphy, *Anne Bradstreet*, *The Norton Anthology of American Literature*, W. W. Norton & Company, 1979, p. 42.

源。他们不得不依靠这些元素在这个新世界里建立新的生活。这四个要素构成的世界并没有人类文明,换句话说,这意味着早期的定居者来到了一个完全没有任何污染或文明污染的地方,荒野是新生的摇篮。

诗人艾德丽安·里奇(Adrienne Rich)称赞布雷兹特里特,说她的诗歌肌织本质上既是女性的,又是清教徒的。昼夜的规律、四季的更替等对她来说,都是上帝在天上地下的奇妙行为。她从中发现了新的世界,她"确信这是上帝的方式",并"顺从于它",随着身处其中,思想不断成熟,她也找到了真正的自我。她写道,"事实上,是上帝的缺席或存在创造了天堂或地狱"。荒野既是一种真实的地理位置,更是一种精神状态。她是第一批到达北美大陆的拓荒者,对森林无边的荒野有着直观的感受,但同时她又是虔诚的基督信徒,荒野对于她是净化灵魂之地。塞缪尔·艾略特·莫里森(Samuel Eliot Morison)写道,布雷兹特里特在所有拓荒者作家中是不寻常的。《沉思录》系列是作者内心情感和表达最为充分的代表作。

清教徒把荒野作为从尘世到伊甸园的必经之路,把荒野中的困苦作为检验他们信仰的方式。《沉思录》被认为是布雷兹特里特最好的诗歌之一,灵感来自她处理与自然关系时所经历的矛盾处境——个人既思考如何与自然和谐相处,也敏锐认识到应该控制欲望。在一定程度上,这首诗可以看作是诗人早年在荒野生活的详细描写,反映了她对自然或荒野的真实感受,自己在新世界的荒野中寻找直接自我表达方式,以及与上帝沟通的努力。例如在《沉思录》第九首中,她写道,"我听见蚱蜢在欢快地歌唱/黑翼的蟋蟀也附和出接下来的乐章/它们整齐列队,协调着彼此的曲调和唱腔/在这小小的艺术天国,它们似乎光荣无上。生物微小,歌声却分外高昂/回响着它们对造物主的赞扬/可此时,哑然的我难道还能向着前方,宛转地唱出更高层次的绝响?"[①]

[①] Ronald Gottesman, Francis Murphy, *The Travels of William Bartram* (Part II, Chapter VII), *The Norton Anthology of American Literature*, W. W. Norton & Company, 1979, p. 42.

第三章 美国现代化酝酿时期的"神性荒野"

伏在禾叶上的蝈蝈和印在草丛中的蟋蟀一起鸣叫,并没让人觉得杂乱烦躁,而是心神愉悦。同时,她为自己感到羞愧,宇宙间如此渺小的生物尚能歌颂自己的造物主,而她却唱不出更美的颂歌,也未能洞悉自己真实的自我,因而感到羞愧不已。对于布雷兹特里特来说,荒野是上帝借以展示其力量和卓越的最畅通的媒介,精神上的真实性可以在荒野的景观中得到最强有力的表达。

她把大自然看作孕育新生命的子宫,其作品《四元素》《人的四种气质》等也都是围绕殖民地的荒野和风景而写就。她曾描述过构成人体的四种气质:急躁、忧郁、冷静、活泼,并将它们比喻成了四种元素的女儿。"火生急躁,气生活泼/土了解忧郁,水熟悉冷静/每个孩子都对母亲尊重顺从。"在日常生活中,这四种元素在人吃喝的时候进入人体,然后在消化的过程中依次转化为四种气质。根据它们在人体中的比例不同,人的性格可分为四种主要类型。由此可见,她的诗歌中人与自然始终和谐统一,物质元素、自然季节等宏观的大宇宙性特征与人的秉性气质、年龄阶段融合在一起,背后暗含的深意旨在重新强调:自然面前,人类的世界很渺小,而大写的自然,才真正伟大。在希腊语和拉丁语著作中,可以找到很多类似观点,最知名的应该算是柏拉图。另一位名为奥塞尔·雷米吉乌斯(Remigius of Auxerre)的评论家也曾说过,正如世间万物由四元素组成,自然有四季更替,对于人类来说也一样会经历四种体质和人生阶段。从这个意义上讲,诗歌表现出来的也是一种自然生态整体观,自然是孕育人类的子宫。在上帝的庇佑下,人类与有序的宇宙和睦相处,共同成长。

当早期的定居者第一次到达新大陆时,"他们双膝跪地,称颂天上的上帝"[1]。在17世纪的清教徒眼中,上帝就是他子民的保护神,保护他们不受邪恶势力的侵害。原罪之身和天定命运,以及上帝选民的认知深深扎根在这些信徒心中。布拉德福德在《种植园》中揭示的

---

[1] Katharine Lee Bates, *American Literature*, Jefferson: The Macmillan Company, 1898, p.11.

正是神与清教徒之间这种根深蒂固的契约关系。他详细地描述了清教徒们在旷野中经历的苦难，以及神谕的强大力量。对他们来说，在得到救赎之前，旷野是必经之地。布雷兹特里特的诗歌也同样传达了这样一种坚定的信仰，她刻画的荒野充满了神性和形而上的哲学意蕴。在亲历自然，寻找生存之路的过程中，布雷兹特里特也越发认识到荒野的无限可能和新的处世方式。《沉思录》是她最好的诗歌之一，全诗就像一张地图，反映了对早期新世界景观充满张力的描述，荒野是其中一个突出意象。她在诗中赞美上帝的巨大力量。

布雷兹特里特与她的清教徒父辈们不同，她没有试图改造自然，将神性秩序附加于这片土地，而是欣赏自然的循环。[①] 这首诗把基督教的上帝想象成新世界的绝对保护神。与此同时，上帝也在塑造力量，他通过清教徒来塑造一个有序地、清晰地划分为不同部分的景观。它表明圣经的父神是意义、秩序和历史的来源，而自然界无论是敌对的还是有益的，都反映了他的存在和全能。在诗歌中，布雷兹特里特对荒野的自然现象做了详细的描述，表现了自然的神性，比如她形容太阳有灼人的力量，是"这个世界的灵魂，这个宇宙的眼睛"。"风暴会毁了水手们的所有"。在布雷兹特里特看来，大自然是上帝的化身。荒野是活力、灵感的源泉，像是母亲可以愈合一个人的精神创伤，它代表希望和自由。荒野可以为布雷兹特里特提供表达自我和探索自我的空间。她刚到边疆时，面对的只是无边无际的荒野，日常生活中遇到困难时，只会向上帝祈祷。因此，荒野为其提供了一个思考社会问题的地方，一种表达手段。荒野意象所能表达的东西比话语更深刻，既可以映射人性，也可以彰显人类对社会和世界的理解。

布雷兹特里特生活的时代，清教主义信仰主导一切，人们对荒野、森林的认识还是受圣经影响很大，认为森林里到处都是野兽，暗藏着印第安人的攻击和伤害。但我们从诗歌中读到的还是在树林和她的和

---

① Simone Weil, *Waiting on God*, London: Collins, 1971, p. 30.

谐关系，深林迷人的魅力，庄严而恬静的美，时刻让她感到愉快。她是一个虔诚的清教徒，思想忠于上帝，热爱自然和精神世界。然而，这个世界也充满了物质的诱惑。所以在她的诗歌中，也对精神与物质之间的冲突和斗争这一主题进行了阐释，最著名的就是《灵与肉》。灵与肉好比双胞胎，却彼此有着"深仇大恨"，因此，为了摆脱世俗、财富和虚荣的羁绊，保持净化的心灵，冥想和反省非常必要。

第四章　美国现代化起步期的荒野浪漫化建构

工业化进程越快,人们对荒野的关注和需求就越发强烈。18世纪末,英国是世界上工业化、城市化和资本化程度最高的国家,但也正是在这一时期,以崇尚自然为特点的浪漫主义发展到了顶峰。英国历史学家艾伦·麦克法兰(Alan Macfarlane)指出:"越是在这样一个工业化的资本主义社会,生活在非自然人造环境中的人们,会更尊重、热爱荒野。"[1] 对人类来说,荒野所寓意的空间是一种心理需要,也是一种精神属性。若以美国人的标准来看,当时的英国已经没什么荒野可言。但也正是在这一时期,人们头脑中的荒野概念开始发生变化。

"早在19世纪二三十年代,随着密西西比河东边的森林边疆逐渐被填满,边疆拓殖的前锋就抵达了大草原地区。"[2] 但由于受"美洲大沙漠"观念的影响,美国人先越过大草原,仍是去了森林茂盛的俄勒冈地区,直到"内战后,西部大草原才真正成为美国开发的重点地区和最后的边疆"。因此,在美国现代化的起步和发展期,荒野的概念也有差别,重心存在迁移。内战前,西进至俄勒冈的人们还是把荒野等同于有价值的林地,在按部就班生活的同时,也在大批砍伐森林。

---

[1] William E. Grant, "The Inalienable Land: American Wilderness as Sacred Land", *Journal of American Culture*, Vol. 17, No. 1, 1994, p. 81.

[2] 付成双:《美国现代化中的环境问题研究》,高等教育出版社2018年版,第238页。

第四章 美国现代化起步期的荒野浪漫化建构

1650—1850年,美国人总计清理了46万平方千米的林地。1850—1910年,继续砍伐了80万平方千米的森林。只1870年一年,就有20万平方千米的树木倒在了斧头之下和烈火之中。[①] 因为从某个方面看,森林是一个混乱的环境,是开放空间的对立面,农民必须通过砍伐树木为他的农场和田地创建空间。西部开发和东部工业化是美国现代化的两大动力来源。[②] 城市化进程的加快,使得荒野自然景观逐渐萎缩,公共空间日趋缩小,同时,又暴露出了人口膨胀、环境污染等诸多问题。到1670年,殖民地的人口达到11万人左右;30年后,人口增长到25万,人们对绿色生态环境的渴望越发强烈。

因此,"荒野不再是令人厌恶的对象,而是成为精神复兴的源泉……景色越狂野,它激发情感的力量就越大。那些曾被视为贫瘠的'畸形'、'疥子'、'地球上的垃圾'、'大自然的阴部'而遭人憎恨的荒山野岭,大约一个世纪后,成了人们最欣赏的审美对象"。19世纪的美国也经历了与上述非常相似的转变过程,"最特别的风景不再是肥沃多产,而是狂野浪漫。因此,未开垦的荒野作为一种不可缺少的精神资源受到了越来越多的关注"。

美国向西扩张时期(1815—1860)和转型时期(1861—1913)是其现代化的起步和发展期。1840—1860年,因为欧洲农业歉收,很多人选择移民海外寻找出路,其中爱尔兰人占大多数;此外,美国内战期间为了进一步充实兵员,以提供免费土地为诱惑,加大鼓励他国人来美,于是,出现了很多犹太裔、非洲裔国民,继而掀起了第一次移民浪潮。19世纪野牛的灭绝是草原发生的最为显著的环境变迁之一。1870—1883年,野牛基本上在大草原消失了。就在野牛被灭绝、印第安被征服的同时,草原上出现了以赶牛和开放式放养为特征的畜牧业边疆。19世纪最后30年,美国人定居和开垦的土地超过过去所有土

[①] Steven Stoll, "Farm Against Forest", in Michael Lewis ed., *American Wilderness: A New History*, G. B.: Oxford University Press, USA, 2007, p. 61.

[②] 付成双:《美国现代化中的环境问题研究》,高等教育出版社2018年版,第8页。

地之和。人口激增，1896年，大平原上已有600万人居住，沙暴中心（科罗拉多州、堪萨斯州、俄克拉何马州、得克萨斯州、新墨西哥州）5州交界的勺柄地带人口增长率为600%。[①] 仅仅在19世纪20年代，美国农业和非农业的人口增长率还算能够持平。1880—1890年，城市人口的增速达到农村人口的四倍。城市的重要性在西部显得尤其突出。以英国为首的现代资本主义开始主宰欧洲国家、美国以及其他殖民地或完全殖民地国家经济，资本主义和民主与机器技术相结合，将自然转化为仅具有市场价值的永久保护区。1872年美国第一个国家公园——黄石国家公园建成，也预示了1890年边疆运动的告终。正如阿尔弗莱德·伦特（Alfred Runte）所指出的，公园系统的建立是"通过景观对美国过去的追寻"。[②]

在此背景下，这一时期美国文学中的荒野意象主要体现为一种浪漫化建构，随着19世纪浪漫主义思潮应运而生"诗化荒野"，即欣赏和颂扬"未受污染的、淳朴的、美好的自然状态"，以此作为抨击工业世界、克服现代性焦虑的武器。在科伦·布莱恩特、费尼摩尔·库柏、爱默生、梭罗等作家的文学作品中，"荒野"应是原生自然，以原始森林为介质，未受现代文明污染，超然于工商业社会之外，充满神性。而在霍桑、爱伦坡、麦尔维尔等作家的笔下，则是空间感很强的道德荒野。

第一节 "诗化"原生荒野

如果说17世纪清教徒最初到达美洲这片土地时，曾对荒野充满恐惧，认为这里信仰缺失，到18世纪晚期，对美国人来说，荒野不再是

[①] 付成双：《从"美洲大沙漠"到"雨随犁至"——美国人大平原观念的变迁与西部开发》，《史学月刊》2012年第11期。

[②] William E. Grant, "The Inalienable Land: American Wilderness as Sacred Land", *Journal of American Culture*, 1994, p. 81.

第四章　美国现代化起步期的荒野浪漫化建构

殖民地时期作家笔下昭示神谕的载体,而是成了信仰本身。18 世纪晚期,美国人开启了他们的自然信仰①,换句话说,在荒野中,自然与信仰成为一体。爱默生在《论自然》中,用他一贯的热情洋溢的语言,不惜笔墨描绘了"森林"和"荒野"。"在荒野中,我发现了比街道和村庄更珍贵、更亲密的东西。……在树林中,我们回归理性和信仰。"

美国生态主义批评家们最初引以为经典的文本主要来自 19 世纪两位描写自然和荒野的超验主义作家:爱默生和梭罗。他们作品中的"我"完全沉浸在天堂般的荒野之中,失去了社会身份,成为自然的一部分。梭罗独自一人住在康科德,他记录道:"我带着一种奇怪的自由在自然中来来去去,我是自然的一部分。"作家对自然的描写常常被情感的感知力压倒,这是很常见的。因此,自然景观,不管是雷暴、山顶的暴风雪,还是熊和冰川峡谷,往往都被一种崇高的光环覆盖。在塞拉山脉,缪尔这样描述:"壮丽的圆顶和峡谷,黑暗的森林,以及天空深处一座座壮丽的白色山峰,每一个特征都在发光,散发着美丽的光芒,就像来自火的热射线一样注入我们的闪光和骨骼。"

这一时期的生活以物质主义为特征,追求进步是整个社会的趋势。但荒野依旧具有神性。走入荒野,使人们能够远离现代社会,沉浸在自然的崇高中,找到了自己的真实存在。他们可以暂时忘记欲望和竞争,在这个自由而崇高的天堂里得到充分的放松,得以摆脱工业化和城市化带来的麻烦和困惑,在这个过程中,势必建立起对荒野和自然的一种新的信念。高科技必然给现代社会带来极大便利,然而不断进步的高科技也束缚了人们的身心。因此,像梭罗和爱默生这样的作家,他们提倡简单的生活。只有在荒野中,这种简单而纯洁的生活才能得以实现。

在这片荒野上,梭罗靠自己的双手过着最简朴的生活。没有机器

---

① Jonah Raskin, *A Terrible Beauty*: *The Wilderness of American Literature*, California: Regent Press, 2014, p. 62.

和现代产品,他也可以在这片荒野中舒适地度过每一天。大自然的简单净化了居住者的心灵,激发了每个人意想不到的品质和未开发的能力。远离嘈杂和拥挤的地区,荒野提供了一个更加稀有和令人愉快的地方,逐渐吸引着人们。正如他所描述的:"我发现,我的房子实际上就坐落在这样一个偏僻的地方,但它永远是新的,不受亵渎的,是宇宙的一部分。"他只花了 28.125 美元买了这所房子,证明了生活的必需品并没有那么复杂。荒野减少了人类的需求,只剩下最基本的,比如非机械化的交通、水、食物和住所。因此,人们的生活方式可以简化为一种更简单的方式,生活的和谐和存在的真理就在于荒野本身。正如缪尔所写:"进入宇宙最清晰的道路,是穿过一片森林荒野。"在梭罗看来,荒野是如此的纯净和自然,任何人为的干扰都可以被看作污染:"我宁愿坐在户外,因为草地上没有灰尘聚集,除非人类已经破土而出"。他在为数不多的诗歌"大自然"中这样写道:"在人所不知的偏僻草地,让我对一株芦苇发出叹息,或在叶片沙沙响的树林,咕哝着迎来安恬的黄昏";"因为我宁可在莽林中,做你的孩子,做你的学童,也不去别处做人间皇帝,去成为烦恼的至尊奴隶。"① 由此可见,荒野是他的精神导师。

利奥波德指出:"荒野是人类从中锤炼出被称为文明的人工制品的原材料。"② 荒野作为美国的一项资产,一直被认为是一种文化和道德资源。自然写作作家继承了基督教对荒野神秘性的诠释,将其标记上了特殊的"美国烙印"。但是在 20 世纪,荒野不再是等待征服的敌人。它与文明一样,惹人注目。工业化、城市化和丰富的物质财富,模糊了人们对他们与自然之间联系的理解。荒野逐渐成了摆脱现代文明破坏性影响后的回归。荒野是美国的原始状态,被认为是美国的缩影。当自然主义者进入荒野,他们试图追溯这种真实性。回归自然并

---

① 黄杲炘:《美国名诗选》,上海外语教育出版社 2015 年版,第 131 页。
② [美]奥尔多·利奥波德:《沙郡年记》,张富华、刘琼歌译,外语教学与研究出版社 2010 年版,第 348 页。

不意味着回到过去。根据缪尔的说法，荒野之地具有一种神秘的能力，能够激发灵感，让人精神焕发。只有在荒野中，人们才能实现离开城镇、追求自然原始的生活方式的愿望。荒野以它的真实感揭开了现代人的面具。作为原始的力量，它以其美丽和魅力填补了精神上的空白，而这一特色是无法超越的："我们的高山……我们无与伦比的瀑布规模……我们西部森林的狂野壮观……其他任何国家所夸耀的景色都无法超越"。

梭罗日记中的散文《漫步》和《缅因森林》，是梭罗非常有名的荒野时刻。如果说爱默生眼中的自然是药用、和谐、透明的，那么梭罗记述的是他在"绝对自由和荒野"中尝到的"滋补"效用。就像《缅因森林》中所描绘的："我相信森林不是无人居住的，而是每天都充满像我一样优秀的忠诚的灵魂。森林不是一个空荡荡的房间，独留化学家工作，而是一间有人居住的房子。我常常很享受和它们在一起。"他也非常清楚森林的价值，认为"不仅是为了力量，也是为了美，诗人必须经常到伐木者的小径和印第安人的小道上去旅行，在遥远的荒野深处，去吸取更新和更具活力的创作灵感"。[1]

威廉·卡伦·布莱恩特（William Cullen Bryant，1794—1878）在《深林赋》中写道："树林是上帝最初的庙宇"，"为什么在这个世界日渐成熟的时候，竟然可以忽略上帝古老的圣殿，而只欣赏那些人群中、屋檐下我们脆弱的双手种植出的东西呢？"他描绘了雄伟的绿色树冠，娇嫩的森林之花，带着芬芳的气息和微笑，仿佛从无形的模子里诞生。"这就是伟大宇宙的灵魂所在，是内在生命的散发，是爱的象征。"同时，也始终在歌颂上帝的造物神奇，是"你的手给了他恩惠"，"塑造了这些庄严的躯体"，"当我思考这仍然持续的奇迹时，我充满了敬畏"。对布莱恩特来说，荒野是茂密深邃的，是圣人退隐之处，他们

---

[1] ［美］罗德里克·弗雷泽·纳什：《荒野与美国思想》，侯文蕙、侯钧译，中国环境科学出版社2012年版，第82页。

在这里把生命献给思考和祈祷。《大草原》一诗描述的是 1832 年，布莱恩特去伊利诺伊兄弟家做客时，第一次见到大草原的感受。"沙漠的花园，这些未经修剪的田野，无边无际，美丽无比"，这无边无际"青翠的荒野"（verdant wilderness）让他不由心绪"膨胀"起来。我们在布莱恩特的诗歌中看到的多是"自然之喜"（The gladness of Nature），是水鸟掠过的"杂草丛生的江湖湿地、开阔河滩和波涛汹涌、巨浪拍案的海边"，是非常强烈的、直接的自然审美体验，这"与沉浸于熟悉环境中的既有感觉完全不同"[1]。他的写作才华来源于荒野，无限灵感是拜荒野所赐。在《致水鸟》中，他写道："在那无垠的长空，在没有路径的海岸和沙漠上，有神明关切地教你孤身前行——飘零，却不会迷航。""谁教你南来北往，指引你穿越长空的确定航路，也会在我独自跋涉的长途上，正确引导我的脚步。"[2] 根据空间心理学的观点，地表空间里的竖直元素能唤起奋进精神，唤起对重力的反抗，而水平的元素则带来和顺、平静的感受。[3] 布莱恩特笔下的森林和草原恰好涵盖了这一竖直和水平元素，呈现出一幅"诗化"荒野的画面。1844 年，布莱恩特提出"城市的绿地就是城市的肺"这一观点。

库柏的《皮袜子故事集》系列小说出版于 1823—1841 年，当时正是美国西进运动发展的高潮期，荒野正在迅速变为被驯服的边疆，通过对小说主人公那蒂·班波的刻画，荒野与文明的冲突一览无余。作品也揭示了不同人物对于荒野的不同认识，或是黑暗的神秘世界，或是藏身之处，抑或是智慧的源泉。荒野也孕育了像皮袜子或是鹰眼这样的人物，身上具备新世界所代表的所有美德，但他们却像这土地一样，在西进运动中生存受到威胁。[4] 小说中提到，伊丽莎白·坦普尔离家求学多年后回来，看到她家周围的环境时，被这几年的变化震撼：

---

① [美] 段义孚：《恋地情结》，志丞、刘苏译，商务印书馆 2019 年版，第 138 页。
② 黄杲炘：《美国名诗选》，上海外语教育出版社 2015 年版，第 67—69 页。
③ [美] 段义孚：《恋地情结》，志丞、刘苏译，商务印书馆 2019 年版，第 41 页。
④ Deborah L. Madsen, *American Exceptionalism*, University Press of Mississippi, 1998, p. 77.

坦普尔顿城已经建立，荒野渐渐退去，边境已经开化——很多树消失得无影无踪。库柏对这样一种方式进行了猛烈的抨击：在荒野工业化、文明化的过程当中，定居者们用大炮射鸽子，用巨网捕鱼，砍伐树木制作枫糖浆等，很多稀缺且不可再生的资源就这样被轻率地浪费掉了。

库柏对荒野的反映和描绘非常有创造性，在早期美国文学作家中独树一帜。正是他定义了长久以来对美国文学影响深远的一个悖论：如果荒野是上帝的杰作，那么人类以文明和文化的名义摧毁荒野又有什么意义呢？这一问必然会带来另外一个困惑：如果荒野是神性的显现地，那么当荒野消失时，人类到哪里去寻求精神重生呢？这两个问题始终是荒野母题的经典诠释，在美国现代化的进程中，不同时期的作家都在试图解答。清教徒坚信是上帝的指引使他们来到这里。宗教思想在殖民时期作为精神支柱鼓舞教徒踏上开拓新世界的征程，重新激发生命的活力，美国人崇拜自由与平等可以追溯至这个时期。自然与文明互相支持并且促进发展，虽然人类不可能规避自然而生活，但西方文明的制度限制了人类的发展，生活在牢笼中的人们不愿受支配地生活，因而选择亲近自然、回到荒野，在这里建立新的家园。

但进入18世纪中叶，这种荒野的群体化空间体验开始向个体化过渡。欧洲人骨子里固有的浪漫主义找到了继承者，即人数日渐增多的美国有闲阶层。他们逐渐把自己看作本地人，而把后续到来的移民者当作外地人。随着清教徒们自动将自己的身份从外来人向本地人转变，因而出现了以下局面：农民们在努力地开垦荒地，而有文化的市民们却倾心于野趣，这两种环境价值观的对立开始萌生并愈演愈烈。

第二节 霍桑虚实相间的道德荒野

对于霍桑（1804—1864）来说，在北美这片土地上，人类如果想生存，离不开墓园，尤其是荒野中的墓园，这是个象征死亡的地方。

可见，清教徒的原罪说对其影响之深在其作品中展现得淋漓尽致，中外学者对这一点已有很多著述，在此不再赘言。这里旨在分析霍桑小说中的荒野呈现。

1832年，他发表了《罗杰·马尔文的葬礼》（Roger Malvin's Burial），这篇小说如其他作品一样，主题依然可以阐释为报应、复仇与死亡。但小说中对荒野的刻画颇为引人注目。故事情节很简单，就是讲述在保卫边境战役结束后，两个伤兵——罗杰·马尔文和鲁本·布恩在回家途中在丛林了迷路。罗杰年长伤重，不愿拖累年轻人鲁本，催促他尽快一人离开。年轻人虽然开始百般推脱，经历了几番心理挣扎，终未逃过自己的私心。他虽然发誓要回来替自己未来的岳父收尸，但没能兑现自己的承诺。但这件事情带给他的负罪感却变本加厉，始终在折磨着他。最后，小说以一个讽刺而又恐怖的巧合结束，他带着妻儿到森林中另谋生路，某天打猎时，因为往事的萦绕恍惚，亲手误杀了儿子。而孩子死去的地方正是当年他抛弃罗杰之处。整篇小说中用大量的笔墨描写了荒野的情形，当罗杰断定自己的生命快到尽头时，他投向林深之处的目光充满绝望，"咱们面前还有大片大片荒野，就算我家在山那边也不管用啦"；"死神会像一具僵尸缓缓逼近，偷偷摸摸，穿过树林，将它的鬼脸从一棵又一棵树后探出来"①。鲁本出于私心，将他未来的岳父遗弃在荒野，孤零零一人死去，未曾掩埋。霍桑曾讲"被人遗弃，在荒野中咽气死去是最悲惨的命运"，他认为"在荒野中凋零，孤独无依地死去，无人收尸，也是对个人和社会权利的侵犯"。②

小说结尾处，当鲁本未能逃过命运，最终迫于生计，再次深入大森林，去未曾拓垦的荒野中谋生时，他发现"阴暗的乱树丛、幽黑阴森的古松俯视着他们"，听到"山风吹过树梢，林中响起一片凄惨惨

---

① ［美］霍桑：《罗杰·马尔文的葬礼》，［美］安吉拉·帕拉托改编，尉小龙、霍建强注释，北京师范大学出版社1994年版。
② Jonah Raskin, *A Terrible Beauty*: *The Wilderness of American Literature*, California: Regent Press, 2014, p. 217.

第四章　美国现代化起步期的荒野浪漫化建构

的回声";当负罪感把他再次带入当年遗弃马尔文的稠密簇生树丛时,他发现当年那棵自己绑上带血手绢的小橡树,已经长大,"这棵树有些特别,令人看了胆战心惊。中部和低矮的枝条生机勃勃,树干爬满青藤直到地面,但树的上部却分明凋萎,顶部的枝条竟完全枯死。"①我们从这里读到了很浓重的宗教寓意。他笔下的邪恶人物和行为都与森林、荒野意象相关。霍桑的出生地萨勒姆镇相对其他东部城市比较落后,充斥着大量富于神奇色彩的民间传说和神话故事,为他提供素材和创作灵感的同时,也为他笔下的荒野带去了独特的神秘色彩。在霍桑看来,在荒野中,人性暴露无遗,人类道德会经历严峻的考验,正如《圣经》中所描写的那样。《大红宝石》的场景依旧是远离人烟的荒凉之处,"大片荒野横在他们与最近的村落之间,头顶不足一里就是黑黝黝的森林边缘。数不清的树干和稠密的树叶禁锢了他们的思绪"。

另一个短篇小说《年轻的布朗先生》的故事发生地仍然是在荒野。"他拐上一条荒僻的小路,两旁满是这树林中最枝繁叶茂的大树,把这条小路遮蔽得十分幽暗。"② "他在黑黢黢的松树间一边飞奔,一边挥舞着手杖,姿势极为疯狂","整个树林都充满了可怕的声音——树木发出的吱嘎声,野兽的嗥叫声以及印第安人的呼喊声。"③ 一群献身宗教的人深入野外,踏足这样的荒蛮之地,还在荒野中唱起圣歌,"漆黑的荒野中所有声音隆隆作响","犹如狂风在呼啸,野兽在号叫"④。

在霍桑代表作《红字》中,荒野意象不仅是故事发生的背景,也是核心隐喻。以往研究把重点都放在了"红字"的象征意义上,但实

---

① [美]霍桑:《罗杰·马尔文的葬礼》,[美]帕拉托改编,尉小龙、霍建强注释,北京师范大学出版社1994年版。
② 白岸杨等撰:《胎记——霍桑短篇小说》(评注本),华东理工大学出版社2010年版,第193页。
③ 白岸杨等撰:《胎记——霍桑短篇小说》(评注本),华东理工大学出版社2010年版,第197页。
④ 白岸杨等撰:《胎记——霍桑短篇小说》(评注本),华东理工大学出版社2010年版,第1—14页。

际这部小说的主导性隐喻并非题目或是正文中的红字"A",而是荒野本身。[①] 霍桑反复提及了荒野概念,他不停在"森林"、"林地"、"原始森林"、"母系森林"、"庞大的黑色森林"和"丛林"等词语中切换,来指代荒野。[②] 荒野在他的作品中充满了多元含义,是伸手就能触摸到的真实树林,是濒死或者死亡的代名词,抑或是谎言、欺骗和沉默的迷宫。海斯特的女儿珍珠可能是小说中最为狂野的一个人物,她是"激情时刻不期而孕的一个结晶",因而血脉里流淌着狂野。霍桑也用了不少笔墨来刻画她的荒野气质,她生有"狂野的眼睛",看上去像是一只"狂放的热带小鸟";她有着"狂野多变的性格",能够直视印第安人的内心。

因此,在霍桑的小说中,荒野是浪漫化了的意象,是现实空间和虚拟空间的交汇物,同时也是人类本性显现的地方,是道德接受考验的场所。对荒野的"魔化"描写,对房屋摧毁人性作用的着意渲染,对"恶""罪"主题的反复突出,自然都与霍桑头脑中"万恶之源是人心""心理和灵魂的疾病要比身体的疾病普遍"等观念息息相关,而这些认识的形成固然决定于他个人家族的成长经历,以及加尔文教义的影响,但也与他对文明科技的态度,以及他的自然观有直接关系,也代表着当时美国文化精英对城市化进程迅猛发展的一种回应。

美国城市化进程的发展大约可以分为以下三个阶段:大约从殖民地时期开始延续到19世纪30年代的重商主义和商业化城市阶段,这一时期工业化革命已经开始,但城市衡量的标准主要是商业而非工业,城市规模较小,还没有分区,基本没有出现现代化迹象;从19世纪40年代到第一次世界大战结束的工业化城市阶段,这一时期城市和郊区都得到了空前发展;到20世纪中后期,美国逐渐进入大都市区和郊

[①] Jonah Raskin, *A Terrible Beauty: The Wilderness of American Literature*, California: Regent Press, 2014, p. 221.

[②] Jonah Raskin, *A Terrible Beauty: The Wilderness of American Literature*, California: Regent Press, 2014, p. 221.

区化阶段。① 霍桑《罗杰·马尔文的葬礼》《年轻的布朗先生》均创作于 1835 年，后收录到《古屋青苔》小说集。可以说霍桑的创作高峰期恰逢美国城市化进程中的一个转折期，殖民时期的小村落正在变成大城镇，随后发展为地区性商业中心。他所出生成长，一生未曾远离的萨勒姆镇，是今天美国马萨诸塞州的丹佛，距离波士顿约 25 千米。当时，波士顿、费城、纽约、查尔斯顿既是北美殖民地最大的城市，也是早期城市化道路的典型代表。② 因而，霍桑也是美国城市现代化进程的亲历者。他笔下的古屋"倾颓腐朽"，他虽然对超验主义的思想不是完全认同，但却对当代现实问题有着强烈的关心。霍桑和麦尔维尔都曾对美国的城市前景表示过担忧，他甚至断言："每个城镇都应该在每半个世纪内由大火来洁净一下，或者退化下去。"③

这一时期，房子作为文明的象征，站在了荒野的对立面，在霍桑看来，"人类本性非恶，只是他们创造出来的机构是邪恶的"。④ 他笔下的一个人物曾解释说："我们所谓的住所，是为这个世界上所有的罪恶提供歇脚之地。"因此，房子是霍桑作品中的一个重要象征，我们在《七个尖角阁的房子》《古屋青苔》中看到的宅邸都阴森可怖、充满诅咒。之前的研究大多认为，霍桑的寓意在于，房子作为祖先的遗产传给子孙的同时，也隐含着父辈犯下的罪恶会传递给后代，逃离不了命运的诅咒。但经过上述分析，结合当时美国现代化背景，笔者发现霍桑之所以反复提及房屋这一意象，实际另有深意。在这些作品中，房屋和花园一样，都是一种重要隐喻，1851 年《七个尖角阁的房子》发表时，美国人已经开始意识到自己的国家应该立即开始保护环

---

① 付成双：《美国现代化中的环境问题研究》，高等教育出版社 2018 年版，第 86 页。
② 付成双、张聚国：《北美现代化模式简论》，《现代化的特征与前途——第九期中国现代化研究论坛论文集》，2011 年。
③ Nathaniel Hawthorne, *Works of Nathaniel Hawthorne*: *The Martble Faun*, Boston: Houghton and Mifflin Company, 1888, p. 93.
④ Jonah Raskin, *A Terrible Beauty*: *The Wilderness of American Literature*, California: Regent Press, 2014, p. 144.

境，不受人类和机器的污染和伤害，不然荒野将荡然无存，再没有什么可保护的了。① 霍桑表达出的正是对科学技术进步的怀疑否定态度。另一位同时期的作家爱伦坡在其名篇《厄舍古屋的倒塌》中，也有像以上段落的同类描写，"古屋周围笼罩着一种特有的气体，它是从朽树、灰墙和宁静的池塘中溢出来的，是一种神秘的毒气，压抑、惰滞。""屋子里家具很多，全是老古董，一点也不舒服，而且十分破旧。屋里还乱扔着许多书籍和乐器，但这些东西并没有给这里增添丝毫生气。到处弥漫着一种强烈的忧郁气氛。"② 诚然，霍桑和爱伦坡都被奉为美国哥特小说和恐怖小说的鼻祖，如此刻画故事背景对渲染气氛有关键作用，但如果将其置于当时美国现代化背景下去解读，可以说正是对工业化社会的节奏和方向心生疑虑，对城市化进程感到不安，这些浪漫主义作家才将荒野刻画成了价值和道德的储存地，拷问自身的同时也给了世人以启示。霍桑曾经写道："无论经历一场大火还是自然腐烂，一个城镇在 50 年之后就应该能被夷除地干干净净。"爱默生也曾在著作中表示出对房屋的鄙视，他警告世人，"终有一天，房屋会超过草场，就连从未有人居住过的地方都会出现村庄"。

段义孚在《割裂的世界与自我》中分析人在自我意识强化过程中疏远、孤独、恐慌与逃避的根源时，谈到"房屋，特别是家居房屋能形成封闭空间，让个体感受到强烈的自身存在感和自我意识，这有别于户外开放的、无差别的空间"。③ 但是，随着房屋内的空间分割成越来越细化的区域，格局越来越趋于纵向进深，身在其中的人们彼此也越来越疏离。罗伯特·T. 泰利（Robert T. Tally）在其 2019 年新作《地形癖》中也指出，"即便在'真实世界'中的真实地方也可能充满未知或是不关联性，例如爱伦坡从未提及厄舍古屋的确切位置，但房

---

① Jonah Raskin, *A Terrible Beauty: The Wilderness of American Literature*, California: Regent Press, 2014, p. 224.
② Edgar Allan Poe, *The Fall of the House of Usher*, Booklassic, 2015, pp. 10 – 13.
③ 蔡霞：《"地方"：生态批评研究的新范畴——段义孚和斯奈德"地方"思想比较研究》，《外语研究》2016 年第 2 期。

屋本身就产生出一种空间焦虑感。"①

　　早期殖民者们对森林和印第安人的态度密不可分，也与移民对荒野的敌意有很大关系。殖民者和印第安人之间的紧张关系对大多数英国殖民地来说就是家常便饭。印第安人曾对罗得岛州种植园的罗杰·威廉姆斯解释说，他们"出生和成长在那个地方，就像旷野的树一样"，他们的《创世记》版本无疑加强了定居者对森林的认同，离欧洲的圣经基础的感觉自己的神圣起源。殖民者对荒野的恐惧不仅限于对印第安人的不信任，还包括对狼、响尾蛇和熊等动物的，更不用说一些现代科学所不知道的奇异物种了。在整个殖民地定居下来的动物系统地摧毁他们认为有毒的动物。对动物数量影响最大的是栖息地的破坏，而不是赏金狩猎。既然有那么多令人信服的理由，殖民者砍伐起森林几乎毫不犹豫。也就很好理解为什么很少会有殖民地作家对大规模环境变化可能带来的后果表示担忧。一方面，大多数人认为这些变化是有益的，大家都希望把荒野变成花园是可取的。另一方面，美国的森林是如此之大，以至于在最初的欧洲殖民地建立之后的几代人的时间里，文明的入侵影响几乎微不足道。只要定居处被人们视为广阔荒野中的零星岛屿，保护荒野或自然生态系统就显得无足轻重；只有这块大陆上大部分人定居下来，荒野地区被视为文明国家版图上的岛屿时，保护它们的必要性才不说自明。因此，荒野和森林在霍桑笔下，不只是"人的精神力量源泉"，更多的是虚实交错的道德荒野。而19世纪30年代末40年代初，旨在逃避世俗庸乏生活的荒野叙事成了美国文学中的主流写作趋势。②

第三节　惠特曼和红杉树：荒野中的文明化身

　　事实上，19世纪中期的美国人总体上对乡村和城市都抱有一种不

---

①　Robert T. Tally Jr., *Topophrenia: Place, Narrative and the Spatial Imagination*, Indiana University Press, 2019, p.97.
②　Jonah Raskin, *A Terrible Beauty: The Wilderness of American Literature*, California: Regent Press, 2014, p.199.

确定的态度，一边享受现代化进程带来的便利，同时又试图在满是机器的城市喧嚣中找到更多的纯净自然。[①] 而这种矛盾性在瓦尔特·惠特曼的诗歌中显得尤为突出。

惠特曼被称为美国第一位"民主诗人"，他的自由体诗歌将美国文学带入了新的阶段，标志着美国文学开始走向繁荣独立的"文艺复兴"时期。惠特曼好比他所处时代的孩子，而他的诗歌如同一面镜子，映出了当时所有盛行的主流思想。他不但对美国现代诗歌影响巨大，代表作也是西方文化，乃至世界文学中的宝贵财富。在1980年一篇早期生态主义批评论作"爱默生、梭罗和惠特曼之边疆观"中，盖伊·威尔逊·阿伦（Gay Wilson Allen）写道："我不知道还有哪部作品，像惠特曼的诗歌一样，如此天真地反映了19世纪美国的民族意识——虽然对当时大多数的人来说，这种意识还只是一种无意识的冲动。但不管有意识还是无意识，最终都导致了我们现在所看到的自然资源的掠夺和悲剧性的傲慢狂妄。"[②] 他的《草叶集》中一个重要主题就是歌颂自然。在他笔下，植物也好，矿物也罢，宇宙中自然界任何事物都有意识。诗人总有一颗敏感的灵魂，去叩问解读非人类世界的意识。

在比尔·麦克吉本（Bill McKibben）编著的《美国土地——梭罗以来的美国环境主义写作》一书中，收录了惠特曼《草叶集》（1856年）中的两首诗歌，一首是《堆肥》（The Compost），另一首是《红杉树之歌》（Song of the Red Woodtree）。传统中外美国文学经典著作选读通常不会见到这两首作品，但这两首诗却是典型的自然写作作品，表达了作者的生态思想和自然观。"堆肥"这一概念在生态学中本来是指利用各种有机废物为主要原料，经堆制腐解而生产有机肥的过程，可以为植物提供稳定平衡的营养、提高酸性土壤的PH值，加固土壤的结构等。

[①] 付成双：《美国现代化中的环境问题研究》，高等教育出版社2018年版，第223页。
[②] Jonah Raskin, *A Terrible Beauty: The Wilderness of American Literature*, California: Regent Press, 2014, p.126.

第四章 美国现代化起步期的荒野浪漫化建构

"堆肥"一诗由两部分组成,第一部分中诗人先是详细描述了自然界的一种现象,一想到他所亲近的森林、草场、海洋和大地,千百年的轮回更替中隐藏着无数醉鬼饕餮的尸体、腐肉和污水,他感到无比震惊和错愕。然而,更让他不解的是,所有这些腐尸却消失得无影无踪。他坚信挖地三尺,翻遍耕地,一定会找到。第二部分,诗歌忽然转折,以"看这堆肥,好好看!"为首句,利用他一贯的排比手法,开始细数自然让人惊叹的神奇力量:覆盖草原的春草冒出头来,豆子从花园中悄无声息地发芽,洋葱长出嫩叶,苹果枝条上绽放蓓蕾,柳树、桑树慢慢染上鲜艳色彩,动物的幼儿接二连三破壳而出,山丘上爬满了黄色的玉米秆,紫丁香在院子里开花。第一部分中充满腐烂和瘟疫、内脏和死亡,让人厌恶作呕的土地,孕育出了无限生机和活力,成了健康和丰收的不竭源泉。"这是何等化学反应!"诗人扪心自问。田野的风、黏人的海浪都纯净无比,黑莓、西瓜、葡萄、桃李都甘甜多汁,并没有让人染上疾病。大地静静地用它的耐心滋养着世界,各种各样甜美的事物从腐朽中孕育生长,它给予人类的是神圣,却全盘接纳接受人类弃与它的一切。

当然,这首诗仍然突出了惠特曼作品中常见的主题之一——死亡,死亡是得到新生前的一个必要阶段。但更重要的内涵是自然界生态规律的歌颂。19世纪德国著名化学家李比希(Justus Liebig)曾把土壤循环再生中这种"化学反应"的重要性解释为"变形"(metamorphosis),是一种发酵的过程。土壤和动植物的残留混合到一起,支撑生命和分解生命的力量相互依赖,相互关联,站成自然这种综合体的两端。惠特曼歌颂的并不是一种肥料,而是堆肥背后的生态系统,它才是真正的奇迹制造者,是其赋予土壤数十亿多样的微生物,在它们共同作用下,才有了生态栖息地,有了营养的更替和代际的循环。大地、土壤不是静态的养分载体,而是动态的生命网。诗歌的标题"堆肥"本身就是一个重要的隐喻,暗示着这种变形过程的科学性和神秘性,也就是自然界永恒的循环再生能力;同时,也象征着人类灵魂的净化升华。

另外一首《红杉树之歌》描绘的是加州成片的红杉树林，在文明来临时如何收敛起自己的高贵和威武，甘心让位于拓荒者。红杉树是世界上最高，历史也最古老的植物之一，主要分布在太平洋海岸，加利福尼亚州最为繁茂。惠特曼通过在诗歌中创造一种诗人与红杉交替出现的复式声音和拟人手法，歌颂了这一生物的威严，以及美国这个新生民族的巨大能力，人类社会的进步如同自然造化一样奔涌而来，无法抗拒。其中的森林意象与布莱恩特和霍桑的刻画完全不同。

> 我们的日子到头了，大限来临了。
> 威武的弟兄们，我们并不是悲哀地屈服，
> 我们的时光过得充实美丽，
> 怀着大自然平静的满足、默契和巨大的喜悦，
> 我们欣然承受了既往的一切，
> 现在把地盘让给他们。
> 他们是久久预期的来者，
> 他们是更加出色的民族，他们的时光也过得庄严充实，
> 我们让位给他们，在他们身上有我们，森林之王！
> ……
> 树干倒下了，轰隆的响声，低声的尖叫，呻吟，
> 这就是红杉树发出的话，如同森林精灵们的声音，狂喜、古老、沙哑，
> 持续了上百年，看不见的树神，唱着，撤退着，
> 离开了它们所有的幽深的森林和山峦。[1]

诗歌的主题一目了然，树木倒下时的尖叫与呻吟与狂喜、歌唱着

---

[1] Bill McKibben, ed., *American Earth: Environmental Writing since Thoreau*, New York: Literary Classics of the United States, 2008, pp. 65 – 66. ［美］沃尔特·惠特曼：《草叶集》，邹仲之译，上海译文出版社2015年版，第459—466页。

第四章 美国现代化起步期的荒野浪漫化建构

退隐的森林之神,对读者的感官形成了强烈冲击。这些富有神性的物种,在文明之斧掠过身体时,把自身的痛苦置之度外,以"宁静"和"喜悦"面对死亡,牺牲自己,迎来新生力量。这里我们可以清晰地意识到惠特曼对社会文明进步持有肯定态度,尽管在他的诗歌中我们经常读到的是矛盾冲突的自然观。自然时而是供文明所用的物质资源,时而是人类依靠的精神食粮,但前者的力量大多数情况下会压过后者。

两首诗歌都采用第一人称叙述,对"潜在听者"均以第二人称"you"来称呼,拉近了说话者与听众之间的距离。同时,惠特曼采用了多种具体形象的修辞来定义自然的内在价值,也同时表达出了他对世界文明进化笃信不疑,对他来说,这一成长将在美国的西进和移民的拓荒中到达顶峰。因此,在他的诗歌中,读者随处可见对"拓荒者"的歌颂,例如在《草叶集》收录的《开拓者!啊,开拓者!》一诗中,惠特曼写道:"我们砍伐原始森林,沿着大河逆流而上,心潮激荡地钻探矿藏,我们测量广阔的原野,开垦处女地,开拓者!啊,开拓者!""来吧,我的脸膛晒黑的孩子们,排好队,备好武器,手枪带上了吗?锋利的斧子带上了吗?"[①]

而在早于惠特曼创作的另一位诗人莫里斯(George Pope Morris, 1802—1864)眼中,他的诗歌"伐木人,把那树放过",可以说直截了当地道出了他对荒野中文明步伐加快感到的不安和否定态度。"伐木人,把那树放过!别碰它一个枝桠!它遮过少年时的我,现在我也要保护它。少年时常常我有空,总去它感恩的荫下。只要我的手能出力,就不会让你伤害它。"[②] 这两位作家对荒野森林截然不同的态度恰恰表明,美国现代化进程中人们对荒野的认识始终充满"流动性",随着自然和文明的关系不断调整适应。

这一时期的美国文学中,森林作为荒野意象出现的频率很高。在

[①] [美]沃尔特·惠特曼:《草叶集》,邹仲之译,上海译文出版社2015年版,第497—503页。

[②] 黄杲炘:《美国名诗选》,上海外语教育出版社2015年版,第67—69页。

另一位诗人布雷纳德（John G. C. Brainard，1796—1828）的《林间的小路上洒满落叶》中，对"繁茂的夏日藤蔓""秋天的金色清辉"的浪漫伤感追忆，因为最后两行"眼中是一片光明和美丽，感到的却都是孤独悲凉"，使其从单纯的写景抒情诗瞬间有了历史维度，与惠特曼一样，布雷纳德在这里表达的也是对即将到来的文明的忐忑心情，可谓点睛之笔。进入20世纪后，美国诗歌中森林意象的出现就不再如浪漫主义时期如此集中和频繁，即便有，也只是单纯地抒发感情，歌颂自然，森林背后所代表的荒野与文明之间的纠缠与渊源也不再明显，究其原因是，进入20世纪以来，荒野的概念再次出现了变更。在现代社会，"自然"（nature）、"景观"（landscape）、"景色"（scenery）三个词的内涵和用法似乎越来越趋同，后两者可以互换，意指自然。但在过去的几个世纪里，"自然"一词失去了更多的外延，词义不断削弱减抑。这一现代化进程高速发展期中，自然荒野逐渐变为了人文景观，例如基尔默（Alfred Joyce Kilmer，1886—1918）的短诗《树》，相比惠特曼的《红杉树之歌》就少了历史的厚重感，只剩下诗人拟人的抒情"树整天整天凝视着上苍，祈祷中举着叶茸茸臂膀"[1]，没有了荒野的衬托，这里的树木便失去了生态寓意。

　　实际上，惠特曼诗歌中的荒野意象也已经不是原生荒野，而是处于自然与文明之间的"中间地带"，在文明之斧的挥舞下，之前森林意象的神性，或是魔性，都慢慢有所淡化。虽然他对自然的态度总是充满矛盾，[2] 但读者很难察觉到他作品中存在自然与文明的冲突。即便是在他家喻户晓的诗中，我们也能看到荒野与文明之间的交融和谐。"最近紫丁香在前院开放的时候"这首诗虽然主旨是表达对领袖林肯的热爱和怀念，但其中对自然的描写也很突出，"小路两旁田野里长满了草，经过这无边的荒草，经过深褐色的田地，每一粒麦子破壳抽

---

[1] 黄杲炘：《美国名诗选》，上海外语教育出版社2015年版，第283页。
[2] ［美］沃尔特·惠特曼：《惠特曼诗选》，赵萝蕤译，外语教学与研究出版社2016年版，第203页。

第四章　美国现代化起步期的荒野浪漫化建构

出黄色的芽,经过果园,苹果树开满了雪白粉红的花","日深一日的春天,农田和房舍的图画。图画里是四月日落时的黄昏,灰色的烟雾清澈又明亮"。"远方是流动着的釉彩,河水的胸膛,这里那里是微风吹皱了的河面,两岸绵亘着山岭,许多线条印刻在天上,又有阴影,附近的城市里则是房屋密集,烟囱林立,到处是生活的场景,工厂和正在回家的工人。"① 农田、房舍、河水、山岭、城市、工厂等意象并置在一起,产生出奇妙的交错感。

毋庸置疑,惠特曼在诗中歌颂自然的同时,也是在宣扬人类所取得的伟大成就。城市,作为文明的重要象征,在文学作品中往往作为荒野的对立面,和奢靡、欲望、破坏性相连。但实际上,对于旧世界来说,城市作为一种先进理念的代表,有着非常重要的意义。② 如果说霍桑和爱伦坡等作家受欧洲浪漫主义影响,作品中展现出来的是哥特式城市所造成的恐怖效应,那么惠特曼笔下更多的是城市的生命力和创造力,以及洒满阳光的乡间美景。无论城市在这些文人心中、在普通民众看来是怎样一番景象,不可否认的是,它们都在美国的发展历程中起到了重大的作用。因此,惠特曼对待城市的态度,与对待自然一样,也是充满矛盾的。他不止一次在诗歌中控诉纽约和布鲁克林"从某种意义上讲,与贫瘠不毛的撒哈拉沙漠类似"。但他也同时对其大加歌颂:"这些大城市的规模壮丽而又宏伟,如奔涌的波涛一般宽广。"无论描写人与自然的关系,还是描写人与城市的关系,惠特曼都倾注了强烈的情感。③ 他在另一首诗《有那么一个孩子出得门来》中这样写道:"那早春的紫丁香成了这个孩子的一部分,青草,白的红的喇叭花,白的红的三叶草,还有美洲绯鹣的歌,三月的绵羊和母猪那窝浅粉色的小猪仔,还有母马的小驹和母牛的小牛犊,仓前空地

---

① [美]沃尔特·惠特曼:《惠特曼诗选》,赵萝蕤译,外语教学与研究出版社2016年版,第203页。
② [美]段义孚:《恋地情结》,志丞、刘苏译,商务印书馆2019年版,第288页。
③ [美]段义孚:《恋地情结》,志丞、刘苏译,商务印书馆2019年版,第292页。

那里或池旁烂泥那里那窝聒噪不休的小鸡，鱼类在下面奇妙地悬挂着，还有那美丽的奇妙液体，还有那些水生植物和它们文雅而扁平的头部都成了他的一部分。"这首诗里自然现象在孩子身上发生了深刻影响，人类与自然之间的分界线在这里消失不见。三叶草、喇叭花、绯鹟和水生植物都是荒野中的动植物，而牲畜家禽是农业文明的标志，在惠特曼的诗歌中，我们并没有感觉到任何的冲突和对立，而是一幅烟火气息浓重，欣欣向荣的繁盛景象。他的诗歌中总是能见到熙熙攘攘的人群、拥挤的大街、各行各业的劳动者，读者能深刻体会到诗人始终在"歌唱饱含热情、脉搏和力量的广阔'生活'"。这与他所处的时代背景也息息相关。1790—1860 年，美国领土面积从 86.47 万平方千米增加到 296.96 万平方千米，增加 2.4 倍；人口从 392.9 万人增加到 3151.3 万人，[①] 增加 7 倍多。整个美国都高涨着爱国主义热情和乐观主义精神，这两点也是惠特曼《草叶集》自始至终都飘荡的主旋律。

  但是惠特曼也多次提到只有在荒野中，才可以发现自我。由此可见，爱默生超验主义思想对他的深远影响。"在人迹罕到的小路上，生长在池水旁，逃离了那浮在表面的生活，离开了迄今为止公开宣布的所有规则，离开了享乐、利益，大家遵守的条例，我现在才懂得了未曾公布过的规范，懂得了我的灵魂。"[②] 他所描绘的背景大多是在充满生机的美国西部，他把自己当作那蒂班波一样的人物，在荒野中穿行、打猎、野营。在"我俩，我们被愚弄了这么久"中，他清晰地表达了人与土地、自然界中所有生物，甚至非生命体的密不可分。"我们就是大自然，我们成了植物、树干、树叶、树根、树皮，我们深深嵌入地上，我们用四腿和利齿在树林里觅食，朝着猎获物猛扑。"在他笔下，荒野就是我们。

---

  ① U. S. Bureau of the Census, *Historical Statistics of the United States*：*Colonial Times to 1970*, Washington，D. C.：Government Printing Office，1976, p. 8.
  ② ［美］沃尔特·惠特曼：《惠特曼诗选》，赵萝蕤译，外语教学与研究出版社 2016 年版，第 81 页。

第五章　美国现代化转型发展期的"混融荒野"与身体拓荒

内战后，美国步入现代化的转型发展期（1861—1913）。无论是领土、人口还是经济，美国在19世纪上半期的发展速度是世界近代史上最快的国家，然而，随着北美森林的砍伐，浪漫主义成为西方的主流思想，受过教育的精英和都市市民开始赋予荒原积极的美德。因此，东海岸精英最先脱离工业化文明开始欣赏荒原。到20世纪，这种精英运动已经形成"荒野崇拜"，一些美国人，仍然主要是中产阶级和城市市民，普遍狂热地认为荒野可以解决工业社会的问题。

罗尔斯顿写道："对大多数美国人来说，理想的生活不是大城市的生活，而是'城镇加乡村'的生活。"[①] 其实乡村（而非城市）的扩张才是对荒野最直接的威胁。在不同的时代、不同的地方，人类创造出各种各样的"中间景观"，它们处于人造大都市与大自然的端点之间。[②] 西部大草原的特征是干旱。研究草原环境问题的学者艾森伯格指出："大草原的标志性特征不是平坦，而是干旱。"[③] 习惯于美国

[①] [美]霍尔姆斯·罗尔斯顿：《哲学走向荒野》，刘耳、叶平译，吉林人民出版社2001年版，第15页。

[②] [美]段义孚：《逃避主义》，周尚意、张春梅译，河北教育出版社2005年版，第30页。

[③] Andrew C. Isenberg, *The Destruction of the Bison: An Environmental History 1750—1920*, New York: Cambridge University Press, 2000, p. 16.

东部森林环境和湿润气候的美国人面对这片广阔的草原有些束手无策,没有他们惯用的树木可以用来打造住所和篱笆,或是烧柴取暖;甚至连东部人常用的铁犁对高草区那盘根错节的草皮也无能为力。①

因此,这一时期的文学比以往任何时候都更关注自然。美国关于乡村的写作强调的是与土地的工作关系而不是审美关系。作家们都倾向于表达对过去的追忆,描绘物质生活的积累和精神生活的堕落。从农业国家向工业国家的转变引起了人们价值观和生活态度的巨大变化。妇女也从压迫和蔑视的枷锁中解脱出来,越来越多的女性成为家庭的主导角色,而男性则因走入城市导致缺失。萨拉·奥恩·朱厄特、薇拉·凯瑟和玛丽·奥斯汀是这一时期少有的几位独自走进大自然、体验文明城市和自然场所之间区别的作家。她们把目光投向遥远的沙漠或荒凉的海岸,以乡村和小镇为表征,探索当地人民的日常生活,记录下巨大的变化。她们的人物居于文明社会和自然荒野之间,诉说着西部乡土的异化与挣扎。

美国文学史上,女性与荒野之间的交集出现较晚。克拉克远征探险队伍里的萨卡加维亚(Sacajawea),与约翰·史密斯联系密切的波卡洪塔斯(Pocahontas),以及在西部探险的"女侠"简恩(Calamity Jane)和神枪手安妮·奥克利(Annie Oakley)。当提及18—19世纪的探险家和旅居作家们时,无论是文学中虚构的人物还是真实存在的个体,没有几个女性的名字跳入眼帘,因为不管是美国历史还是大众或是文学文化,女性似乎都与荒野、西部、边疆这些概念无关。所以17世纪建国初期,美国西进运动过程中,女性如何喂养家庭,在荒野中如何发挥作用;美国现代化的酝酿时期到发展时期,她们对荒野这一物质地形和文化概念的影响何在等问题,都还悬而未决。

19世纪之前,如果说荒野中有女性形象刻画,大多也是负面消极的,例如囚禁叙事中所描绘的场景,这说明女性始终是排斥于荒野神

---

① 付成双:《美国现代化中的环境问题研究》,高等教育出版社2018年版,第238页。

第五章　美国现代化转型发展期的"混融荒野"与身体拓荒

话之外的。但历史现实表明，荒野中女性一直在场，从近几十年图书馆修复的档案中找到的不同记述、日记和其他文献可以证实。库柏1823年出版的《拓荒者》，伊莎贝拉·博德（Isabella Bird）1879年出版的《洛基山中的一生》（*A Lady's Life in the Rocky Mountains*）和穆里尔·鲁基瑟（Muriel Rukeyser）1938年出版的《亡者之书》（*The Book of the Dead*）。这些文本强调了不同历史时期女性对日趋男性化的荒野的回应。荒野的男性化建构也促使女性作家、女性人物和女性探险家们重新审视、想象这片土地，她们或者出于自身目的接受之前的荒野神话，把关注点放在家庭，或者意在解构神话，来揭示其内在的不真实性。

正如刘易斯（R. W. B. Lewis）所讲，美国男性作家笔下的小说通常围绕一个亚当式人物展开，他们唯有与自然和上帝相处时才有家的感觉。而19世纪美国女性作家的小说，尤其写西进过程的作品，多数都固执地将其男主人公重新带回了人的社区。[1] 有评论者认为，这些女性作家意图通过挑战既有荒野神话中标榜的男子气概，来创造一种新的美国神话取而代之。但实际上，她们或者选择遗忘荒野，满足于家庭一隅，或者寻求路径融入荒野，并未完全挑战神话叙事中推崇的种族和阶级阶层，以及男性父权的意识形态。

以库柏《拓荒者》中的伊丽莎白·坦普尔为例，她试图欣赏坦普尔顿的美，想象着将其改造为花园的可能性。作为一名受过良好教育的上层白人女性，伊丽莎白展示了自己对边疆的归属感，也代表了19世纪一种普遍存在的观点："女性或许比男性更能平静地接受荒野的消失。"[2] 伊丽莎白对土地的欣赏、在荒野中得到的滋养以及她的社会影响都表明，这不但是个能为受压迫者代言的上流社会女性，同时，她在荒野中展现出来的积极的女性气质也挑战了传统父权体系下的两

---

[1] Annette Kolodny, *The Land Before Her: Fantasy and Experience of the American Frontiers, 1630—1860*, Chapel Hill: U of North Carolina P, 1984. Print, p. 203.

[2] Annette Kolodny, *The Land Before Her: Fantasy and Experience of the American Frontiers, 1630—1860*, Chapel Hill: U of North Carolina P, 1984. Print, p. 7.

性界限,女性不再只是围着家庭和壁炉转了。伊丽莎白不仅拥有权力和金钱,而且凭借自身的同情心、智慧、道德和勇气,她能够在纳蒂·班波和其他人需要帮助的时候挺身而出。她眼中的荒野同样是自由的代名词,但不管她做的是否为男性化的事情,散发出来都是独特的女性气质。人们一般认为库柏的"皮袜子系列"创造了荒野的性别神话,荒野是欧洲白种男人的天地,他们来到这里的目的就是征服或摧毁荒野。然而,略带讽刺意味的是,伊丽莎白这个人物在荒野中的存在和她的社会影响,使得这个荒野神话在美国文化中还没有完全形成之前,就有了自我颠覆的倾向。

工业化的巨大成就将更多的人从自然空间吸引到人工城市。新的生活方式和社会价值观倡导同质化趋势,强调全球一体化的必要性。现代化带来的全球一体化侵蚀了地方特色,导致现代人的精神空虚不断加剧。文明与传统文化的巨大冲突压倒了财富积累的暂时成就。美国的每个角落都弥漫着现代化的气息。似乎自然写作中所描述的自由和纯洁已经让位于物质和世俗追逐。这三部作品中的人物大多为保护传统而努力,对自己的过去有着沉痛的怀旧之情。以小镇为代表的荒野也不再是一成不变的风景,而是社会变迁的写照。

这是一个适合居住的荒野,与梭罗、缪尔等的旅居都不同。这个乡村的方式决定了这里的生活习惯,只有适合这片土地自己的生活方式,生物才能在这里生活下去。对生态女性主义者沃拉·诺伍德(Vera L. Norwood)来讲,这意味着"自然和文化是相互影响的过程:人类文化受风景影响,也影响着风景的变化"[1]。她说女性笔下的荒野与男性的不同,她们感同身受而非对抗,"识别"而非"挑战"。在她们的作品中,荒野不再是单纯的自然景观,而是成了自然与文明之间的"中间地带"。

---

[1] Vera L. Norwood, "Heroines of Nature: Four Women Respond to the American Landscape", *Environmental History Review 1*: 1. Quoted in C. Glotfelty and H. Fromm (eds.), *The Ecocriticism Reader: Landmarks in Literary Ecology*, London: University of Georgia Press, 1996.

第一节 "混融荒野"中的疏离与抗争

人类在荒野中没有明确的路标来识别位置。因此，孤立感很容易出现。在现代人眼中，荒野杳无人烟，只有动植物能够生存。"人们期待在这里找到泉水，但别指望依赖它们；因为当它们被发现时，往往是咸的，不健康的，或者令人发狂的，缓慢滴在干燥的土壤。"《啊！拓荒者》中的汉诺威镇，情况也并不比前者好。人们零星地散居在这片贫瘠的土地上，过着艰苦的生活。

> 但最重要的事实是土地本身，它似乎压倒了人类社会在黑暗的废墟中挣扎的小小开端。正是因为面对如此巨大的硬度，男孩的嘴才变得如此苦涩；因为他觉得人类太软弱了，无法在这里留下任何痕迹，这片土地想要独处，想要保留它自己的凶猛的力量，独特的、野蛮的美，和它那不间断的悲哀。①

这里的荒野展现了一种势不可当的力量。荒野中的人们看起来是那么的渺小和无助。在野外生存甚至成为一个问题，让人们陷入这样的困境。"没有一间小屋，没有一口井，甚至在卷曲的草丛中也没有一条小径。"② 伊瓦尔的居住环境也是荒野的原型。在亚历山德拉一家的眼里，伊瓦尔是一个生活在杳无人烟的荒蛮之地的疯子。对他们来说，荒野有时意味着休闲的空间，但这里的土地对他们来说仍然是一个谜：在这些移民眼中，这片土地不仅与外界隔绝，而且与生活在此的人类隔绝。从某种意义上说，荒凉、死气沉沉的荒野与工业化下熙熙攘攘、繁荣昌盛的社会是隔绝的。马克西姆·高尔基（Maxim

---

① [美] 薇拉·凯瑟：《啊！拓荒者》，资中筠译，人民文学出版社2002年版，第16—18页。
② [美] 薇拉·凯瑟：《啊！拓荒者》，资中筠译，人民文学出版社2002年版，第44页。

Gorky）在描述这一时期的美国荒野时曾这样写道：

在一望无际的大平原上，木墙草顶的乡村小屋蜷缩在一起，这就使人有了讨厌的理由。人们的心灵顿感落寞，因而所有付诸行动的愿望都渐渐湮灭。农民可以走出他所在的村庄去看一看所有包围他的寂寥，不久他就会感到那种落寞感仿佛已经直捣他的灵魂。①

曾有学者把凯瑟称为"扎根荒野的一株绿树"，她在《啊，拓荒者》中对西内布拉斯加州大草原的书写，对美国现代化进程中荒野的变迁和拓荒者们的心态把握刻画得非常到位。小说以亚历山德拉（Alexandra Bergson）为中心，展现了她在荒野中的成长。从一开始，这片草原就以荒凉无序对这些新来拓荒者表现出了敌意和憎恶。

然而，亚历山德拉没有征服贫瘠的土地，而是努力了解自然的规律，最终做到了在自然中生活，享受自然的美丽。凯瑟厌恶工业化对自然的物质性剥削，深入描写荒野景观和西部大地之美。对凯瑟来说，荒野更像是一个分娩中心，所有一切都可能从这里诞生。② 她在小说中表达的并不是占据、侵入土地的欲望，而是一种与荒野共生的关系。凯瑟以象征手法，和诗意的散文语言，为她的小说注入了一种浪漫的感觉，创造了一个永恒的时间和一个永恒的地方，季节来了又去，悲剧逐渐而无情地展开。凯瑟坚持认为，关键不在于驾驭、束缚或杀死"野生动物"，而在于与鸟类、獾和草原上的野人一起生活。但凯瑟小说中的男人们，尤其是亚历山德拉的兄弟们，对边疆生活没有什么天赋可言。

与她的兄弟们不同，亚历山德拉富有想象力和同情心。她看着这

---

① Maxim Gorky, "On the Russian Peasantry", quoted in Jules Koslow, *The Despised and the Damned: The Russian Peasant through the Ages*, New York: Macmillan, 1972, p. 35.

② Jonah Raskin, *A Terrible Beauty: The Wilderness of American Literature*, California: Regent Press, 2014, p. 323.

第五章　美国现代化转型发展期的"混融荒野"与身体拓荒

片土地，不是带着恐惧、焦虑或厌恶，而是带着"爱和渴望"。对亚历山德拉来说，这片土地是美丽的，是"富饶、强大和光荣的"。也许只有一个在大草原上长大的美国妇女才会为它写一首赞美诗。在库柏开始他的文学生涯近一百年后，凯瑟开始将他所描绘和探索的荒野女性化。她深深扎根于自己的故乡，刻画的女性人物都是荒野的追随者，尤其是亚历山德拉，她喜欢荒野的土壤，荒野上的野花野草，动物鸟类，以及她自己的家园。读者能随时感到小说中女性对于自然的认同，和两者的和谐。她们能够认识到在人与土地的关系中，人永远是过客，而土地是永存的。

对过去的追忆也可以从柏格森夫人在新环境中对旧生活的保留上看到，这是一个从未离开过荒野的女人。由于她的坚持，柏格森一家住在一间木头房子而不是草皮房子里。由于她的坚持，她把孩子们送到河边钓鱼。由于她的坚持，家庭成员之间相互融合，生活中没有粗心大意。"她一直是你的好妈妈，她总是想念这个古老的国家。"[①] 柏格森夫人的性格为那些在现代化进程中迷失方向的人提供了一个向导。与登奈兰丁的人不同，她珍惜过去，在荒野中有意义的生活。在这里，凯瑟也回顾了美国的过去，并展示了她对故乡内布拉斯加的回忆，在那里她度过了快乐的童年，充满了她的梦想。

在凯瑟作品中，荒野也是书写拓荒者奋斗历程、实现人生意义的舞台，他们对荒野充满了深情与热爱，也正是这莽苍荒野铸就了他们自强不息的拓荒者精神，实现了他们顽强自立的人生价值。他们的生命质量正是在与荒野的周旋和对抗中得到了提升，可以说荒野既是实现梦想的平台，也是塑造性格的模板。很多人面对着无垠荒野只能无助感叹自身的无力与渺小，为其凶悍和无情而怅然退却。但曾在边疆地区生活过一年多的凯瑟却理解一个拓荒者需要何等的勇气和魄力，方能在如此严酷的荒野之中点燃文明的火种。她笔下的主人公亚历山

[①] [美]薇拉·凯瑟：《啊！拓荒者》，资中筠译，人民文学出版社2002年版，第32页。

德拉在面对种种考验之时，没有畏惧退缩，而是始终信念坚决，哪怕身边其他人都已经因为畏惧荒野的神秘野性而离去，她也没有一点点的动摇。因此，这一时期荒野文学中的女人们表现出来的更多不是去驯服或改变荒野，事实上，她们在利用自身与荒野的相处，利用荒野固有的狂欢和自由隐喻，来摆脱或是改变社会对她们人格的期望，跳出性别本质主义的限制，以独特的女性气质来回应荒野。以亚历山德拉为代表的这一代拓荒者们在荒野之中勇敢地面对各种的困难和挑战，不屈地斗争，坚定追求自己的梦想，在与土地的对抗中培养了坚韧不拔的性格，也正是依靠这种性格，才最终使得他们能够在荒野之上建立起自己的家园，播撒文明的种子。

但在建立家园的同时，人们出于对财富的追求、对文明的向往而大规模地开垦土地，曾经广袤无际的荒野渐渐被文明之火焚烬。在荒野中实现了梦想的人们眼看着这些曾铸就了拓荒者精神的荒野莽原渐渐消失，又感到深深的不舍和惋惜。所以当人们在开垦荒野不断取得胜利，麦田、玉米地到处都是一片丰收胜景的时候，卡尔却说道："至于这片土地，我也认为我更喜欢它以往的样子，现在这样固然很好，但是曾几何时它那如同一头野兽般的气质是这些年来都魂牵梦萦的。"在这些早期的拓荒者们看来，荒野的原始野性和粗犷之美令人难忘，同时也是一面镜子，折射出他们艰难开拓的身影，从这个逻辑来推理的话，征服荒野的过程就意味着结束这段历史，尘封拓荒精神。所以才有了拓荒者们充满矛盾的悖论心理，边享受自由，大肆开垦，边凝视远方，哀伤叹息。

> 他是一个乡下小男孩，这个村庄对他来说是一个非常奇怪和令人困惑的地方，人们穿着漂亮的衣服，有一颗冷酷的心。他在这里总是感到害羞和尴尬，想躲在东西后面，生怕有人会嘲笑他。刚才，他太不高兴了，根本不在乎谁笑了。[①]

---

① ［美］薇拉·凯瑟：《啊！拓荒者》，资中筠译，人民文学出版社2002年版，第6页。

第五章 美国现代化转型发展期的"混融荒野"与身体拓荒

在这生动的心理描写中，这个小男孩正遭受着一种强烈的分离感和孤独感。他们远离了昔日的居民，远离了充满活力和便利的地方，他们面对的是一片强大的荒野。卡尔一家的离开是人类在没有深入了解这片土地的情况下，向这片土地屈服的最铁定证据。当瑞典人来到这片西南部的土地上，这里的一切都是新的，充满挑战，更不用说神秘的荒野了。与当地本土荒野居民的差异使他们想知道"他们是谁"。弗洛姆曾经说过："这是一种与人与自然的自发关系，这种关系将个体与世界联系在一起，而不会消除他的个性。"[①] 他们渴望在这片新的土地上有一个新的身份，但是没有与大自然的接触，似乎没有解决的办法。

19世纪后半叶还有一位值得一提的乡土作家，也就是生于缅因州南伯威克的萨拉·奥恩·朱厄特。1877年，随着朱厄特的第一部小说集《深港》的出版，她被更多的人认识，并有了自己的支持者。代表作有《乡村医生》（1884）、《一只白苍鹭》（1886）、《尖尖的枞树之乡》（1896）。后者是她最知名的巅峰之作，以第一人称叙述了一位都市作家，为自己的创作寻找不被打扰的僻静之处，来到小镇登奈兰丁所经历的故事。这部小说中的荒野与其他两部小说略有不同，因为它关注的是沿海城镇内外的自然。作者把更多的注意力放在了经历美国历史变迁的小镇上。当时美国正处于向工业化过渡的时期。其实，从1800年到南北战争期间是美国城市化奇迹的第一个高峰期，城镇像雨后春笋一样蓬勃发展起来。[②] 但这一时期的城市与美国现代大都市迥然不同，当时的城市都是"混杂型"的。城市郊区的发展主宰着美国的经济、社会和政治生活。城市郊区不断鲸吞着乡村，富人纷纷搬到了市区之外。

作为一个沿海城市，登奈曾经承载着大多数居民的梦想，一方面，这个小镇罕见地保持着传统，另一方面，小镇又受到现代化和物质化

[①] Erich Fromm, *Escape from Freedom*, New York: Holt, Rinehart and Winston, 1941, p. 19.
[②] 冯泽辉：《美国文化综述》，四川人民出版社2002年版，第276页。

的冲击。变成了一个停滞不前的城市,人们,尤其是男人,每天无所事事。

  我看到,甚至在我们这里的镇上,情况也变得更糟了。现在到处都是游手好闲的人,尽管他们又小又穷,但他们每一个懒惰的灵魂,都曾经愿意跟着大海走。此外,我认为,如果一个社会只关心自己的事情,除了从一份廉价的、没有原则的报纸上了解外面的世界,那么这个社会就会变得无知得可怕。①

在这里,朱厄特用利特尔佩奇船长的话描述了这个小镇在现代化之后的巨大变化。人们越来越关注物质的增长,变得比以往任何时候都更加贪婪。畸形的社会价值观形成,造就了众多的"游手好闲者"。朱厄特通过描述这里人们的空虚和无知,说明了现代化的负面影响,误导现代人进入一个以金钱为导向的社会。这种追求的唯一结果就是当他们意识到身体与精神的不平衡时,会由于精神空虚而产生怀旧情绪。辉煌的航海经历与镇上人们的惊奇状态形成了鲜明的对比,船长对小镇表现出极度的厌倦,并批评现代化带来的复杂生活方式:"在我们的地方没有任何东西可以取代航运。这些自行车使我很恼火;他们不能提供真正的经验,例如一个人在航行中获得的经验。"② 受工业化和城市化的影响,传统的农业、造船业和伐木业逐渐被纺织厂和罐头厂替代。铁路的兴起取代了海运的主导地位,昔日繁华的码头变成了人烟稀少的度假村。在朱厄特笔下的船长眼中,曾经是小镇特色的航运业的没落对当地人民来说是一个巨大的损失。换句话说,航运象征着这个简单朴素的小镇的传统。从这个意义上说,朱厄特的登奈镇

---

 ① Sarah Orne Jewett, *The Country of the Pointed Firs and Other Stories*, Hanover: University Press of New England, 1997, p. 18.
 ② Sarah Orne Jewett, *The Country of the Pointed Firs and Other Stories*, Hanover: University Press of New England, 1997, p. 28.

始终带着一种悲哀的怀旧情绪。航海史上的雄心壮志与辉煌历史和小镇萧条低迷的状态形成了鲜明的对比，凸显了现代化的影响。《尖尖的枞树之乡》中的登奈兰丁镇，正是前工业时代空间的真实投影，在文明进程中开始衰败。

伴随着城市化和工业化，社会结构也发生了巨大变化，同时，现代化也带来了大量的人口流动，造成了地域意识的丧失和对土地的麻木态度。因此，地理上的孤立导致心理上的孤立，将现代人限制在这样的压抑区域。尤其是对于西部荒野中的女性来说，她们不能确定自己在新地区的身份。焦虑感和变形感来自生活条件的变化。她们遭受着孤立感的折磨，在摆脱男人的那一刻变得无助。进入人们的生活对现代人来说是一种风险。由于新来者还没有建立起与自然的关系，他们也无法在这个新的环境中建立起自己的身份。在《尖尖的枞树之乡》中，叙述者作为一个新来的人，无意中有了这种经历。一开始，她只是把自己局限在自己的领域里，做自己的事，不与人接触，这让她在与当地人接触时感到害怕。即使和房东托德太太在一起，她也试图建立自我保护意识。"文学作品的创作充其量也不过是为不确定性而烦恼，直到良知的声音在我耳边响起，比最近卵石滩上的大海更响亮，我才对托德太太说了几句不友善的话，表示要退出。"① 虽然没有太多关于这个叙述者的介绍，但是读者可以知道她是一个旅居者。很明显，她来自一个城市，在那里她过着压抑的生活，想要在这个远离现代社会喧嚣的海滨小镇体验一种安静和便利，但是愿望并不总是容易实现。

凯瑟笔下内布拉斯加州高原上的拓荒者，也曾表现出绝望，因为大多数人都去了大城市。"整个国家都气馁了。那些已经负债累累的农民不得不放弃他们的土地……要做的就是回到爱荷华州、伊利诺伊州，回到任何证明适合居住的地方。"② 三年的干旱和贫瘠的收成使这

---

① Sarah Orne Jewett, *The Country of the Pointed Firs and Other Stories*, Hanover: University Press of New England, 1997, p. 8.
② [美]薇拉·凯瑟：《啊！拓荒者》，资中筠译，人民文学出版社2002年版，第54页。

美国文学现代化进程中的荒野意象

片土地上每一个雄心勃勃的人都感到沮丧,他们中的大多数人都选择离开。即使对最自信的柏格森家族来说,也为这个巨大的损失感到震惊。亚历山德拉的哥哥确信:"我们的现在不会像六年前那样。在这里定居的人犯了个错误。"这片土地的残酷和毫无生气,让每个人都在质疑自己的决心。亚历山德拉的脑海中也曾有过动摇:"有时我觉得我已经厌倦了为这个国家挺身而出。"[1] 总之,人类与荒野新环境之间的激烈冲突,重塑了每个人的价值模式。作品中的人物及其观点在很大程度上取决于他与自然力量的斗争,或他与自然力量的交往。

第二节 地方感的重构

"地方感"最初是由人类地理学家段义孚定义的,是满足人类需求的最常见的情感联系,是人与环境相互作用后的反应。简言之,是文化和社会净化后人类、土地和人地关系之间的情感联系。地方甚至可以延伸到沙漠、海洋、森林,即荒野。在美国现代化的过程中,人们对曾经熟悉的地方变得越来越漠不关心,忽视了身体、精神和地方之间的内在关系,使他们处于一种强烈的无所寄托的状态之中。随着人们对自然的依赖程度的降低,人们倾向于生活在一个移动的世界里,在这个世界里,地方倒退为一个纯粹的物理空间。[2] 从荒野这个多重空间中走出的美国作家,自始至终都高度重视这种"地方感"。

随着人们对荒野态度的转变,人们摒弃了将荒野视为他者的观念,而是通过对其重新评价,确立了一种新的认识。它不是以前等待征服的敌人,而是与现代人共存的新地方。这个地方是"一个连倡导者都认为需要重新定义和倡导的价值术语",不仅是一个地理概念,而且是一个"赋予意义的空间"。正如布伊尔指出的,地方概念的三个方

---

[1] [美]薇拉·凯瑟:《啊!拓荒者》,资中筠译,人民文学出版社2002年版,第60页。
[2] Tuan Yifu, *Topophilia: A Study of Environmental Perception*, Englewood Cliffs, N. J.: Prentice Hall, 1974.

第五章 美国现代化转型发展期的"混融荒野"与身体拓荒

向："朝向环境实质性，朝向社会感知或建构，以及朝向个人影响或联系。"[①] 地方不一定意味着某个地区的某个稳定位置，而是一个思想空间。无论是在遥远沙漠还是孤岛，人类都可以建立一种地方感。

上述三位作家笔下的荒野基于女性化的人物形象，通过女性与荒野的互动，形成了一个女性社区。自然世界的自我调节，女性化场所的自我实现，构成了一幅生态社区的全景。布伊尔说："世界史是一部空间成为地方的历史。"正是在这个过程中，人类与非人类世界建立了联系。

正如玛丽·奥斯汀所指出的那样："他们在荒野的边缘扎营，建造有板的小屋，毫无疑问，他们在熟悉的地方有一种家的感觉。"[②] 他们发现了荒野的宜居性。三位作家笔下的西部荒野都失去了往日的敌意和挑衅，对人类发出了邀请。虽然亚历山德拉一直梦想着城市生活，希望埃米尔能在城里读书，但事实却恰恰相反，她的梦想破灭了。这个破碎的梦最能证明她属于荒野，她与这片土地不可分割。"亚历山德拉的家是一所大的户外房子，她只有在这片热土才能把自己表现得最好。"[③] 卡尔从城市回来的时候，他的话也表明了他对这片土地的归属感。"在这里，你是一个个体，你有自己的背景，有人会想念你。但是在城市里有成千上万像我一样的普通人，我们都是一样的，彼此之间没有关系，不认识任何人，我们一无所有。"[④] 最终，人类与荒野之间的亲密关系驱使人们去看、听、闻这片土地，才逐渐学会了用整个身心感知荒野。

随着工业化进程的不断推进，"地方感"的价值也因其地方和空间流动性和可变性而大打折扣。这一时期的作家们倾向于通过兼容性，而不是排他性来重建这种"地方感"，也就是说，"地方感"意味着回

---

① Laurence Buell, *The Future of Environmental Criticism*: *Environmental Crisis and Literary Imagination*, Maiden: Blackwell Publishing Ltd., 2005, pp. 62 – 63.
② [美] 玛丽·奥斯汀：《少雨的土地》，马永波译，中国国际广播出版社 2009 年版，第 114 页。
③ [美] 薇拉·凯瑟：《啊！拓荒者》，资中筠译，人民文学出版社 2002 年版，第 92 页。
④ [美] 薇拉·凯瑟：《啊！拓荒者》，资中筠译，人民文学出版社 2002 年版，第 134 页。

归荒野，但并不一定排斥现代化的理念。荒野在保留其自然特征的同时又成了向文明开放的地方。朱厄特笔下的叙述者不愿意离开登奈小镇，因为她已经适应了这片小小的沿海土地，从陌生人变成了常客。"地方感"也是一种情感依恋，是诠释"家"之概念的重要因素。这个小镇就像一个家一样，她在这里找到了平静和简单，拒绝了自己作为"外国人"的身份。但这种改变并不是对勤奋的否定。事实上，她不得不回到她自己的现代社会。在这片美丽的土地上，她找到了荒野和文明之间的平衡。这种平衡需要重新定义自然和荒野。在这里，自然与文明的二元对立无疑被消解了。自然与文明不再相互对立，而是处于人类精神的平衡循环之中。从冲突到统一的转变正是人类精神向荒野的回归。

生态女性主义的基本观点认为，女性和自然的概念之间有着天然联系，这意味着女性更有可能形成一种生态敏感的价值体系。也有学者指出，养育孩子的相似之处架起了女性与自然之间的桥梁，使她们亲密无间，心心相惜。但建构论生态女性主义观点指出，女性与自然之间的关系并不是本质主义的，而是一种社会建构行为。任何强调女性具有男性所不具备的自然认同感，都有可能重新陷入超验派二元论，回到女性之所以受压迫的原点。因此，他们强调，女性气质和男性气质都是文化反复灌输习得，人类既是情感动物，也是理性个体，在认知自身与世界的关系时，两者同等重要。世界归根结底是内在相互关联的有机网络，应该正视多元视角和多元声音的有效性。

从施怀泽（Albert Schweitzer）的《敬畏生命》到利奥波德的《土地伦理》，再到罗尔斯顿的《荒野哲学》，他们都"关注生物领域，为非人类世界争取权利"。生物圈是一个圆，其中人类与非人类共享同一位置。利奥波德提出"土地伦理"时曾指出："如果我们的智力重点、忠诚、情感和信念没有内在的改变，那么道德上的任何重大变化都不会实现。"[1]

---

[1] ［美］奥尔多·利奥波德：《沙郡年记》，张富华、刘琼歌译，外语教学与研究出版社2010年版，第312页。

第五章　美国现代化转型发展期的"混融荒野"与身体拓荒

对自然的态度需要人类从内心深处改变。把荒野当作"家",要求现代人对它有新的认识。荒野的意义既不能作为人们积累财富的物质工具,也不能作为度假者净化心灵的休闲场所。它是地球上人类的另一个家园。它是一个社群,每个人都在这里相互合作,为发展而奋斗。一方面,它遵循自己的规律,保持着它的自然美。另一方面,它为现代人提供了爱和关怀。人们的仇恨和绝望由对土地的爱和依赖代替,他们意识到对这片土地负有某种责任。每个个体,无论是人类还是非人类,都是整个社会的一小部分。生态女性主义批评家提出的概念是"社群主义",认为人类是独特的个体,但生活在关系之中,并非完全独立于他者,因此人类的身份是复杂而多元的。

在上面提到的这些作品中,都彰显了这样一种社群主义生态整体观:人们不但是个体,也是社群的一部分,与其他个体,包括土地之间,都有内在关联。生态责任要求人们把自己的良心延伸到生态系统中,把每个人当作一个平等的家庭成员。同时,夹在荒野和文明之间的现代人也需要把荒野视为充满活力的开放社区。需要注意的是,它的包容性是建立在社会可持续发展和自然可持续发展的基础上的。人类经历了从征服到回归再定居的荒野历史,这种"混融荒野"已经不同于最初荒野中的原始生活,人类可以依靠高科技来改变环境,但他们必须学会按照自然的秩序生活,尊重自然。这一时期三位作家作品中对地方感的重构主要体现在:女性在荒野中的自我实现,以及荒野多元文化空间的建构。

荒野以自然的具体形态为代表,在奥斯汀、朱厄特和凯瑟的作品中带有浓重的女性色彩。一些来到荒野的游客只是惊叹于它的差异性、神秘性和神圣性,让自己暂时"回归本真",远离现代化,然后带着顿悟或平静回家。但这几位作家通过刻画女性与荒野的亲密互动,发现了它的新面貌。这些女性作家在各自的荒野中与传统的男性自然抗争,最终在原始荒野和现代文明之间形成了新的信仰和价值观。在她们笔下,荒野更多的是一种文化建构。她们自觉或不自觉地都强调了荒野中的文化信仰和态度。人的身份意识、人与自然的关系、女性的地方感，交融在一起，呈现出一幅更加和谐和可持续的画面。她们拒绝自然和自身"他者"的形象；相反，从陌生到熟悉，她们与大自然建立起了格外亲密的关系。乡村小镇不再充满异国情调，土地不再是榨取农民劳作的贫瘠田野，河流不再是危险动物出没的可怕旋涡。总之，在她们的作品中，城镇、沙漠、河流等荒野意象，都披上了一种新的色彩，表现了女性感知自然和整个生态系统的无限潜力。

首先，女性作家眼中的荒野，不仅是一种单纯和真诚的象征，更是一种疗伤的场所。大自然与女性建立了一种亲密的关系，用爱和关心来对待彼此，努力构建整个系统。沙漠、陆地、海洋，都以不同的方式滋养着人们，颠覆了"他者"的实质地位。荒野是一位慈祥贤明的母亲，她把人类当作自己的孩子，给予他们帮助，引导他们走向新的生活。荒野和女性都展现出了自己的魅力。荒野有它自己的法则，需要人类去遵守和为自己辩护。

在《尖尖的枞树之乡》的开篇几章中，叙述者描述了托德夫人的生活环境。她的房子远离繁忙的世界，小而自然，与城市中的荒野格格不入。"……在它茂密的绿色花园后面，所有盛开的东西，两到三个茂密的冬青树和一些虎耳草，都背靠着灰色的木瓦墙生长……"[①]在资本主义文明大步向前的节奏中，她的房子似乎是与自然保持密切关系的最宝贵地方之一，某种程度上，暗示了女性与自然之间的平衡。托德太太在她的小房子里已经成为大自然的一部分，她以与自然为伍而自豪，毫不关心小镇的琐事，只在乎草药的生长和收获。她在花园里找到了快乐，释放了女性的魅力："在低矮的房间里她的魁梧身形让她看起来像一个巨大的女巫，这时从小花园吹进来神秘草药的奇怪香味。"[②]

[①] Sarah Orne Jewett, *The Country of the Pointed Firs and Other Stories*, Hanover: University Press of New England, 1997, p. 2.

[②] Sarah Orne Jewett, *The Country of the Pointed Firs and Other Stories*, Hanover: University Press of New England, 1997, p. 10.

第五章 美国现代化转型发展期的"混融荒野"与身体拓荒

当男人们对现代化带来的城镇变化感到困惑时,这位女士正享受着她与自然交流中最愉快的时光。当托德夫人第一次讲述她成长的地方——格林岛时,叙述者意识到了她内心深处对家乡的深深感情。这个格林岛是另一个可以完全解释荒野的自然之地。这是一个遥远的乌托邦世界:四周都是茂盛的枞树,沐浴在蔚蓝的天空下,绵羊在牧场上漫步。她渴望在这片荒野中长住。正如她所说:"人们情不自禁地希望成为这样一个完整而狭小的大陆和渔民之家的一员。"[①] 在这里,荒野可以帮助治疗人类的病痛,自然不再是敌人,而是传播智慧和引导人类的大师。而岛上的托德太太可以释放她内心深处压抑已久的情感,在别人眼里,她是一个独立而勤奋的女人,离开自然时显得形单影只。只有在这个像母亲一样的小岛上,她才能表达她的真情。在登奈镇中,朱厄特描写了女性之间的各种对话,赋予她们标志着小镇女性的权力的话语权。作者试图与男性对语言的控制作斗争,创造一个独立的女性话语。这种话语权是一种权力、平等与反抗。在《尖尖的枞树之乡》中,叙述者也融入了这个社会。随着对本土传统和习俗的深入理解,她拒绝自己成为"他者",享受成为这个社区一部分的感觉,甚至成为这片土地的代言人。

凯瑟作品中的女主人公对待荒野就像关心一个需要爱和耐心的朋友。亚历山德拉对土地的执着,清楚地表明了她对荒野的热爱。亚历山德拉在与所有人的反对斗争了几年后,与这片土地亲密接触,最终成为它的朋友。"自从这片土地从地质年代的水域中出现,也许这是第一次有人充满爱和向往面对它。它对她来说似乎很美,富有、强壮、光荣。她的眼神很陶醉,直到泪水夺眶而出。"[②] 看着这片母亲般的土地,她情不自禁地表达了对它的爱和感情。毕竟,这不再是曾经驱使她离开的贫瘠的、没有生命的荒野。在这几年里,她学会了与之相处,

---

① Sarah Orne Jewett, *The Country of the Pointed Firs and Other Stories*, Hanover: University Press of New England, 1997, p. 59.

② [美]薇拉·凯瑟:《啊!拓荒者》,资中筠译,人民文学出版社2002年版,第74页。

加深了彼此的了解。

　　新技术和它所产生的社会形式产生了问题，并重新划分了人、动物和机器之间的界限。生态学指出了人类中心主义的弊端，呼吁人与自然的平等。只有在与荒野的和谐沟通中，才能消除这种带有倾向性的边界。在这三部作品中，作者似乎跨越了人与荒野的界限，在人与荒野之间建立了一种新的关系。这个地方不再是人迹罕至的地方，而是"人口稠密……有着如此强烈、干净的气味，以及如此强大的生长和繁殖力。"①

　　其次，荒野赋予了女性强大的力量。在《尖尖的枞树之乡》中，托德夫人在与自然相处的过程中，不但形成了好客、同情等美德，还越发具有智慧和管理头脑。她不仅是叙述者眼中的"女房东"、"采药人"和"乡土哲学家"，而且当她们决定去格林岛时，还成了一名"水手"。她们做着在城里只能由男人来做的事，这意味着对传统前所未有的反叛。她们不是闺房里的淑女，而是生活的全能赢家。荒野赋予了女性巨大的潜能。海上航行可以看作是荒野和女性之间生动的对话。对女性来说，航运需要勇气，而她却能轻而易举地做到这一点。大海接受了这两个女人的表演。在海上，她们找到了自己真正的价值，并享受了成功后的喜悦。面对荒野，即使是最恶劣的不适合人类的条件，女性总是表现出她的顽固和勇敢。对于生活在城镇里的普通人来说，荒岛上的生活似乎难以置信，但是另一位主人公乔安娜用她的行为说服了所有人。她拒绝别人的来访，独自生活在大自然荒野中，最终得以从失去爱人的悲伤中恢复过来。在荒野中的反省使她相信了大自然的治愈力量，变得更加坚强。作为教会的一员，荒野也是她可以忏悔的隐居之所，是可以享受自由的地方，同时也赋予她们面对苦难的能力。

　　奥斯汀在她的作品中曾写道："沙漠植物让我们感到羞耻，因为它们会愉快地适应季节的限制。"一开始走入沙漠时，她甚至不知道

---

① ［美］薇拉·凯瑟：《啊！拓荒者》，资中筠译，人民文学出版社2002年版，第82页。

第五章　美国现代化转型发展期的"混融荒野"与身体拓荒

如何应对这片死气沉沉的土地。但荒野并不像她想象的那么可怕，大自然以某种方式显示了她的善良，并赋予人类一定的能力。最终，学会与沙漠相处的旅行者，一旦迷路，就能确定自己的位置。她这是一种对自然的感知，就像她们了解自己身体的每一部分一样。《编篮子的人》中的西雅维也是如此。她丈夫死后，她住在沙漠的洞穴里。虽然有点艰难，但她却感觉生活比以往任何时候都容易，而且"学会了足够的母亲的智慧"。①沙漠中的人们可以在松果收成结束时知道深雪的时间，也会根据降雨的提前或推迟了解季节的变化。段义孚曾指出，森林是男性的专属，草原就留给了女性，女人们对草原的了解比男人们要细致得多。②无论是女性还是荒野中的土著居民，他们都拥有"将生活简化至最低点的艺术，同时又能靠蚱蜢、蜥蜴和奇怪的草药救活生命"。③为了渡过饥荒，他们会剪掉长发，做成捕鹌鹑的陷阱。因此，女性对自然的适应不仅体现在对自然的尊重上，也体现在对自然的正确利用上。

　　与自然的融合培养了人的生存能力，同时也使自我得以实现。奥斯汀笔下的印度女性在这片荒野中创造了女性艺术。西雅维用柳树做各种日常用品。她的艺术通过植物和动物羽冠的装饰，充满了土地的元素。精致细腻的设计无疑是女性智慧的自然产物。"每个印度女人都是艺术家，她能看到、感觉到、创造，但不会对自己的过程进行哲学思考。"她以真情实感对待自然。女人比男人更敏感，因为她们的内在性格与自然相似。普卢姆伍德说："自然包括理性所排除的一切。"理性思维不包括情感、感性和主观意见。在注重效用和物化的一代人中，理性思维是分析的唯一标准。因此，人类把自然放在了对立面。在这里，奥斯汀批判了理性思维在现代化中带来的负面效应，

---

①　[美]玛丽·奥斯汀：《少雨的土地》，马永波译，中国国际广播出版社2009年版，第140页。
②　[美]段义孚：《恋地情结》，志丞、刘苏译，商务印书馆2019年版，第124页。
③　[美]玛丽·奥斯汀：《少雨的土地》，马永波译，中国国际广播出版社2009年版，第144页。

赞扬了女性与自然的融合。与理性相反，自然包括情感、激情、经验等，感觉作为现代化的逻辑根源，不仅是一种思维方式，也是人与自然之间的秩序。在她的作品中，女性自我在荒野中得以有效实现，但不是通过从自然中获得财富，而是通过对自然的爱与认同找到了彼此依赖和身份意识。

最后，荒野也已经成为现代人互动交流的新社区。多元文化的空间将来自不同地域、不同肤色的人们融合在这里。瓦尔·普卢姆伍德（Val Plumwood）指出："我们需要理解和肯定地球上的差异性和我们的社区。"在某种意义上，这一肯定意味着对社区的一种新定义。这个社区正在成为一个熔炉，多元文化元素和文明在其中找到了自己的位置。西部荒野，消除它的"他者性"的同时，已经成为对人类和文化开放的社区，它不仅保留了自然景观的美，而且在其变化过程中结合了其他元素，成为包容文明的大熔炉。作为凯瑟作品中被边缘化了的女性，最初，瑞典人和波希米亚人似乎都与当地人格格不入，她们几乎不了解彼此的文化。但经过在荒野中多年的抗争，这片土地展现出了前所未有的魅力和活力。地方文化和边缘化文化没有明确的划分，在这片荒原中，传递着由每个个体魅力组成的多元文化。

> 她们在耀眼的阳光下画了一幅漂亮的图画，树叶像网一样围绕着她们；那个瑞典女人是那么白皙，那么温柔，和蔼可亲，逗乐人，但却披挂着铠甲，沉着冷静。那个警觉的棕色女人，丰满的嘴唇张着，金黄色的光点在她的眼睛里跳动，她在笑着，在说着话。①

"金黄""丰满的嘴唇"可用来形容女性的美丽，它们同时也暗示着土地的丰收。这片土地已从贫瘠变为富饶。它不仅弥合了人类与非

---

① ［美］薇拉·凯瑟：《啊！拓荒者》，资中筠译，人民文学出版社2002年版，第148页。

人类之间的鸿沟，而且以其博大的胸怀接受多元文化。荒野变成了这样一个群体，其中每个个体相互影响，但同时又保持着自己的特点。自然化的女性与女性化的自然构成了一幅生动和谐的画面。

  朱厄特也试图找到一种兼容的方式来将乡村色彩和城市现代性融合在一起。城市和农村之间可以存在兼容的方式。作者把印第安人、墨西哥人和波希米亚人放到荒野大熔炉中，看看经过长期的斗争和冲突后的结果。结果并不像预测的那样令人失望。在保护本土文化的同时，他们也提倡多元文化。然而，这种多元文化不同于理论上对不同文化漠不关心的"文化多元主义"。奥斯汀认为，某一地区的土著文化是适应环境的结果，可以在外来文化入侵后改变成一种新的有特色的地域文化。不同的文化可以相互影响，最终形成一种对双方都开放的新文化。而这种新文化也赋予了人们新的"地方感"。

第六章　美国现代化成熟时期的工业拓荒与荒野警示

　　无论是先行的英国、跟进的美国，还是其他大多数国家，不管采取何种现代化战略，其本质都是以不计环境代价谋求发展为特征的，越来越走向人与自然对立的发展模式。在此种模式下，虽然现代社会的经济发展彰显了巨大进步，但同时也极大地牺牲了环境和生态平衡。[①] 进入20世纪，美国工业化迅速发展，人类文明进一步扩张。大肆砍伐森林带来了恶劣后果，边疆地区无论是毛皮还是畜牧业，任何一种新兴产业的崛起背后都是严重的资源浪费和环境破坏。此外，城市化快速推进，平整硬化的路面不断延伸，给人们带来莫大方便的同时，也拉开了他们与自然的距离。人与自然越发不再是相互独立的存在，二者在文明发展中不断地相互渗透、相互碰撞，由此也产生了这个时代荒野意象不同的呈现方式。

　　20世纪20年代，以海明威、菲茨杰拉德为代表的美国"迷惘的一代"作家纷纷离开自己的家园，奔赴欧洲"自我流放"，去意大利、法国等欧洲国家进行"文化朝圣"，除了战争幻灭论之说以外，还有一个原因就是"城市化导致移民的涌入"[②]，使他们由厌乡之心产生无

[①] 付成双：《美国现代化中的环境问题研究》，高等教育出版社2018年版，第380页。
[②] 刘英：《书写现代性——美国文学中的地理与空间》，商务印书馆2017年版，第40页。

第六章 美国现代化成熟时期的工业拓荒与荒野警示

乡感,这促使他们去追寻发现新的荒野。菲茨杰拉德(F. Scott Fitzgerald)在《伟大的盖茨比》中将长岛的一部分描述为"荒原"(Wasteland),在他笔下,美国既是天堂也是地狱,恰巧代表了环境光谱的两端,也正是这种荒野背景,勾勒了盖茨比戏剧化的人生。从亨廷顿经长岛到曼哈顿的沿途地区,在尼克眼中,是"被一条肮脏的小河包围"的"荒凉地区"。"萧瑟的尘土"将自然景观变得死气沉沉、有毒。此外,"灰烬像小麦一样生长","到处是灰色的人群"。铁路与机动车道交汇,污染让"可怕的小溪"窒息,烟囱里不断冒出"上升的烟雾"。美国人把新大陆的绿色胸膛变成了一片毫无生机的风景,尽管他们还抱着一片原始荒野的幻想。20世纪60年代初,代表着工业文明的铁路和汽车比以往任何时候都更为繁荣盛行,人类在其面前变得渺小很多,就好像是被污染了的空气、水源和土壤缩减了一样。

当然,工业文明的进步使美国社会积累了大量的财富,美国人也在这其中形成了独特的美国式开拓精神,美国社会建立于荒野,发展于荒野,所以征服自然、改造自然,也是证明自身勇气和开拓精神的方式。海明威(Ernest Hemingway)的《老人与海》是一部具有代表意义的人与自然小说,也是美国人的开拓精神与荒野相结合最优秀的代表性作品。作品当中老人与大海的关系是相当微妙的。汹涌的大海既是渔民赖以为生的环境,也是其体现生命价值、开拓精神的地方。大海给老人带来过丰厚的战果——丰富的渔获;也给老人带来过严酷的考验——惊涛骇浪、狂风怒号。老人在最后一次出海时钓到了巨大的马林鱼,却又遭到了海洋巨兽鲨鱼的袭击而最终只收获了一副骨架。然而,捕获如此的大鱼对于老人来说已经超越了单纯维持生计的意义。在这里,荒野化身为大洋,作为一个为人提供谋生之路,与自我证明、自我挑战的平台形象出现。

但这一时期最具代表性的荒野意象来自启示录文学。19世纪开始,基础科学支撑的科技赋予了人类空前强大的力量,但结果是我们不但给外在的自然环境，也同时给我们的自然本质带来了威胁。人类认知到了自身的无穷潜力，但这也意味着我们站到了失去底线和限制的边缘。众多生态批评流派中，有一个流派以塑造未来生态灾难而著称，他们结合宗教中"天启"文学的特点和环境主题，为生态批评开辟了一条新的途径，即环境启示录文学，也有学者将其称为"生态预警文学"，英文表达不尽相同，例如 ecological pre-warning，或是 eco-catastrophic。此类文学的目的是唤醒人类的危机感，敦促他们采取行动，保护脆弱的生态系统。

"启示"一词来源于希腊语，本意为"揭开，揭露"，潜在主题通常是处于善与恶之中的巨大的挣扎。在宗教语境中，"天启"指的是上帝预言现在的记录，世界将迎来毁灭的末日，在它的残骸上，一个没有犯罪和灾难的光明新世界，将会重建。正直和诚实的追随者，如果遵守上帝的指示，在灾难发生之前和发生期间行为得当，就会被引导进入这个世界。作为一个文学体裁，启示录旨在通过创造灾难和破坏，警告人们未来潜在的危机和现实世界中存在的问题，以便尽早采取措施改善这种情况，避免这种人为造成的灾难性的后果。

"环境启示录"是生态主义批评发展进程中出现的一种新的文学体裁，这一术语最早是由布伊尔教授在他的《环境想象：梭罗、自然写作和美国文化的形成》一书中提出的。在这本书中，他用了一整章的篇幅全面而深刻地介绍了环境启示论，提出了环境启示录文学的共性特征：通过展示想象中的未来生态灾难，警示人们在不远的将来所面临的潜在危险，同时详细阐述了环境启示论的起源、特征及其对当代环境保护和生态批评的重要贡献。他曾说："启示录是一个最有影响力的暗喻。"马什（George Perkins Marsh）的《人与自然》（*Man and Nature*）被公认为是第一部环境灾难进行系统分析和铺垫的西方著作。在这本书中，马什用他广阔的视野重组了整个北美大陆的地理历史，刻画了一幅美国的全景图，不仅警告美国人要严肃正视他们对大自然长期无休止的掠夺所造成的灾难性后果，而且还启发他们从欧洲的环境保护思想中获得有益的经验。可以说，《人与自然》蕴含着丰富的生态启蒙思想，对推动环境保护运动产生了持久的影响，因而也被布伊尔誉为"环境末日主义的不朽作品"。

此外，还有蕾切尔·卡森的《寂静的春天》被公认为环境启示录的经典代表作，保罗·欧利希（P. R. Ehrlich）的《人口炸弹》（1972），阿尔·戈尔（Al Gore）的《濒危的地球》都是环境主义文学中最有影响力的著作。除去自然写作，运用传统文学题材表达启示隐喻的主要作家还有两位：罗宾逊·杰弗斯（Robinson Jeffers）的生态预警诗歌，以及威廉·福克纳的《森林三部曲》小说。

第一节　杰弗斯与"非人类主义"预警

罗宾逊·杰弗斯（1887—1962）的名字往往很少会出现在主流美国文学史中，但他实际上是20世纪早期与T. S. 艾略特齐名、同登过《时代》杂志封面的一位重要现代诗人，代表作多为经典叙事和史诗体诗歌，一生归隐独居，主要围绕加利福尼亚海滩创作，以描写荒野著称。为了身处"难以置信的美丽"之中，他效仿梭罗，在加州的卡梅尔小镇上，自给自足修建了"石屋"和"鹰堡"。1914年，当他和妻子到达卡梅尔时，这里还是原生态的荒野，但对他来讲，却正是梦寐以求的灵魂归宿。他的诗歌展现出了对文明进程的否定态度，以及对岩石、海洋等自然环境的不吝赞美。大自然赋予他灵感，也正是从自然荒野中有所启示，他才真正走上诗歌创作的道路。读者在他的诗行里仍旧可以读到超验主义的影响，比如推崇通过直觉和顿悟，达到人与自然的融合，但区别在于杰弗斯提出的"非人类主义"观点解构了基督教的反自然传统，他认为世间万物都有神性，没有人化之神存在，不但将人类从宇宙中心宝座上推下，还将其贬低为一种转瞬即逝、可鄙卑劣的物种。也正是这一观点，让他始终摆脱不了争议。

梅赛德斯·卡宁翰（Mercedes Cunningham Monjan）曾将杰弗斯的"非人类主义"哲学观点概括为四方面：第一，非人类主义是泛神论思想的一个分支，认为上帝和宇宙是相同的，这等于从另一个侧面否认了神的存在。杰弗斯认为，上帝创造了雄鹰、岩石，他就是鹰和岩石本身。第二，持有这种观点的人一般会把自身看作自然的一部分，因此，他们不会只把精力和激情指向人类自身，而是会面向整个宇宙。第三，拒绝接受来世和毁灭的观点。第四，上帝也可能有非人特征，漠不关心、冷酷无情，这与人类中心主义思想提出的观点是截然对立的。

罗伯特·布罗菲（Robert Brophy）则把杰弗斯的诗歌置于西进运动的大背景下去分析，得出结论说，西进中的经历为杰弗斯的创作提供了范本，荒野这一母题也为他更开阔的哲学思索提供了载体。布罗菲注意到杰弗斯的主题从他创作成熟期开始（《他玛》，1924）到其生命晚期（《开始和结束》，1963）始终保有一致性。他认为，杰弗斯是一个泛神论者，信奉上帝就是发展中的宇宙。人们很容易发现他所有的意象都是循环的：星体、人类、昆虫、花朵。[①]

随着生态批评主义的兴起，杰弗斯的作品受到了人们的普遍认可。西方评论家目睹了对杰弗斯作品生态价值讨论的激增。生态批评是越来越多的批评家所认同的一种诉求，他们需要合适的文本来唤醒和加深人们的生态意识。在20世纪60年代和70年代，当环保主义还处于萌芽时期时，塞拉俱乐部作为环保团体的先驱，开始关注杰弗斯的作品，也就此掀起了对他作品中生态主义思想进行研究的热潮。麦克斯·奥斯切雷格（Max Oelschlaeger）曾评论说，杰弗斯诗歌中旧石器时代的元素和原始的力量，使得对他感兴趣的读者越来越多。虽然他

[①] Robert Joseph Brophy, *Structure, Symbol, and Myth in Selected Narratives of Robinson Jeffers*, Ann Arbor, Mich, UMI, 1981.

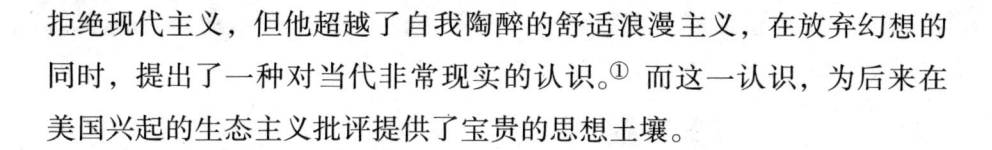

拒绝现代主义，但他超越了自我陶醉的舒适浪漫主义，在放弃幻想的同时，提出了一种对当代非常现实的认识。① 而这一认识，为后来在美国兴起的生态主义批评提供了宝贵的思想土壤。

一　科学隐喻

杰弗斯诗歌中有大量的科学意象。科学为他看透事物的本质和无限可能的世界、更好地理解世界提供了帮助。虽然他在运用这些意象时非常专业，但并没有伤害到诗歌的美感，相反，他们还赋予了一些特殊的魔力。科学理论在他的诗歌里，不但是在说明道理，同时也充满诗意。与同时期的艺术家和思想家一样，他不但用此来警告依赖科学理论和解释可能带来的副作用，还同时在支持自己的信仰，创立自己的哲学。这也使得他的诗歌更加具有现实性。在《新星》（Nova）这首诗中，杰弗斯描绘了太阳和地球的命运。诗歌以对新星的描绘开篇："新星，和我们美好的太阳一样，是一颗温和的星体，"储存着热力和能量，不断沉淀聚集，直到到达那个临界点的时候，就会变为一颗"能存于九天的超级明星"。

> 就像太阳一样，太阳也会如此运行，地球也会分享；
> 这些高大
> 绿色的树木将成为瞬间的火炬，然后消失，海洋将爆炸成无形的蒸汽，
> 船只和巨大的鲸鱼从中间穿过，就像流星坠落到无底洞，
> 那六英里外的太平洋海底洞穴，可能升起烟雾。那时，地球将像苍白而高傲的月亮，

---

① Max Oelschlaeger, *The Idea of Wilderness: from Prehistory to the Age of Ecology*, London: Yale University Press, 1991, p. 252.

只会留下玻璃化的沙子和岩石。这是代表太阳的行星;我们无法让自己确信

是否这种事会随时发生。①

占星学家们否认太阳风暴的发生,但在好莱坞电影中却不乏太阳风暴爆发、地球被极端高温摧毁的桥段。当代艺术家和思想家继承了人们对未来的不安。地球最初是一个没有生命的星球,它可能会再次变成这样,动植物和人类不过是短暂的存在。

另一个关于太阳死亡的形象出现在《星辰的死亡与再生》等诗歌中,太阳在"红巨星"阶段到来之前,以白矮星的形式死亡。它耗尽了能量,密度降低,将吞噬所有的行星,包括地球。随着它直径的扩大,会在那以后的几十亿年,变得越来越冷。在"大陆漂移"中,他采纳了陆地板块不断变化这一科学观点。在他那个时代,人们对此看法并不一致,但在当今早已成为科学家以及大众读者们的共识。从以上例子可以看出,对于科学,杰弗斯始终持有双重认识,一方面,他认为科学可以为人类观察和了解世界提供良好途径,而另一方面,他也仅仅认为科学只是诠释世间万物的方式之一。

杰弗斯创作的时期,美国刚刚部署了最新发明的最具有毁灭性的武器,难以想象的核武器威胁像火速增长的人口一样给予了启示思想足够的刺激。因此,诗歌中提到原子弹预示着地球和人类的未来。科学本应是观察和发现的工具,现在却沦为制造恐怖的怪物。科学并不是通过对世界的描述和解释来贬低人们,相反,对科学的误用误导人们认为,他们有足够的力量成为世界的主人。事实上,他们只有足够的力量来控制自己的欲望和破坏性的冲动。使用核武器可能会改变地球的未来,但那样的话,主宰这个毫无生气的世界的将只能是杰弗斯

---

① Robinson Jeffers, *Untitled*, *in Stones of the Sur*, Stanford University Press, 1 edition, 2002, p. 63.

第六章 美国现代化成熟时期的工业拓荒与荒野警示

笔下的石头和山脉。因此,杰弗斯才通过他的诗歌大胆地宣布,"人性正变得扭曲和卑鄙,人类与地球正失去原有的纽带联系,我并不认为工业文明带来的经济利益能够抵消这些损失。文明的建立需要几个世纪之久的时间,而它的崩溃将是渐进的和命中注定的,肮脏的,我完全没有办法提出补救的方法,每个人只能尽可能地远离它"。[①]

因此,杰弗斯的作品具有强烈的前瞻性和预言性。人们面对大量的自然危机、污染、臭氧损耗、核武器威胁和温室效应,发现生态危机变得越来越严重。早于"全球变暖"一词问世15年的罗宾逊·杰弗斯在73岁时写下这样一首诗:

极地冰盖和高山冰川正在融化
滴水成河;都喂给海洋,
潮起潮落,但一年比一年高。
他们将淹没纽约,淹没伦敦。
我所栽的树,所盖的石屋,都必在海中。那些可怜的树会枯死的。
小鱼会在窗户里忽明忽暗。我把房子做得很好,
厚墙,波特兰水泥和灰色花岗岩,
这座塔至少能顶住海浪的冲击;它将成为
永久的地质化石。[②]

这首诗不仅预言了温室效应导致的山尖融化,还用语言生动塑造了一幅场景。二氧化碳排放量的增加将加速全球变暖,自从1975年8月8日这个词首次被使用,它就越来越广为人知。20世纪中期以来,

---

[①] Tim Hunt, *The Collected Poetry of Robinson Jeffers*, Vol. 4, ed., Stanford: Stanford University Press, 1988, p. 104.

[②] Robinson Jeffers, *Untitled*, in *Stones of the Sur*, Stanford University Press, 1 edition, 2002, p. 63.

美国文学现代化进程中的荒野意象

由于人类活动产生的温室气体排放，使地球表面附近空气和海洋温度升高。但在这首诗中，人们并没有感受到现代人所表现出来的焦虑，即将到来的灾难似乎在某种程度上并没有被诗人重视，他平静地把它当作加利福尼亚海岸的一块石头。在《无生命的生命》一书中，杰弗斯描述了意识的终结：

> 精神和幻想已经死亡，
> 赤裸裸的思想依然存在，
> 在无生命事物的美中。
> 花儿枯萎，小草凋零，树木枯萎，
> 森林被烧毁；
> 石头没有烧坏，
> 鹿饿死了，冬天的鸟也饿死了
> 死在枝头，躺在地上
> 雪天蓝色的曙光中。[1]

死亡意象是生物世界的一种隐喻，而人类的意识是最具代表性的，它在死亡中结束，就像火在灰烬中结束一样。美只能留存于非生命的物质之中。杰弗斯把有生命的世界划分为劣等世界，颠覆了"人类是万物灵长"的传统观点。在他的诗歌中，石头的地位比生物要高，因为前者不会产生让人尖叫、大笑和呻吟的凶猛疯狂。他将各种意识置于平等的地位，这与传统意义上对意识的理解截然相反，尤其是将人类意识置于他人之上的人类中心主义。他认为死亡是生物存在与非生物存在之间的桥梁。生物意识的特征是凶猛，而非生物意识的特征是平和。死亡引导生物意识进入非生物领域，那里的世界更高贵、更美丽。因此，生命的结束是另一个世界的开始。他的信仰与宗教信仰有

---

[1] http：//www.americanpoems.com/poets/Robinson-Jeffers/4468.

— 126 —

一些相似之处，但他的上帝是残酷的和野生的，从来没有考虑到比人类更重要的其他物种。

二　文明隐喻

杰弗斯的诗歌充满危险的文明隐喻和神秘主义色彩。他认为文明自身的破坏力使其无法长存久远，善于探讨人类社会的自我摧毁性，认为文明注定会消失。在他现实而冷漠的眼神中，人类社会就像午夜从悬崖上掉下的岩石，"没人听见，也没人在意"。这种漠视文明的视角极大地延伸了，促使人们重新估量自身在生态世界的位置，质疑人类中心主义的自恋思想。

随着科学技术的迅速发展，人们逐渐进入工业化时代，人类是自然的主人，土地受控于人类。但实际上，虽然有这些强大的手段帮助，人们离无所不能还差之千里。他们现在面对的是先人们不曾遇到也无法理解的危机。杰弗斯善于在诗歌中以隐喻预示危机的严重性，对人类文明发出警示，例如《围网》中对捕鱼场景的刻画。围网是在深海捕鱼时渔船上使用的一种特殊的渔网。渔民们从蒙特雷出发，沿着圣克鲁斯海岸一直向北。因为在晚上工作，看不见鱼群发出的磷光，只能在黑漆漆的夜里望向深紫色的大海深处，当他们发现一片奶白色的湖泊，舵手们便发动汽船，包围上去，撒开渔网，一时间鱼群簇拥挣扎，粼光闪烁。这时作者写道："那一刻有多美，我都无法形容，但接下去却有点令人恐惧。"因为鱼儿们意识到了等待它们的命运是什么，于是，原本"荧光的河成了一池火焰"。随即诗人展开了类比，他站在山顶上望向远方灯火辉煌的城市，那景象像极了这一网垂死跳跃的白色鱼群，"那一刻城市有多美，我也无法形容，可它同样令人恐惧"。因为诗人由鱼儿联想起人类的命运，所以读者感受到的不只是壮观的丰收景象，还有令人不寒而栗的悲观和无助。"马达已开动，我们彼此依赖，锁在一起，寸步难行"；"这里聚集了大量人群，但每一个人都疏离无助,不能自由生存;""也许我们这个时代,或是我们子女的时代,大众灾难还不会来临,但它终有一天不可避免,因为我们亲眼看着,网已收紧。"①

　　文明越进步,城市化进程就越加快,尽管生态失衡,危机重重,人们还是一批批不停地拥入城市。享受现代技术带来的便利同时,人类渐渐与土地隔离开来,也失去了自然赋予的力量。他们本与其他生物存在于同一个有机社群,但对物质的追求和文明的渴望驱使他们忘掉自我,忘掉了彼此的依赖。在历史发展的长河中,人类与自然曾经和谐共生,人们生活的节奏随季节更迭变化,谋生的手段契合地方文化精神,他们会积极适应或是微妙调整所处的环境生活,一如野生动物生长在自己的栖息地。但现代人不再愿意去懂得何为真正生活必需,除了物质利益,再也找不到劳作的意义所在。城市高楼大厦鳞次栉比,现代工业日趋繁荣,但之前的有机社群却渐渐失去往日的活力与完整。英国文化研究者里维斯(F. R. Leavis)和汤普逊(Denys Thompson)曾经评论道:"如果能对不同历史时期,不同地方的建筑进行全面比较研究,就会发现一个显而易见的事实:严格意义上来讲,人类历史现在的阶段是畸形而反常的。"② 这两位学者是从建筑角度来批判现代的异化与悖论现象,而杰弗斯通过诗歌意象也一针见血地刺破了工业社会文明表面繁荣的面纱。

　　但是杰弗斯并不像一些评论家所说,是一个逃避现实的诗人,他没有执意劝说人们离开城市和文明,相反,他面对现实,预言了这座城市的命运,也预言了人类文明的命运。人类不可能砸碎所有机器,拆毁所有城市,回到原始的生活,即便是农业复兴,最初的自然有机社群也不可能还原。杰弗斯通过自己冷酷的笔触将人类可能的堕落和

---

① Tim Hunt, *The Collected Poetry of Robinson Jeffers*, Volume Four: Poetry 1903—1920, Prose, and Unpublished Writings, ed., Stanford University Press, 1988—2001, p. 118.

② F. R. Leavis and Denys Thompson, *Culture and Environment: The Training of Critical Awareness*, London Press, 1933, p. 4.

逃不脱的命运——揭开，旨在通过这种警示提醒现代人重新思考，有所改变。在另一首诗中，他曾这样描写一个荒弃的城市：

> 沼泽、茂密的森林、黑色的海滩和橡树丛，
> 这一切都回来了，
> 破坏了伦敦的人行道。
> 又回到了很久以前，只有隆起的山脊上，
> 才有几个瑟瑟发抖的人在围火取暖，
> 看着森林之夜把城市湮没。①

因为人类过度消耗、不知节制，使得文明最终毁于自然的主题是生态启示录文学的典型母题。生物学家刘易斯·托马斯（Lewis Thomas）指出，现在是人类作为一个物种需要成长的时候了，因为只有人类具有思想意识这种独特天赋。人们应该承担起保护地球的生态责任。如果人们做对了，他们还有很长的路可以走，这也是文明未来的光明前景。托马斯和杰弗斯的哲学都有一些相似之处：人是整体的一部分，应该是这个星球活跃的头脑，是地球的意识。读者可以选择后者，因为对人们来说，悲观和无所事事不是一个好的选择。当今文学最重要的功能是引导人们对地球和濒危文明有清醒的认识。

三 自然的神秘性

在杰弗斯诗歌中，荒野更多地呈现为海洋意象。但是他笔下的荒野缺失了神性，或者说暗示了诗人对神性的不同理解。他认为世界的神性并未体现在人类中心的无所不能之上，而正是在于自然漠视一切

---

① Tim Hunt, *The Collected Poetry of Robinson Jeffers*, Volume Four: Poetry 1903—1920, Prose, *and Unpublished Writings*, ed., Stanford University Press, 1988—2001, p. 18.

的非人类态度，在于其力量和永恒性。在他看来，宇宙是包括人类在内的神圣整体，身在其中的任何一分子都不重要，真正重要的是其同一性。①

上帝的力量是神性的其中一个因素，而另一个特征是自然的神秘性。

> 我经常听到我触摸的坚硬岩石在呻吟，
> 因为地衣、时间和海水会溶解它们，
> 他们不得不沿着奇怪的下降刻度，
> 从土壤、植物和野兽的肉，
> 最终才能变成人的躯体；
> 他们在为自己的命运哀叹私语。②

与传统诗歌中人类的中心地位相比，读者感受到了鲜明的区别，这里的人被排到了生命之链的最低端尽头，岩石为不得不最终变成人而抱怨不已。随着科学发现的增多，更多的人开始将身边的世界看作物质的，待勘察，待开发，人的神性一扫而光，这种具有强烈讽刺意味的描写，赋予了杰弗斯诗歌具有洞察力的远见卓识。在杰弗斯眼中，岩石和人类一样，拥有生命和意识，可以给人类带来灵感。岩石和其他自然界生物一样，是他的诗歌，尤其是长篇叙事诗中的主人公，而世人和诗人都只是外在的观察者和解读者，描写歌颂岩石的作品也是他诗歌中最精彩的部分。他认为岩石象征着宁静与永恒。40亿年前，所有生命都存在于一个细胞形体，因而飞禽走兽、海洋岩石都是平等的。这种充满神秘主义色彩的自然描写在其诗歌中非常常见。

《双斧》于1946年出版后，评论界一片哗然。《图书馆期刊》(*Library Journal*)曾这样评价这部作品："无论是从地理概念上，还是人

---

① Robinson Jeffers, *Themes in My Poems*, The Book Club of California, 1955, p. 84.
② Robinson Jeffers, *The Selected Letters of Robinson Jeffers, 1897—1962*, Ann Arbor, Mich: UMI, 1936, p. 136.

第六章 美国现代化成熟时期的工业拓荒与荒野警示

们的信仰或希望层面去看,杰弗斯的诗歌都是在宣扬孤立和隔离,让人痛恨不已。"而《密尔沃基报》(*The Milwaukee Journal*)索性直接认为,"杰弗斯在这部书中清晰地表明,应该把人类从这个世界清除出去。"杰弗斯谈及人类,往往充满强烈的批判,或是火辣辣的讽刺,对其自我陶醉、狭隘、盲目和邪恶的本性进行了不留情面的揭露。在诗歌"想象"(Fantasy)中,他对人类的愚蠢行为进行了反思:战争象征着人类的贪婪和残酷,战争是难以避免的,而人类的本性也不会轻易改变。"我们全副武装,充满力量,在疯狂中保持中立,就以为是保持了世界的平衡。"但杰弗斯并非如当时的批评家们所说,对人类有物种歧视。相对于漫长的生命演化进程,人类只是一个年轻的生物类属,但却在相对短暂的时间里迅速成为自然界的统治者。杰弗斯提出"非人类主义"的目的旨在通过对人类中心主义的讽刺和批判,对自身种族的不稳定性和非永恒性做出预警,提醒人类要清楚认识,自己不过是自然的一部分,同其他生物一样,都是平等的。

在《纪念碑》(Monument)一诗中,他这样写道:

> 作为人类,我们经历荣誉和苦难,
> 但我们与野兽本是同一血肉,兽与草木也一样,
> 流动着同样的汁液,当然还有植物、藻类和它们生长的土壤,
> 以及星辰,都是如此。[1]

与此同时,杰弗斯超越了科学对生命定义的局限性,设想了另一种生命形式,这也是他非人类主义哲学思想的基础:"宇宙是一个整体,一个有机体,是一个伟大的生命,包含着所有事物;她是如此美丽,必须让人爱慕和敬畏;在那些神秘的幻想时刻,我们和它就是一

---

[1] Tim Hunt, *The Collected Poetry of Robinson Jeffers*, Volume Four: Poetry 1903—1920, *Prose, and Unpublished Writings*, ed., Stanford University Press, 1988—2001, p. 51.

体。"这一概念不但扩展了生命的定义,也模糊了生命物质和无生命物质之间原有的界限,展现了一个新的视野。他强调了宇宙的整体性,以及宇宙各部分之间的关系。除了生命,没有别的词能完全表达有机体的概念,因为其中的每一部分都是密切相关的。在他另一首诗歌《答案》中,通过刻画"断手"这样一个意象,针对人类和自然的关系,以及人如何与自己、与世界相处,给出了自己的答案:"要记得无论局部有多么丑陋,整体依然美丽。"一只断手自是丑陋不堪,就好比一个人把自己同地球、同星体割裂开来一样,好比他忘掉历史,名义上是为了沉思,但实质上丑陋得触目惊心。有机完整性才是宇宙最宏大、最神圣的美。所以,人类要跳出局部看自己,要去爱这种宏大之美,不是去爱具体的人,这样才不会轻易陷入迷惘,溺于绝望。杰弗斯的诗歌超越了基督教信仰和人类利己主义,正如他自己所说:"这个整体的各个部分都是那么美,我感到它是那么热烈而认真,我不得不爱它,认为它是神圣的。在我看来,这种整体性本身值得去深爱,因为它代表着和平、自由和一种拯救。"[1]

第二节 卡森与荒野警示

荒野的存在早于人类,所以,把自然称为"资源"是荒谬的,这是人类中心主义的表现。比较梭罗和缪尔对原生荒野的推崇与赞美,以蕾切尔·卡森为代表的 20 世纪自然作家笔下,荒野呈现出了完全不同的形象。他们善于以生态启示录的手法,描述人类文明与荒野之间的碰撞冲突,书写文明扩张下沉默的荒野,在悲伤和哀叹的同时,发出严肃的预警。

生态启示录作品强调的是,所有物种都享有平等。不难发现,不

---

[1] Tim Hunt, *The Collected Poetry of Robinson Jeffers*, Volume Four: Poetry 1903—1920, Prose, and Unpublished Writings, ed., Stanford University Press, 1988—2001, p. 38.

同物种之间的相互关系也意味着它们之间的平等。此外，梭罗曾把生活在他周围的动物看作他的近邻；约翰·缪尔曾经想象过每一个生命都是平等的，他把他们分别看作植物人、太阳青年和蜘蛛奶奶。彼得·辛格（Peter Singer）甚至认为杀死一只昆虫等同于谋杀一个人。在美国生态学家劳伦斯·布伊尔看来，这似乎是极端的拟人化，但突出的却是生态中心主义的平等概念。在他们眼中，人类与所有其他物种有着共同的起源，彼此之间的关系，不应该是敌对的，而应该是互相依赖的。蕾切尔·卡森在《寂静的春天》中也指出，没有鸟儿和树木的生活不值得过。

启示录另外一个最重要和最明显的特征是所有生物之间的"网络关系"，这种关系精心编织，形成了生命的循环，以支持自然的平衡。公平地说，任何物种的每一个成员都可以被视为这个网络的一部分。他们依赖并同时编织这张网。这个网络中的成员是如此相互依赖，以至于一个人做的每件事都可能对整个系统产生潜意识的影响。卡森对这种精致的生命系统机制和生态危机征兆有更深刻的认识，她的作品也是利用这个比喻来构建环境末日论的最好范例之一。

一 死亡之网

世界上所有的成员都生活在相互依存的关系中，没有人可以不与他人交流而生存。早在19世纪，著名的生物学家查尔斯·达尔文（Charles Darwin）在描述不同物种之间遥远的血缘关系时，就倾向于把它们想象成"连接在一个复杂的相对网络中"。为了进一步说明达尔文的论点，另一位生物学家查尔斯·埃尔顿（C. S. Eiton）提出了"食物链"的概念，从食物的角度来设想不同物种之间的关系。20世纪中叶，卡森以其独特的视角，对生命之网给予了更为清晰的形象，在她的笔下，每一个生命都生活在一张交织的网中。她分别从水、土、植物三个角度描绘了《寂静的春天》中的生命之网。

水是整个生命循环的血液。此外，对支撑生命之网的编织，土壤也起着重要的作用。它是所有生命最基本的前提，没有它，我们就无法种植，植物不能生长，没有植物，动物就不能生存。土壤的生存和活力也取决于生活在土壤上的所有物种。就像卡森在书中所说："生命不仅形成了土壤，而且还形成了其他具有令人难以置信的丰富性和多样性的生物，现在就存在于其中；如果不是这样，土壤就会缺乏生机而贫瘠。通过它们的存在和活动，土壤中的无数生物能够得以支持地球的生存。"[1] 布伊尔认为，"网络"的形象是批判人类中心主义最本质的伦理力量。他以其卓越的生态洞察力指出："启示是现代环境想象中强有力的环境隐喻。任何其他纬度的环境保护主义都不能像启示一样清楚地说明想象力有多么重要。世界末日的隐喻暗示着世界的命运与唤醒危机感的想象紧密相连。"[2] 这一精巧的系统可以清晰地展示不同物种之间相互依存的关系。生命之网正是建立在生物之间有益相互依存的基础之上，一个生物的存在是另一个生物生存的必要条件。然而，如果不同部分之间的关系处理不当，这种网络就可能变得极其脆弱。一个部分的破坏可能引起其他部分的干扰，甚至整个系统的崩溃。因此，生命之网将被转化为死亡之网。在所有现代环境启示录的作者和作品中，布伊尔认为卡森是呈现这一死亡之网的最有力声音。

在食物链理论基础上，生命网络中的每一个个体都是相互联系、相互交织的，都需要依靠他人的存在而生存。卡森对这个世界上不同物种之间相互依赖的关系有着敏锐的观察力，她清楚地展示了毒素是如何通过伤害个体而发展到破坏整个生命网络的。生命之网的每一部分都曾经和谐宁静，但不幸的是，有毒杀虫剂的发明和滥用毁了这一切。卡森用她的专业科学研究数据向人类展示了死亡之网的图像：

---

[1] ［美］蕾切尔·卡森：《寂静的春天》，文竹译，台海出版社2017年版，第47页。
[2] Laurence Buell, *The Future of Environmental Criticism: Environmental Crisis and Literary Imagination*, Oxford: Blackwell Publishing, 2005, p. 285.

第六章 美国现代化成熟时期的工业拓荒与荒野警示

在土壤中,甚至发现了十几年前使用的化学药品,它们早已侵入了鱼类、鸟类、爬行类、家畜和野生动物的身体,并在此长期潜伏。科学家们想要找到没有受到污染的动物做实验,都是妄想。这些药物几乎无处不在,无论是在荒野山湖里的鱼类,还是泥土中生存的蚯蚓,或者鸟蛋中,我们都发现了它的踪迹;现在我们在人体中也发现了这种药物,无论男女老少,都无一幸免。不仅如此,在母亲的奶水中,也可能在没有出生的胎儿细胞组织中,我们也会检测到这种药物。①

如此可怕的毒药,怎么会偏离了它最初杀死害虫的职责,滑入曾经健康和谐的生命之网,成为一种"杀生剂"呢?在卡森看来,包括人类在内的所有生命赖以生存并相互受益的网络现在已经变成了一张死亡之网,致命的杀虫剂在其中,从一个人传到另一个人。卡森将这张网络比作一条河流:"如果不威胁到当地水源的纯净,这样的溪流就不可能流向任何地方。"她进一步用生动的类比来揭示死亡的机制网络,把杀虫剂的衍生系统比喻成了一个奇怪的世界,超越了格林兄弟的想象,也许最接近查尔斯·亚当斯的漫画。其中,魔法森林早已遍地毒素,昆虫只要敢咀嚼一片树叶或吸食一株植物汁液,就会丧命。只要狗被跳蚤叮咬过,就会因其血液中的剧毒而死掉,即使昆虫从未触碰某些植物,但只要接触了植物散发出的水汽,也会中毒身亡;蜜蜂带回蜂房的都是有毒的花粉,酿出来的蜂蜜自然也是剧毒无比。更可怕的是,这些毒素不但在生命网络内的物种间传播,更会传递给下一代。

总之,卡森运用她令人敬畏的想象力,通过调查精确的图像,引导人们了解如何在一种杀虫剂的帮助下,曾经繁荣的生命之网变成了死亡之网。此外,通过运用网络的隐喻,卡森还以最直接的方式展示了不同物种之间相互联系和相互依赖的关系。

---

① [美]蕾切尔·卡森:《寂静的春天》,文竹译,台海出版社2017年版,第13—14页。

二 时空并置与战争隐喻

环境启示录文学作品的另一特点是惯于采用时空并置的手法，通过丰富想象，将环境问题尺度放大，以唤醒人类的环保意识。在《寂静的春天》中，卡森首先巧妙地在前言中虚构了一所丧失春之声的城镇，随后系统地介绍了不同种类的杀虫剂及其毒性作用。读者忽然发现有那么多杀虫剂突然出现在他们的生活中，由此震惊不已：什么时候？怎么发生的？紧接着，为了更全面地让公众了解这种毒物的危害，卡森首先对生命之网做了一个全面的介绍，然后逐渐抽丝剥茧，将另一个死亡之网慢慢在读者面前展开。杀虫剂对整个环境的破坏不是一天之内发生的，而是长期的。然而，为了突出其负面影响，卡森将很多案例集中在某些章节中，令人印象更加深刻。从美洲到欧洲，从过去到现在，不同国家的不同受害者的声音并置叠加在一起，产生了强大的震慑效果。

此外，她的作品中还充满了读者熟悉的战争和灾难的画面：武器、军队、种族灭绝、屠杀、直升机和征服等。在这一点上，卡森很好地利用了高科技武装帝国主义和冷战的形象来展示环境破坏的严重性，而大多数人往往对此视而不见。历史上那些疯狂的战争首领们通常会给公众一个合理的解释来掩盖他们发动战争的丑陋和自私的意图。然而，一旦战争开始，每个人都无法避免被困在它的交叉火力阴影之下。希特勒发动的第二次世界大战不仅给他视为敌人的民族造成了巨大的伤亡，也给他称为同胞的民族造成了无尽的损失。一件令人毛骨悚然的武器很可能在赢得战争时起决定性作用，但也会造成重大伤亡。两次世界大战期间，新武器的使用大大增加了伤亡人数，尤其是二战中，估计有 1.9 亿人死于或伤于新发明的武器如大炮、机关枪或坦克。卡森在作品中展示的是另外一个秘密但具有巨大破坏力的武器——杀虫剂。当人们发现自己辛辛苦苦种下的粮食被害虫破坏时，他们毫不犹

第六章　美国现代化成熟时期的工业拓荒与荒野警示

豫地发动了一场与害虫的战争，有毒的杀虫剂因此被当作消灭害虫的有效武器。但在与自然和昆虫的战争中，无论是敌对的还是友好的昆虫，都面临着被无情的交叉火力消灭的危险。

为消灭害虫或杂草，人类疯狂地喷洒化学药品。但这种行为不仅杀死了目标，也杀死了许多无辜的生物，不仅威胁着人类的生命，也破坏了大自然的生态平衡。"购物、上班的人，以及午餐时间放学的孩子身上，都会降下一阵无害的毒雨……在屋顶板条之间的空隙里，在谷沟里，在树皮和细枝的裂缝里，有无数颗还没有针尖那么大的紫檀木和粘土的白色小球……当雪和雨来的时候，每一个水坑都变成了可能的死亡药剂。"[1] 卡森强调的是，各元素的存在条件直接影响着机体的平衡，同时也受到有机体整体性的制约。但在现实中，人类往往为了一时的利益而忽视这种内在关系，最终成为自身恶行的受害者。

　　这个春天，城镇寂静一片。……那一度曾让人陶醉的小路两旁像是经历了一场火灾，只有枯萎的植物了。没有生命的城镇只剩下死寂，小溪失去了活力，再没有垂钓者来过，因为这里已经没有鱼类了。……让这个世界永远失去生命的并不是一场奇幻的魔法，也不是敌人的阴谋，而是人类自己对自己的伤害。[2]

卡森既表达了自己对荒野自然被破坏的痛心，也对人类为一己私欲而蹂躏、侵略自然的行为进行了谴责。在人类文明不地断扩张中，荒野表现出的是一种沉默的姿态。另外，在卡森的眼中，人类文明与荒野的存在本就不是和谐共生的，文明的发展实际上是建立在自然被破坏的基础之上的。在卡森的作品中，荒野是纯粹而和谐的，她的"海洋三部曲"对纯净浩瀚的海洋进行了讴歌与赞美，同时也对人类

---

[1]　[美]蕾切尔·卡森：《寂静的春天》，文竹译，台海出版社2017年版，第84页。
[2]　[美]蕾切尔·卡森：《寂静的春天》，文竹译，台海出版社2017年版，第3页。

填海、占岛等侵占大海的行为进行了抨击。而《寂静的春天》对人类为达到自己掠夺、开发目的而不惜使用剧毒杀虫剂，把自身也置于极大危险之中的行为进行了无情的批评，通过创造臆想的生态灾难场景，对人类这种破坏原生自然且最终将殃及自身的行为进行了入木三分的刻画。

　　卡森不仅质疑毒药的滥用，还质疑一个工业化、科技化的社会对自然世界的态度不负责任。人类滥用自然，除了追求利益外，还有一个深层次的原因，那就是对自然的态度。她拒绝接受人们头脑中的一个传统概念和前提，即对自然的破坏是进步不可避免的代价。人类中心主义的核心是人类是世界的统治者，世界上所有其他的东西都是为了人类而存在的。随着现代科学技术的快速发展，人类变得极其傲慢。这种无知和偏执明显反映在人类对自然的态度上，比如人类对其他物种的态度完全由人类自身的利益决定。她认为，人类对植物的态度非常狭隘。如果看到植物有任何直接的效用，就培育它。如果因为任何原因，发现它的存在不受欢迎，或仅仅无关紧要，便立即予以谴责。人类从来没有想过所有的物种都是平等的，每一种植物都有和人类一样的权利。让卡森更生气的是，尽管她和其他生态学家尽了最大努力，但人类征服自然的步伐从未停止，甚至变得更糟。她说："我们还在用'征服'的字眼说话。还没有成熟到认为自己只是浩瀚而不可思议的宇宙中的一小部分。当下人类如何对待自然非常关键，原因在于我们已经拥有了一种改造和摧毁自然的致命力量。但人只是自然的组成部分，对自然开战也就是对自己开战。"[①] 卡森坚信，只有当人类放弃人类中心主义，学会谦卑和智慧，善待我们伟大而美丽的星球时，才能拯救地球和所有的生物。在《寂静的春天》最后一段，卡森再次批评了人类中心主义：

---

① Paul Brooks, *The House of Life: Rachel Carson at Work*, Boston: Houghton Mifflin Company, 1972, p. 319.

第六章 美国现代化成熟时期的工业拓荒与荒野警示

"控制自然"实际上是人类自负的幻想,是生物学和哲学发展不成熟时人们想象出来的一种低端状态,他们希望大自然的一切都能够为人类提供便利,这是自然存在的意义。"应用昆虫学"上使用的多种概念与颁发和科学的蒙昧存在必然的关系。这本是一种原始的科学,但现在却被人们用一些现代的、令人担忧的化学武器包裹着,这些武器伤害的不只是昆虫,更是我们生活的整体环节,这真是人类的不幸啊![1]

在《寂静的春天》中,卡森的注意力集中在现代人对科学的态度上。在她看来,人类之所以把这么多的化学物质投放于自然,完全是源于一个狭隘的自然概念,即其他生物的存在取决于它们是否对人类有益。同时,卡森还系统阐述了她的生态整体观。自然是微妙的系统,每个生物都与其他生物有一定的关系,与此同时,各种生命之间存在着一种复杂的自然平衡,这种平衡不是静止的,而是不断变化和调整的,人类也是这种平衡的一部分。

纵观卡森的所有作品,人类都隐退在幕后,而非中心。取而代之的是一个由土、水、植物和野生动物组成的环境群落。她非常清楚不能把任何生物视为独立的物种。她在海洋系列作品中致力于揭示的正是其中多元而神秘的群落。

> 海岸是一个古老的世界,……每当我走进它,我就对它的美和更深层次的意义有了新的认识,我感觉到生命的复杂结构,一个生物通过它与另一个生物联系在一起,而每一个生物又与它的周围环境联系在一起。[2]

---

[1] [美]蕾切尔·卡森:《寂静的春天》,文竹译,台海出版社2017年版,第305—306页。
[2] Rachel Carson, *The Edge of the Sea*, New York: The New American Library, Inc., 1966, pp. 11–12.

美国文学现代化进程中的荒野意象

在全国妇女图书协会的采访和哥伦比亚广播公司的一次专题节目中,卡森再次强调了一点:"我试图让人们明白,世界上所有的物种都是相互联系的,每一个物种都与另一个物种相联系,其他物种与地球相联系。"[①] 虽然她没有使用"生态"这样的专业术语,但从其陈述中我们可以看出,她已经前瞻性地认识到自然的整体结构和发展模式,认识到生态系统是一个通过各种生物之间的关系组织起来的生命体。这种生态整体主义思想在那个时代无疑是早熟的,因而,卡森也被奉为环境启示录的奠基者。她用普遍联系的方法揭示了自然与人类的相互关系,并以触目惊心的例子警告人类,必须根据客观规律来调整行为,把生态系统的利益作为社会发展的出发点。

作为一个自然主义者,卡森的作品充满了生态伦理思想。在《海风下》中,卡森很好地表达了对生命的崇敬。在谈到写这本书的目的时,卡森说:"这本书的写作是出于对海洋生命的深刻仰。他们年复一年,历经世纪与年代,而人类的王国却起起落落。"[②] 在这里,卡森在大自然面前是谦逊的,她尊重所有这些生物。与漫长的自然史相比,人类历史只是昙花一现;与大自然的力量相比,人类的力量是微不足道的;对生命和自然的敬畏之情油然而生。在《我们周围的海洋》(*The Sea Around Us*)中,卡森再次强调了这一主题。面对繁衍生息的斗争,卡森对这些生物深表同情,感到自己在精神上和身体上都与它们息息相关。这也是自我实现的过程。在《海之滨》(*The Edge of the Sea*)第一章中,卡森通过描写小海洋生物来表达她对生命共同体的崇敬。

> 对动植物,我们始终有所亏欠。在这个艰难的海岸世界里,生命通过占据几乎每一个可以想象到的生态位来展示它巨大的韧性和生命力。显然,它覆盖了潮间带的岩石;或者是半藏着的,

---

[①] Gartner, Carlos B., *Rachel Carson*, New York: Frederick Ungar Publishing, 1983, p. 108.
[②] Paul Brooks, *The House of Life: Rachel Carson at Work*, Boston: Houghton Mifflin Company, 1972, p. 32.

它会下降到裂缝和裂缝里，或者藏在大石头下面，或者潜伏在潮湿阴暗的海蚀洞里。①

这部书的最后一段也阐明了卡森的创作目的：

  凝思丰富的海岸生命，教我们不安地感受到某种我们并不理解的宇宙真理。成群的硅藻在夜晚的海里闪耀着微小的光亮，它们究竟在传达什么样的信息？这么微小的生物有什么意义？这些问题经常浮现在我们的脑海，令我们困惑不已。而在寻觅解答之际，我们也接近了生命本身的最高奥秘。②

所有生物都有生存的权利，所有的生命都是平等的。生物的存在和繁衍不是人的意志所能改变的。每个生命都有它自己的意义。这不是人类所赋予的，他们的存在也不是为了人类。在这里，卡森超越了狭隘的人类中心主义，把所有的生命形式都带入了伦理关怀的领域。

第三节　福克纳的荒野情结

一般来说，"天启"这个词用来阻止灾难性的事情发生。因此，启示录文学可以被看作一面镜子，通过作者对潜在灾难的想象和描绘，使人们认识到危机的严重性，唤醒他们的责任意识，避免采取极端的方法来填补他们贪婪欲望的缺口。卡森强调对现代技术的发明和应用的谨慎态度，杰弗斯通过"非人类主义"哲学迫使人类对现代社会作出深刻反思，都可视为一种启示。下面要谈到的威廉福克纳，则是通过怪诞的隐喻，展现了小说中蕴含的生态警示性内核和荒野情结。

---

① Rachel Carson, *The Sea Around Us*, Houghton Mifflin Harcourt, 1999, p. 39.
② Rachel Carson, *The Sea Around Us*, Houghton Mifflin Harcourt, 1999, p. 276.

福克纳笔下的荒野有两种作用，表面上看两者互不相连，但最终会超越人类经验，达成和谐。首先，荒野如同人类的道德导师，昭示着精神真理；其次，它是盎格鲁—撒克逊人贪得无厌的牺牲品。在福克纳的创作中，他最初是分别在阐释这两个主题，后来在艾克·麦克斯林系列故事中开始将两者融合到一起。例如，短篇故事《狮子》和《三角洲之秋》都在探讨荒野是文明牺牲品这一主题；而短篇《熊》则主要体现了荒野的导师作用。研究者多从成年礼叙事[1]、基督教原型、人与自然关系切入分析《熊》这篇小说，未有对其荒野意象进行专门解读。这不仅是一本"优秀的打猎小说"，也是意识流技法的范本，更是阐述荒野价值与精神内涵的经典作品。

对于年轻的主人公艾克来说，在他成长过程中，荒野作为一个重要象征，戏剧化地在他青春期仪式上扮演了重要角色。但更多时候，我们看到的是宗教信仰层面的引领。山姆法泽斯是他的老师，老熊奔驰的荒野就是他的大学，"这只雄性老熊是他的母校（alma mater）"。福克纳给山姆取名为 Fathers，恐也有其深意，因为对艾克来说，山姆就像是给予他启迪和指引的神父，而山姆的信仰则是身边无穷无尽的原始荒野。小说记述了艾克从少年到青年的成长过程，在荒野中追踪大熊的经历让他认识了害怕与恐惧的区别，在被熊注视的时候学会了勇敢。独自在荒野中迷路，没有食物，失去方向，让他得以赤裸裸面对自己的人性。对福克纳来说，所谓文明的实质和基础不过是贪得无厌。[2]

荒野教会了艾克什么？猎人在荒野丛林中生存的法则：勇敢、力量、忍耐、荣誉、尊严、正义、同情、热爱生命和自由。无论是《熊》还是《三角洲之秋》，在各个人物的言谈话语之间，我们都能看到以上这些美德的影子。但在福克纳笔下，这些美德不是抽象空洞的

---

[1] Kenneth Labudde, "Cultural Primitivism in William Faulkner's 'The Bear'", *American Quarterly*, Ⅱ, 1950, pp. 322 – 328.

[2] Ursula Brumm, "Wilderness and Civilization: A Note on William Faulkner", *Partisan Review*, ⅩⅫ, pp. 340 – 350 (Summer, 1955).

第六章 美国现代化成熟时期的工业拓荒与荒野警示

条条框框，而是由荒野这个特殊场所催化凝结在一起的切实感受。荒野能带给年轻主人公的是死亡的常识、崇高壮丽的震撼，以及神秘的和谐感。福克纳依然沿用《圣经》中对荒野的含混性阐释，既充满敌意，如同"狮子"，"冷冰冰""茫茫然""对任何人任何事都无所谓"的眼神，带给人陌生与距离；也弥漫着死亡气息。而震撼和和谐可以从两个层面去理解，第一是主人公身体上对荒野的认同和归属感，这一点从他第一次独自进入森林时不自觉的庄严肃穆可以得到充分佐证，在"这片毫无标志的荒野绿幽幽的、高达穿苍的晦暗中"，孩子"决心把一切都舍弃给荒野"①，他认为自己身上的表和指南针仍然是文明的污染，所以"解下来挂在一丛灌木上"，才走进森林。这正是荒野的神性。本书第一部分对"荒野意象的宗教隐喻"进行了剖析，对基督徒来说，荒野是靠近上帝最近的地方，也只有在纯净自然中人才可以回归本真。在艾克回到森林，回到埋葬狮子和山姆的地方时，我们再次感受到了他与荒野的和谐。他自言自语道："这里没有死亡，不是狮子，也不是山姆，他们不是埋在土里，而是自由的。他们本来就是大地的一部分。"② 死亡在他面前，也变成了荒野不可或缺的一角。他热爱这里，故而坦然接受。

在这个短篇故事中，读者可以感受到福克纳对于荒野、文明的鲜明态度。荒野具有道德功用，因而破坏荒野也势必应该上升到道德和伦理维度。山姆和老熊一样，都是荒野的象征，或者说就是荒野本身。山姆是契卡索部落一位酋长的儿子，母亲是个黑人。福克纳如此设计他的身世，正是有意让他摆脱继承盎格鲁—撒克逊白人的贪婪习性。他对这片神奇的土地了如指掌，清楚荒野的治愈力和神圣不可侵犯。所以山姆在发现"老班"踪迹，明知是它杀死的马驹，自己已经距离这个庞然大物很近的时候，不但没有读者期待中的兴奋，相反，他脸

---

① ［美］威廉·福克纳：《熊》，李文俊译，上海译文出版社1990年版，第22页。
② ［美］威廉·福克纳：《熊》，李文俊译，上海译文出版社1990年版，第89页。

上的表情"既不是狂喜也不是喜悦又不是希望"。这位老猎人对大熊几年如一日,锲而不舍地追踪,与麦尔维尔(Herman Melville)笔下不顾一切捕杀白鲸的亚哈(Ahab)船长何其相似,又何其不同。

  对于亚哈船长一味偏执复仇的根源,中外很多学者已经给出了中肯解释,认为这是人类中心主义思想根源的极端典型代表,自诩拥有征服一切的力量。在生态主义批评者们看来,人类中心主义思想发端于基督教,尤其是《圣经》中对人与自然关系的诠释。他们经常引用的段落是《创世记》中上帝按照自身形象造人造物,自此,人类得以名正言顺地将自己定位为自然界的统治者,地位远远凌驾于自然之上。而文艺复兴时期强调个体自由,"人是万物尺度"的人文主义思潮,更是加深了这一人类中心主义意识。麦尔维尔的创作期恰逢美国现代化进程发展的高峰期,美国人在持续西进、开发土地的过程中获取了极大的成就感,于是开始变本加厉,对自然荒野的敬畏崇拜也被掠夺欲望取代,人类中心主义因此走向极端,对远洋之上滥捕滥杀的行为也都习以为常,最终《白鲸》中盲目对抗自然的亚哈船长与巨鲸同归于尽。

  但在福克纳笔下,老猎人眼神里并没有亚哈船长畸形变态的狂热,而只是"黑幽幽、凶猛的微光,激情与骄傲的微光,它在慢慢地黯淡下去。"因为他清楚,老班被捕获的一天,也是这片荒野丧钟敲响的时刻,因此我们看到,最终老人几乎和大熊同时倒下。从这个对比和反差中,我们可以清晰看到不同时期美国作家的生态观之间的沿承和发展。相比美国浪漫主义时期作家们对荒野激情四射的"诗化"或是"魔化"描述,福克纳显然成熟内敛了许多。他笔下展现出的人类个体与环境之间的关系并非单纯的对抗和征服,还怀着热爱和尊敬,从万物主宰者的地位渐渐退居到自然的一隅。

  生态预警小说一般有两大基本特点:第一,暴力怪诞的意象;第二,预言性的警示内核。从社会学角度来看,它是"诞生于危机的一种体裁",但它既能回应"危机",又能够产出"危机"。麦尔维尔曾

第六章　美国现代化成熟时期的工业拓荒与荒野警示

在短篇小说中《女工的地狱》(*The Tartarus of Maids*)刻画过这样一幕，主人公在群山中想要找到一家纸浆作坊。他拉着雪橇走到一个深深的山谷中，两边山壁陡峭，但仍是看不见他想去的地方。就在这时，一种嗡嗡轰鸣声突然闯入他耳中。抬头一看，半山腰石灰水粉刷过的工厂，就像是被阻止了的雪崩一样，站在那里。工厂被比喻成雪崩，既是在故意并置机器所代表的文明与自然之间的冲突，凸显加剧两者的矛盾，也是在借"雪崩"这一意象，在暗指工厂可能带来的灭顶之灾，难以预料也不可抗拒。这里充满预兆的"嗡嗡声"回响的正是哈克与吉姆夜晚在筏子上听到的骇人的汽船笛声，也是打破瓦尔登湖田园寂静的火车咆哮。在美国文学中，自然风景中突然出现机器意象这一刻画手法并不少见，很多经典作家都会在作品中以不同方式重述提及。而机器的最典型象征就是火车，代表着工业文明的成果和呼啸而至的现代化。

在福克纳《熊》这一短篇小说中，多处都把熊比喻成火车头，"老熊像火车头似的一冲而过"，"厚实的，火车头一样的形体"。乍看上去很是怪异，本体和喻体风马牛不相及，但若仔细思考会发现，两者之间具有强烈的相似性，都是各自世界中难以征服、令人恐惧的强大力量，但也正是这种相似性带给了读者深刻的讽刺意味，当自然界最强大的动物之一被摧毁时，也就意味着现代化文明为自身敲响了警钟。"在这部历史里，毛茸茸、硕大无比的大熊像火车头，速度虽然不算快，却是无情地、不可抗拒地、不慌不忙地径自往前推进。"[1] 福克纳通过小说想要人类警醒的事实是，"那些拿着新教圣经和威士忌，有着粗犷嗓音的盎格鲁—撒克逊拓荒者们，把这片土地变成了咆哮的废墟，但他们将会第一个消失，因为只有荒野才能给他们提供食物和滋养。"[2] 小说结尾处，艾克发现手刃老熊的布恩坐在那棵满是松鼠的

---

[1] [美]威廉·福克纳：《熊》，李文俊译，上海译文出版社1990年版，第4页。
[2] [美]威廉·福克纳：《熊》，李文俊译，上海译文出版社1990年版，第6页。

树下，边神经质地组装手枪，边疯狂地大喊："谁也不许动！它们都是我的！"在毁掉荒野的过程中，他无情无谓地完成了自己的角色演出，但却没意识到这一过程人让自己最终陷入了可悲又可笑的境地。此时的布恩与彼时歇斯底里追逐白鲸的亚哈船长又有什么两样。

此外，这篇小说中有很多段落对荒野进行了直接描述，"高高大大、无穷无尽、密密匝匝的十一月的树木组成了一道林墙，阴森森的简直无法逾越。马车在庞大的背景衬托下，简直渺小得可笑，仿佛是一叶扁舟悬浮在孤独的静止之中，悬浮在一片茫无边际的汪洋大海里"。① 没有一处不在暗示，文明的进程中荒野作为牺牲品正在逐渐凋零。福克纳独特的自然观也在此一览无余。"它并不邪恶，仅仅是过于庞大。甚至对于它赖以生存、日益局促的荒野与森林来说，它也是太大了。孩子似乎已经用直感察觉出他的感官与理性没有告诉他的东西：荒野是注定要灭亡的，其边缘正一小口、一小口不断被人蚕食，用犁头、用斧子。人们害怕荒野，因为它是荒野。"②

美国传统西部文学主题之一就是赋予人物自我重生和转化，以及从东部城市化的束缚中解放出来的机会。格雷和库柏都认为，西部荒野是自我转化的最佳场景，原本在荒野中反省的人们逐渐发现自己成了荒野的一部分。人和荒野的相互认同并不总是开始就很明显，或者一定能实现，正如《最后的莫希干人》中大卫·盖莫特（David Gamut）和《弗吉尼亚人》中的叙述者所经历的那样。但哲学的意义并不在于诠释或改变世界，而是在于如何在这个不确定的世界中自觉调整自己。

艾克的父亲是当地臭名昭著、最为贪婪残忍的人之一，但他却如同哈克等很多西部小说中的人物一样，经历了很多挣扎之后，最终选择与父亲决裂，站在正义一方。小说中，艾克有很多时刻让我们回想

---

① [美]威廉·福克纳：《熊》，李文俊译，上海译文出版社1990年版，第6页。
② [美]威廉·福克纳：《熊》，李文俊译，上海译文出版社1990年版，第4页。

起了库柏《皮袜子故事集》中人物所面临的抉择。在猎杀老熊的前夕，艾克一段自我陈述让读者感受到了他的理智与情感的统一："在他看来，这里面有一种天命，像是有一种他还说不清楚的事情正在开始，也可以说已经开始。他不清楚这是什么性质的事情，不过他并不为之感到哀伤。"① 福克纳在小说中，通过成年艾克道出了现代文明贪婪的源头，即"二战前世界道德与社会的混乱无序"，小说中狩猎者的枪口、伐木工的斧头、拜金银行家们的木材厂和棉花地等，都是佐证。

艾克在小说中的经历也是美国文学中常见的追寻摸索范式。首先把成长主题引入西部荒野的应该是库柏，其外在架构就是打猎。卡尔维蒂认为，人们"通过猎杀……收获猎手和勇士的称号……展现其作为成年领导人的潜力，……也得以证明自己具备遵守荒野原则的能力，……拒绝［女性所象征的］世俗进步，崇尚荒野所代表的暴力、阳刚的生活。"② 从这部作品中，我们不难看出库柏《皮袜子故事集》的痕迹，主人公从少年到老年的经历，荒野中与男性同伴之间互相依靠的纽带关系，对自然与文明关系的探讨。库柏也承认荒野是白人贪婪的牺牲品，但他并未能把人类对森林的疯狂砍伐看作是文明的必然结果，而只是将其看作对上帝作品的任性、罪恶挥霍。如果说库柏在《大草原》中刻画"皮袜子"的时候对文明的态度还模棱两可，"情感偏向那蒂，但理智却站在文明一方"。身处 20 世纪的福克纳却截然相反，他对西方文明的进程有了更为清晰的认识。"孩子也知道在荒野里飞跑奔突的甚至都不是一只会死的野兽，而是一个从已逝古老年代里残留下来的顽强不屈、无法消灭的时代错误，是旧时蛮荒生活的一个幻影，一个缩影与神化了的痕迹。"③ 在接受诺贝尔文

---

① ［美］威廉·福克纳：《熊》，李文俊译，上海译文出版社 1990 年版，第 42 页。
② John G. Cawelti, *The Six-Gun Mystique Sequel*, Bowling Green：Bowling Green State UP, 1999, p. 49.
③ ［美］威廉·福克纳：《熊》，李文俊译，上海译文出版社 1990 年版，第 4 页。

学奖时,福克纳曾演讲道:"人之不朽不是因为在动物中唯独他永远能发言,而是因为他有灵魂,有同情心、有牺牲和忍耐精神。"但在以上荒野文学作品中,我们看到的却是"孱弱瘦小的人类对古老的蛮荒生活又怕又恨,他们愤怒地围上去对着森林又砍又刨"[1]。在福克纳的下意识中,西方正在走下坡路。因此,他在同样把人类置于荒野背景下去刻画思考的时候,他的理智与情感并没有背道而驰,也正是如此,才使得他的作品有了穿透力更强的美学观感和思想深度。

19世纪美国自然主义作家对原始力量和欲望的推崇描绘,亦是荒野预警的体现。美国文学的自然主义对原始,以及原始的"他者"如何喧宾夺主,压倒自我控制的过程,表现出一种痴迷。在很多白人自然主义作家笔下,原始动机像是一个巨大的储藏室,装满了种族、国家和经济各个层面的焦虑[2]。这种原始逻辑不仅可以单纯限于刻画人物,也会延展到空间。有时,这些空间是杰克·伦敦(Jack London)作品中不可征服的荒野,但更多情况下,它们是城市内部的空间。因此,文学自然主义将古典野性的逻辑——通过野蛮或未驯服的野性——与种族、阶级和城市的现代产物联系起来。

19世纪末20世纪初,美国资本经济迅速发展,工业化进程迅速推进,机器生产逐渐取代了手工工业。1894年,美国成为世界上最大的工业国家。一方面,史无前例的工业化发展给美国带来了巨大的繁荣,另一方面,也给自然环境和美国人民带来了巨大的冲击和挑战。首先,舍伍德·安德森(Sherwood Anderson)曾在作品中这样忠实地勾勒出了工业革命后的温斯堡:

> 工业化的到来带来了所有的咆哮和喋喋不休,从海外挤进来

---

[1] [美]威廉·福克纳:《熊》,李文俊译,上海译文出版社1990年版,第5页。
[2] Stephen J. Mexal, "The Roots of 'Wilding': Black Literary Naturalism, the Language of Wildness & Hip Hop in the Central Park Jogger Rape", *African American Review*, 2013, 46.1 (Spring 013): 103.

第六章 美国现代化成熟时期的工业拓荒与荒野警示

的百万新移民的尖锐喊声，来来往往的火车，城市的发展，穿梭于城镇农舍间的电车线，以及现在汽车的出现，所有这些都给美国中部人们的生活和思想习惯带来了巨大的变化。①

杰克·伦敦笔下的荒野则是阿拉斯加冻土地带和荒原雪野上的冒险经历，其短篇小说《生火》写于1910年。正好是在"全球变暖"逐渐成为显著的生态危机之前。故事情节大体如下：在克朗代克极其寒冷的一天，一个淘金者独自外出。突然他碰破了一块下面有水的冰块，弄湿了他的脚。这对雪地中前行的人来说，是一个低级的致命错误。在双脚要冻僵之前，他开始生火暖脚。虽然最终火成功升起，但是头顶树上的积雪还是夺去了他的生命。就故事来看，这显然是一则关于人类狂妄自大，藐视自然，却最终被自然吞噬的现实寓言。

主人公没有明确的名字，只是被称作"那个人"，因而也具有了指代全人类的普遍性意义。但蕴含在这个简单叙事框架之下的是一个极具讽刺性的语言结构："他知道"，"他知道"，"他知道"。伦敦如此重复强调，旨在提醒读者注意背后的真相和他想揭示的真理：实际上，淘金者并不太知道，即便当他意识到气温已在零下五十度之时，他依旧认为"气温不重要"。

这意味着冰点以下80度，对于这一事实，他的最直接反应就是很不舒服，像得了感冒一样，仅此而已。但这没能让他意识到自己作为恒温动物所具有的弱点，或者说作为人类所具有的弱点：即那种只能在极其有限的温度范围内才能生存的生命力，当然，他也没能意识到这些不可克服的天生缺陷，以及人类在自然界的地位。②

---

① Sherwood Anderson, *Winesburg*, Ohio. Random House, 1995, p. 52.
② ［美］杰克·伦敦：《银白的寂静》，沈樱译，北京时代华文书局2015年版，第306页。

美国文学现代化进程中的荒野意象

这个人的结局正是人类自恃过高、对自然界的崇高和强大力量缺乏尊重的证明，同时也错误地低估了他对别人的需要。小说在讲到他生火快要成功时，有以下一段心理描写：

火烧旺了，危险自然就被赶开了。他想起硫黄河那位智叟的忠告，脸上露出了微笑。这时，他突然想起来那老叟曾严峻地下过这样的短语，说－50度以下，任何人都不能在喀隆堤一带独行。看！他此时不正是在这一带么？刚刚他出了点麻烦；他独身一人；可毕竟也是他拯救了自己。那些上了年纪的人难免畏畏缩缩的，起码有些人是这样的才对：一个男人要临危不惧。他觉得自己不缺这一点，是的，只要有这一点，任何硬汉都可以单独行动。①

他假想自己生了一堆足够温暖自己的火，可就在他庆幸于自己的自给自足、沾沾自喜的时候，头顶树枝上的雪却如瀑布般从树枝上倾泻而下，扑灭了他生的火。虽然他没有放弃，再次尝试，但为了抓住火柴，他必须脱掉手套，可手指因寒冷变得十分僵硬，最终连他用尽全力要抓住火柴的尝试也宣告失败。随后，伦敦用他一贯的精彩描绘和细腻刻画，让读者身临其境感受到了这个人的绝望。小说的前半部分一直在用"惬意"这个词来形容他接触到雪野的兴奋和自豪，当结尾处写他最终体力不支"仿佛以从未有过的舒适和惬意沉沉睡去了"时，我们体会到了强烈的讽刺感。

伦敦创作期间的重要历史事件是1890年边疆西进的结束。他非常清楚，边疆运动的告终，加上联邦美国的迅速发展，意味着美国历史上重要漫长一章的完结。这个短篇小说在第一次出版时的结局并非如此，这个人点着了火，活了下来。这从一个侧面说明了伦敦对待文明和自然的态度可能是矛盾的，他似乎决定不了人类的最终命运是死亡

---

① ［美］杰克·伦敦：《银白的寂静》，沈樱译，北京时代华文书局2015年版，第320页。

还是永恒。同时，他也在自己的作品《沉寂的雪原》中塑造了"马莱默特·基德"这样全新的边疆拓荒者，抓住一切机会延展和重构荒野神话。在以荒野为题材的美国小说中，伦敦看上去就像他塑造的一匹狼，他也自称是狼，还修了一座"狼屋"。从奥克兰到纽约，这些城市让他感到隐隐不安，于是他在作品中也在反复暗示两个主题，一方面是对过去的追寻，以英雄主义的拓荒者为核心；另一方面是对未来的预测，那里到处充斥着死亡和毁灭。《红色瘟疫》描写的是摧毁整个人类的传染病；《彩虹的尽头》里谈到"稳固、冷静、严肃的道德文明的入侵摧毁了西方养牛场的原始状态"；他的代表作《野性的呼唤》原本叫作《熟睡的狼》，据说他是在写作过程中发现了"野性"这一隐喻，自此一发不可收。也许他笔下的"荒野"与当时现实中的荒野完全不同，他也因此被罗斯福总统诟病为"伪造自然"。但20世纪初的美国，正饱受文明和经济发展带来的负面影响，不但渴望在文学中回归荒野，也渴望更多与荒野的身体接触。伦敦的作品就给了他们这样的机会，也影响了后来另一部自然写作《走入荒野》的诞生。

第七章　美国后现代化时期的"符号荒野"与精神拓荒

　　战后繁荣时期（1945—1960）是现代社会向后现代社会的过渡期。从 20 世纪 60 年代开始，随着第三次科技革命的完成，美国进入了谋求生活质量的后现代化社会。现代美国经济的发展一直是由充足的原料和能源供养的，但专家告诉我们，现在大有枯竭的危险。[①] 同时，世界人口的增长趋向也预示着可能出现的全球性大众饥荒和物品短缺。在现代社会，身体与自然界的接触也变得越来越间接，除了农业人口的萎缩，科技也在削弱人与自然界打交道时的生存意义，娱乐意义却在不断增强。[②] 比尔·麦克基本（Bill McKibben）在他的《自然的终结》[*The End of Nature*（Xī），1990] 中提到，污染和破坏在过去是局部现象，甚至肆虐的 DDT 污染和大气层中核武器测试留下的原子尘最终都会消失，但是人类环境的变化即"全球变暖"改变了这种局面，严重地污染了整个地球：

　　　　我们已经改变了大气层，因此我们也在改变天气。通过天气变化，我们使整个地球变得虚假而不自然。我们剥夺了对地球意

[①]　[美] 理查德·布朗：《现代化——美国生活的变迁 1600—1865》，马兴译，世界知识出版社 2008 年版，第 152 页。
[②]　[美] 段义孚：《恋地情结》，志丞、刘苏译，商务印书馆 2019 年版，第 141 页。

第七章 美国后现代化时期的"符号荒野"与精神拓荒

义而言非常重要的独立性。自然的独立性就是它的意义所在,没了独立性,除了我们自己,一切都是虚无。①

从现在起,再也没有真正荒野,"现在出生的孩子将永远见不到天然的春夏秋冬"②。没有了实质上真正的荒野。美国农业部于1961年重新定义了"荒野"(wilderness)、"野性"(wild)和"原始区域"(primitive areas)。凡是荒野,明确规定不得有公路经过,不能砍伐,必须达到具体的面积标准。显而易见,此时的荒野已全然成为人类利益主导下的保护区,是刻意的人为因素构建出来的荒野。这一时期,科技飞速发展,技术高度发达,加速了人类征服自然的脚步,荒野伴随着历史的发展也萌生了新的意义。人类渐渐忽视了早期荒野自然的原始性与神圣性,而把更多的矛头指向了其实用价值价值。现代技术造成了人类精神与自然的远离,也增加了人类控制自然的信心。技术将自然中的一切都变成了持存物,一座山之所以存在,是因为它是矿物持存物或者是自然存持物,因而它呈现出的就不是一座山,而是人类消费的资源。现代科学技术造成了人类的物化、异化和僵化,人类对自然的态度已经麻木,对自然的情怀不复存在。物欲横流下的自然荒野因其可塑性而不断被开垦,无私的服务于人类,保持着沉默与屈服。面对人类的贪欲和私利,它却经常以宽容的态度对待一切,无条件的顺从于人类,这个不知满足的民族。"人类中心主义"观念下的荒野作为一个附属于人类的身外之物,作为一个"他者",已远离了人类的居住社区。鸟笼似的混凝土建筑与霓虹灯笼罩下的人类生存之地似乎已与荒野脱轨,与自然分离。在人类利益的审视角度之下,荒野成为人类消耗的对象,呈现出了日益衰退之势。在征服自然的过程中,一名拓荒者曾说过:"我征服了这片荒野,但是孕育着文明和秩

---

① Bill McKibben, *The End of Nature*, London: Penguin, 1990, p.54.
② Bill McKibben, *The End of Nature*, London: Penguin, 1990, p.55.

序的同时，也制造了混乱与狼藉，我在孤独的前进着。"人类在征服自然的过程中享受着科技文明带来的满足感，然而，一种悄然无息的力量也正在上演。

20世纪30年代，除了股票市场崩溃、经济危机席卷美国之外，严重的高温、肆虐的沙尘暴和泛滥的洪水使得西部自然环境空前恶化。到第二次世界大战结束，美国虽然一跃成为世界经济霸主，但生态灾难却层出不穷，工业污染成了公众关注的焦点话题。恶性病变从19世纪末进入工业时代就已经开始，到20世纪初，具有致癌作用的化学物质越来越多，已经与人类有了密切接触。1943年洛杉矶频频发生化学烟雾事件，1948年爆发的多诺拉烟雾事件更是震惊世界，这个位于宾夕法尼亚州匹兹堡附近的小镇建有大量重工业冶炼厂，排放的二氧化硫和氟化物最终导致20人死亡，数千人患病。① 除此之外，新型石化产品的过度使用，核辐射、核泄漏的危险等，都在威胁着人们的生活和生命安全。这一时期的美国，对现代性不满的情绪深度和广度都不断加大，随着社会文明发展进程步入20世纪末，一个时代的结束，现代性的理智意识也在增长。② 因此，美国人越发意识到了保护资源和环境的重要性，开始比以往任何时候都更关注自然，更思念昔日的荒野和森林。

卡尔·索尔在著作《文化地理》中指出，"一处地形景观的形成无外乎取决于其时间关系和空间关系，始终处在发展、分解和取代的持续进程中。"③ 荒野意象随着时间的演变，也逐渐成了一个混合物——重写本，代表着覆盖和复写。此时的荒野意象也不再是曾经的荒野莽林那般具体的形象，而是成为一种"符号意象"，存在于人的精神中。它能够以任何一种形式存在，可能是独立于现实世界之外的乌托邦

---

① 付成双：《美国现代化中的环境问题研究》，高等教育出版社2018年版，第426页。
② [美]理查德·布朗：《现代化——美国生活的变迁1600—1865》，马兴译，世界知识出版社2008年版，第153页。
③ Mike Crang, *Cultural Geography*, London and New York: Routledge, 1998, p.22.

乐园，也可能是一种精神上引领灵魂归依的超自然力量。可以说这一时期里，荒野又一次成为人类精神拓荒中灵魂和精神的栖息地。文学中的荒野意象也呈现出不同的表现形式，有强烈的多样性和复杂性特点。

第一节 荒野异质空间

荒野概念不管如何变迁，某种程度上始终与两点息息相关，一是荒野都是"野蛮的，原始的"，二是这样的土地上往往缺少文明。但荒野并非只是森林、沙漠，可能是含有以上特征的任何地方。荒野神话的内涵一直在变化，现代社会通常将其理解为一种隐居的田园生活，或是治愈社会弊病的灵丹妙药，旅居者们会来到荒野寻找平静、休憩和独处。[①] 随着西进运动结束，边疆止步不前，以及20世纪早期生态领域对土地资源保护的转向，荒野这一意象和概念的意义势必也会进一步发展，新的神话必然产生。城市化进程中的人们不再是自然的征服者，而变成了自我的征服者，后现代化时期很多文学作品中的人物都是在都市荒野中试图扩展个体的自我意识，"边疆"也由此变成了人类能力和潜力的拓荒，也就是露西·哈德泽所提出的"精神拓荒"。

全球化背景下的新技术革命使得人类所处的空间得以扩大，意义更加立体多维，我们作为主体与世界相处的方式也发生了很大变化。信息的即时性共享延展了传统的物理空间，人们所处的真实位置或环境似乎已不再重要，社会关系的亲密性也逐渐与物理邻近性脱钩。比如，如果人们一次又一次地迁居，便无法对一个地理空间产生亲密与熟悉的感觉。新迁居一地后，当然慢慢会知道超市、生活用品店、学校、办公室、健身房在哪里，但这些地方"没有故事，没有回忆，没

[①] Patricia A Ross, *The Spell Cast By Remains: The Myth of Wilderness in Modern American Literature*, New York: Routledge, 2006. Print, p.2.

有交织着自己的认同感"，便成了马克·乌捷（Marc Augé）"非地点"概念意义下的"沉默的"空间。空间的界限往往更依赖于个体的主观意志，而非自然界限，就会很难产生或是逐渐失去"依赖于亲密无间的地方经验与知识的情感"。哈特穆特·罗萨曾指出，异化的概念核心在于自我与世界的关系，"空间感"或是"地方感"的缺失虽然不一定带来"空间异化"，但会让其成为潜在可能。①

因此，在美国现代化的成熟期，荒野意象也不再是传统中与人们亲密接触的物质空间，而是呈现出了突出的符号化特征。其概念外延已经拓展到了外太空和虚拟空间，或演化为诺曼·梅勒笔下的外层空间，或是托马斯·品钦作品中的超自然平原。在美国的后现代化时期，荒野在人类孤独的精神拓荒中再次被当作灵魂诗意的栖息地，真正的荒野其实存在于不断蔓延的城市当中。

根据巴赫金的时空体理论，任何文学作品都从某种特定的历史和社会语境中产生，而这种语境都与人类对时间和空间的理解认知密切相关。因此，每一种文学类属都会有其特定空间母题，也使时间更为丰满，例如哥特小说中的"城堡"，或者旅行叙事中的"道路"。② 城市小说中典型的空间，例如街道、公寓，有时是家庭，或是人物的生活空间、酒吧、游戏室，还有和其他人物消磨时间或娱乐的空间，有时也会是工作场所。现代城市环境可以说是由线性时间进程决定，时间的演进也是衡量社会是否进步的标准之一，这种线性特征在城市星罗棋布的网格状街道中更为显化具体起来。③ 而身处自然荒野的人们遵循的更多是循环性、周期性的时间，这也从某种程度上解释了现代人异化感的由来。

---

① [德]哈特穆特·罗萨:《新异化的诞生：社会加速批判理论大纲》，郑作彧译，上海人民出版社2018年版。

② Ted L. Clomtz, *Wilderness City: The Post World War II American Urban Novel from Algen to Wideman*, Routledge: New York & London, 2005, p. 2.

③ Ted L. Clomtz, *Wilderness City: The Post World War II American Urban Novel from Algen to Wideman*, Routledge: New York & London, 2005, p. 4.

第七章　美国后现代化时期的"符号荒野"与精神拓荒

　　亨利·亚当斯在小说中写到一片"男人和女人的荒野"时，就已经完全颠覆了荒野原有的意义①。随着工业化进程的加快，居住在城市中的现代人忽然发现身处在一种"新荒野"之中，无论是霓虹闪烁的大街小巷，或是船舶林立的拥挤港湾，都会感到"与在野兽出没的森林般一样困惑和不安"。例如托马斯·品钦《熵》里人物所处的环境："幽冥晦暗、绿影憧憧"的房间、摆满空香槟瓶的厨房地板、躺着烂醉如泥的女人的浴室浴缸等，无不暗示着狂欢背后百无聊赖、空洞虚假的生活。主人公卡里托为了躲避现实社会的喧嚣与骚动，建立了一个封闭独立的温室空间，称为城中的"伊甸园"。表面看上去，这个空间有花草生长，有鸟雀陪伴，自然与人处处和谐。主人公与他的女友就生活在这"世外桃源"，一刻不能离开，日常所需皆有人送，他们从不出屋，自称"已是这个整体中不可或缺的部分"。② 为了拯救一只小鸟，他用手一直捧了它三天，微笑地看着它，让它贴着他的身体，偎依着他灰白的胸毛。女孩儿奥芭德"下意识地抚弄着一株幼小的金合欢树的枝叶，聆听着它那汁液饱满的主题曲，那些娇嫩的粉红花朵的主旋律流露出些许游移而模糊的期待、对丰硕果实的憧憬"。

　　这里托马斯·品钦所描述的"伊甸园"是一种超自然的空间存在，是自然的微缩，那里一切都是那么的安宁。人们在那里可以平静祥和地生活，不受"外面的世界"喧嚣所扰。因为这一时期，外面的世界已经不再是百年以前的纯粹自然荒野了，文明的侵染已经使得自然荒野的净土所剩无几，而文明带来的丰富物质财富却并不能弥补人们精神世界的空虚，所以在托马斯·品钦看来，能带来精神归依感的纯粹荒野实际上存在于人类的灵魂深处，在灵魂深处寻觅到的宁静才能带来精神的归依。此时的荒野，实际上已经成为一种符号化的象征，不再有以前荒山莽林这般具体的形象，也不再单一存在于现实空间中，

---

① ［美］罗德里克·弗雷泽·纳什：《荒野与美国思想》，侯文蕙、侯钧译，中国环境科学出版社2012年版，第3页。
② 萧萍：《托马斯·品钦的奇谲世界——兼谈其短篇小说〈熵〉》，《外国文学》2000年第3期。

而是一种多维度的与现实对立的符号化存在。

荒野意象在托马斯·品钦的笔下，或体现为一种虚拟的外层空间，或是乌托邦的形象，例如城中的"伊甸园"、地下"异托邦"、冰川里的"世外桃源"、马桶下的"废都"、记忆中的精神家园，以及空中"香巴拉"等符号。托马斯·品钦对现实世界的精神空虚与颓废一贯持批判态度，在作品《万有引力之虹》中他描绘出了"马桶下面的废都"——一个废芜世界，虽荒诞但有不乏真实感。其间包含的内容，在现实中能找到存在的影子。否定了现实世界的空虚，托马斯·品钦也指出了人类精神家园的所在，在其作品《曼森和狄肯森》中，两位主人公发现了一个全新的世界，这个世界神秘而原始，代表着一种追寻失落的本真的怀旧情绪，归根结底还是人类追逐精神宁静而创造出的符号化荒野，寄托着的仍是人类最朴素的心灵归依。

巴克明斯特·富勒（R. Buckminster Fuller）在《太空船地球》（Spaceship Earth）一文中，把地球比喻成一艘太空飞船，而"关于如何操作和维护这艘飞船及其复杂的维持生命和再生系统的说明书却被有意省略"[1]，"到目前为止，为了保证飞船上的人我们一直误用、滥用和污染这个非凡的化学能源交换系统"。人性最终是否有机会成功在这个星球上幸存下来？如果答案是肯定的，那么如何才能做到？他认为，人类摆脱目前的生态危机的途径就是知识的增长和回收利用资源的能力。伯顿·鲁切（Berton Roueche）在《纽约客》（The New Yorker）上发表了一篇记述多诺拉烟雾的作品，提出人们往往轻率地将污染视为"金钱的味道"。

唐·德尼罗（Don DeLillo）的《白色噪音》（1986）中，主人公和叙述者杰克·格拉德尼努力去接近一个意外的"空中毒气传播事件"：

---

[1] Bill McKibben, ed., *American Earth: Environmental Writing since Thoreau*, New York: Literary Classics of the United States, 2008, p. 464.

第七章 美国后现代化时期的"符号荒野"与精神拓荒

烟雾从红色光波开始漂移,渐成暗色,然后扩张到整个风景式白色洪水的宽度。身着买雷克斯制服的男人们靠着月历警示移动着。每走一步,都是非本能的焦虑的锻炼。烈火和爆炸不是这的固有的危险。死亡会穿透渗入基因,出现在未出生的孩子的身体里面。①

安德鲁·罗斯(A. Ross)则把纽约看成好莱坞的完美病毒基地:"在权威的另一面有着一座充满生物危险的城市。可以肯定,没有其他任何一个城市在它的下水道里有这样一个不可思议的历史上的生物的大集合——从短吻鳄到忍者神龟。"②

第一,这一时期文学中的荒野异质空间体现在其城市化特征。"城市"与"城市化"的定义不同,"城市化"是指工业化,或者后工业化面纱下的城市状态,与美国建国初期的小城镇自然完全不同。一般来说,"城市"总是与充实丰盈的人类存在状态对立,在查尔斯·布罗克登·布朗(Charles Brockden Brown)的《阿瑟·默文》和赫曼·麦尔维尔的《皮埃尔》两部作品中,城市早就是邪恶和瘟疫的代名词,与田园风光的乡村荒野针锋相对。③ 罗伯特·D. 卡普兰在《荒野帝国》中讲道:"在西部,城市一直都是所有罪恶的根源,尽管西部大部分土地都是城市的,但这种杰斐逊式纯净乡村的理想很强势。"现代城市从启蒙运动发展而来,代表着理性;而文明在理性和非理性之间创造出了一条虚幻的二元分割线。④ 现代人流动性较高,没有时间在一个地方扎根,对地方的体验和欣赏都是肤浅的。

---

① D. DeLillo, *White Noise*, London: Picador, 1986, p. 16.
② A. Ross, *The Chicago Gangster Theory of Life: Nature's Debt to Society*, London: Verso, 1994, p. 135.
③ Ted L. Clomtz, *Wilderness City: The Post World War II American Urban Novel from Algen to Wideman*, Routledge: New York & London, 2005, p. 1.
④ Ted L. Clomtz, *Wilderness City: The Post World War II American Urban Novel from Algen to Wideman*, Routledge: New York & London, 2005, p. 88.

美国文学现代化进程中的荒野意象

在拉里·沃伊沃德（Larry Woiwode）的《天生兄弟》（*Born Brother*）中，荒野变成了非个人化的大城市——纽约和芝加哥。与皮袜子和他的朋友们背向而行，这部作品的主人公离开他们熟悉的北卡罗来纳州和伊利诺伊的小镇，步入了一片对他们来讲奇怪的区域——大都市的荒野。查尔斯在纽约旅馆住下后，曾这样评论："从我搬到这个房间的那天，我就有种压迫感。"① 他把自己去往百老汇的经历称为"朝圣之旅"，紧张、兴奋，被操着奇怪语言的人们当成异类一样注视，让他觉得身处这种都市荒野"好比去了俄罗斯一样"，有着强烈的疏离感和异域感。与兄弟分开的查尔斯就好像是少了钦加克陪伴的纳蒂·班波，他用来抵御外界压迫的机制是通过自己的记忆，尤其是童年与母亲、兄弟共处的时光。这部小说的主题是荒野中男性纽带关系的断裂，核心是男性之间的竞争，在沃伊沃德看来，男性的好斗和侵略性不但会影响他人，更会伤害自己。

另一部作品《卧室墙外》（*Beyond the Bedroom Wall*）中，沃伊沃德讲述了父系家长或是族长的死亡，象征着谱系的断层和部族的散落。他非常清楚，只有原来的族长或是长辈才经历过真正的荒野，也就是19世纪早期纳蒂·班波走过的红河以外的土地，也是小说主人公查尔斯的在1881年见过的景象："树木极其稀少，甚至找不到盖房子所需的木料。有时候远处看上去像是树，但走近却是向密苏里行进的野牛群留下的排泄物。"② 奥托是德国移民，西进运动中来到美国，在芝加哥成婚，在北达科他发迹。死前奥托执意要让家人把他埋在自己的农场，而非和妻子一样葬在公墓，相反，他刻意远离她，这也象征着两性关系的极端。其实，查尔斯的长辈们这一代人受人爱戴、互相关心，但沃伊沃德在故事讲述中并没有感情用事，将男女两性之间的关系和作用理想化。和不愿同母亲埋在一起的父亲一样，成年后查尔斯也执

---

① Larry Woiwode, *Born Brothers*, New York: Farrar, Straus and Giroux, 1988, p. 8.
② Larry Woiwode, *Beyond the Bedroom Wall*, New York: Farrar, Straus and Giroux, 1975, p. 26.

第七章 美国后现代化时期的"符号荒野"与精神拓荒

意要将年迈的姐姐甩在家乡，独自去往伊利诺伊追寻他的美国梦。这些选择告诉我们，传统的两性关系仍旧没有改变，即便是在死后。

杰拉尔德·维齐诺（Gerald Vizenor，1934—？）是美国土著文学的领军人物，曾斩获2001年美洲原住民作家终身成就奖和2005年西方文学协会杰出成就奖。他的知名作品《死寂之声：新疏离世界的自然痛苦》（*Dead Voices: Natural Agonies in the New World*）（以下简称《死寂之声》）以加州伯克利为创作背景，展现了另外一种荒野隐喻。这部本应该书写自然荒野的印第安人小说却把落脚点放在了都市环境，完全抛弃了任何传统意义上的现实主义伪装。对于维齐诺来说，他的实验性、非真实的叙事试图推翻以白人主流文化为代表的，应用于印第安人文化的，野蛮和文明、城市和非城市环境的二元等级。西方文明传统上认为美国本土印第安人是未开化的、不识字的，因此，他想要打破这种经验主义感知和二元编码的城市时间—空间认识论来消除与人类与自然、与自己身份之间的疏离异化。更具体地说，在《死寂之声》一书中，他试图消除诸如城市与未开化的、野生或自然的印第安人保留地之间的二元差别。

印第安人是生活在城市还是野外的某个保留地，对维齐诺来说有着特殊的意义。他本身是在明尼阿波利斯的城市中长大，因而非常清楚那些生活在城市里的印第安部族，以及他们所面临的问题，对整个社会来说都是不可见的，他的个人成长和他作为美国印第安人就业和指导中心负责人的经历，以及作为《明尼阿波利斯论坛报》记者所遇到的部落，让他对印第安人在城市环境中身体、情感和文化层面的生存问题有了非常深入的认识。[1] 因而，像《死寂之声》这样一部书写挣扎与新生的作品，背景会选择在城市也就不足为奇。他通过采用多声音的口头叙事，打破了之前传统叙事单一话语的垄断，模糊了口头

---

[1] Ted L. Clomtz, *Wilderness City: The Post World War II American Urban Novel from Algen to Wideman*, Routledge: New York & London, 2005, p. 98.

文本和书面文本之间的界限，动摇了城市的传统表征，也在城市和自然这两种不同空间之间架起了桥梁，叠加出了一个全新的隐喻性第三空间。①

维齐诺认为，是白人社会创造了印第安人和部落，为了避免被创造，印第安部落必须通过包含部落身份的故事来持续重新想象他们自己。正如欧文斯所说，"在口头传统中，一个民族是在想象的秩序里定义自己和自己的位置，这个过程必然是动态的，需要不断变化的故事去补充"②。

因此，在《死寂之声》中，文本意义的构建是通过将主要叙述者作为听众，巴金斯·拜尔作为讲述者来实现的。叙述者说，"我可以看到她描述的场景，但我忘记了其中的含义"；事实上，巴金斯的故事"从未结束"。她只是停顿或停止，这些故事从未完结，但却不断被重新构思。这一对话过程否定了作者的全部权威，读者也必须想象自己试图看到真实的故事，从而在与小说家的对话过程中，从这些故事中构建一个临时的意义。

弗雷德里克·布切（Frederic Busch）出版于1986年的小说《有时我住在乡下》（*Sometimes I Live in the Country*）写作风格言简意赅，句子短小精悍，与海明威极其相似。小说的主人公是一个十三岁的青春期男孩，站在成熟的边缘。常常会让人想起马克·吐温笔下的哈克利贝瑞·芬或是海明威笔下的尼克·亚当斯。但这种互文性恰恰传递了一种讽刺感，即布切故意解构了传统经典作家笔下的男性主导、女性缺失的世界。

布切笔下的荒野不再是库柏书中壮阔的森林或是吐温笔下的奔涌大河，而是纽约北部的乡野郊区。对在拥挤狭窄的布鲁克林生活长大

---

① Ted L. Clomtz, *Wilderness City: The Post World War Ⅱ American Urban Novel from Algen to Wideman*, Routledge: New York & London, 2005, p. 99.
② Louis Owens, *Other Destinies: Understanding the American Indian Novel*, Norman, O. K.: University of Oklahoma Press, 1992, p. 238.

第七章　美国后现代化时期的"符号荒野"与精神拓荒

的皮蒂来说，这已经算得上非常空旷。但此时的荒野隐喻内涵已经发生了变化，不再是理想的伊甸园生活，也不再是成人前的必经阶段，对于皮蒂来说，之前文学所赋予荒野的各种可能性都已经荡然无存，剩下的只是赤裸裸的基本生存问题。讽刺性的黑色幽默贯穿小说始终，尤其是开篇对自杀的描述，虽然轻描淡写，却令人触目惊心："天空坐在他们的山顶上。他在草地、黑暗的空气和星星之间。爸爸的枪也是黑色的，比地面还要冷。它灌满了他的嘴。枪管只是一个小桶，却把他的嘴撑得满满当当。他决定闭上眼，但随即又睁开。他不想错过任何一个细节。"[①] 皮蒂身处荒野，在星星和草地之间，但从这段描述不难看出，此时的荒野带给他的更多是充满疏离感的困境，而不是伊甸园的无限可能。城市一直是库柏、麦尔维尔、霍桑、吐温等荒野主题作家们试图逃离的地方，但此刻男孩所处的位置，虽远离了城市，但却带来了身体层面的错位感，也在象征他远离了生活，产生了心理错位。

　　荒野异质空间的第二个特征在于，传统男性纽带断裂，女性不但走入荒野，而且占据主导。传统西部小说中的荒野是男性操控一切，男性的纽带关系是主要聚焦点之一。他们结伴走入荒野，试图逃避女性所代表的文明，比如库柏笔下的皮袜子和他的印第安伙伴、马克·吐温（Mark Twain）笔下的哈克和吉姆、《白鲸》中的亚哈船长和伊什梅尔等。在这些经典作品中，男人们都在追寻一种自由空间。而女性始终代表家庭、社会、道德和生命的有限性，而男人们想要的是自由、荒野和永恒不朽，因而在多数描写荒野的作品中，女性总是缺失或是沉默的。D. H. 劳伦斯在其著名作品《美国经典作品研究》（Studies in Classic American Literature）的开篇一章，清晰阐述了美国小说中男性荒野概念的由来。他指出，最"不自由"的灵魂都会一路西去，"力求远离文明村镇的斧声和炊烟"，在他们逃向西去的过程中，会享

[①] Donald J. Greiner, *Women Enter the Wilderness. Male Bonding and the American Novel of the 1980s*, University of south Carolina Press, 1991, p. 13.

受到自由。他的基本观点是,自由是相对的,取决于对家的认知。尽管他没有明确表述,但我们可以从中推测,家庭意味着社区,而社区就意味着厨房、卧室、婴儿房,也就意味着女性。① 刘易斯(R. W. B. Lewis)曾将这种男性荒野称为"空间",而城市和房屋意味着家庭生活和女性,也就意味着"时间"。在美国小说中,时间一直是男性伙伴的敌人,因为空间意味着无限性和自由,而时间总是与有限性相关。② 莱斯利·费德勒(Leslie Fieldler)也认同以上两者的观点,他强调美国文学中的"野蛮人和有色人塑造"对稳定的生活都是一种威胁",对他来说,森林不再象征无限可能或是无际空间、男性荒野,美国文学中的森林意象更多的是人们无意识的投影和反应。他们的结论虽然不尽相同,但共同沿承固定下来美国小说中存在的这样一种范式,即男性人物抛弃家庭生活,结成伙伴,追求一种难以捉摸也难以实现的自由,而这种自由的典型特征就是逃避女性。因此我们在《弗吉尼亚人》和《紫杉丛中的骑士》中看到的多是欧文·威斯特和泽恩·格雷笔下的牛仔或是警官,或是荒漠中决斗的对手。

然而,随着现代化进程和城市化进程的不断加快,社会分工的高速度专业化,原有支撑传统世界稳定性的家庭、血缘、社区关系等因素变得不再稳定,充满了变化。他们仍旧遵从这一范式的前一部分——男性结伴,逃往荒野,但却不再拒绝女性,换句话说,从这一时期开始,女性开始逐渐走入荒野。纵观1980年美国文学,在城市、种族、女性、家庭、环境各种研究重心的转移变换中,无疑已经注入了新的变化和多样性。阅读这一时期美国白人男作家写就的作品,可以发现,荒野已经告别了"狂野不羁的边疆丛林和方兴未艾的地区小镇",越来越趋向复杂化。

---

① Donald J. Greiner, *Women Enter the Wilderness. Male Bonding and the American Novel of the 1980s*, University of south Carolina Press, 1991, p. 10.

② Donald J. Greiner, *Women Enter the Wilderness. Male Bonding and the American Novel of the 1980s*, University of south Carolina Press, 1991, p. 13.

第七章　美国后现代化时期的"符号荒野"与精神拓荒

唐纳德·J. 格雷纳（Donald J. Greiner）在他的著作《走进荒野的女性——男性亲密关系和20世纪80年代的美国小说》中指出，这一时期的白人男性作家接受传统范式的前两点——他们笔下的人物确实联结在一起，确实头也不回走进荒野，但是对第三点却持否定态度，他们不认为女性被置之不理了。他用来佐证观点的作品展示了不同的两性关系模式，比如前面提到的弗雷德里克·布切的《有时我住在乡下》（1986），拉里·沃伊沃德的《天生兄弟》，（1988）约翰·欧文（John Irving）的《一路上有你》（*A Prayer for Owen Mean*，1989），本·格里尔（Ben Greer）的《天堂的失去》（*The Loss of Heaven*，1988），理查德·拉索（Richard Russo）的《冒险池塘》（*The Risk Pool*，1988），帕吉特·鲍威尔（Padgett Powell）的《埃迪斯托》（*Edisto*，1984），罗伯特·B. 帕克（Robert B. Parker）的《卡兹奇的鹰》（*A Catskill Eagle*，1985）和 E. L. 多克托罗（E. L. Doctorow）的《胜者为王》（*Billy Bathgate*，1989）。他认为，以上作家都试图描绘一种平衡，作为食物收集和提供者的女性成了主导，与兄弟情深的男性挑衅者和谐共处。

第三，这一时期荒野意象的异质性特征还体现在对荒野神话的重构。20世纪30年代，美国研究作为一门学科开始形成的时候，众多学者就已经把这一"神许之地"的荒野神话作为了美国国家家谱叙事的主流声音。[①] 荒野象征的西部图景背后有记忆的抹去，也有时间的沉淀。因此面对如此富饶和宽广的图景进行重新勘测，需要倍加小心，但回报自然也更为丰厚。斯洛特金在其著作中把"意识形态、神话和文学体裁"三者之间的关系概括如下：

> 神话是从社会历史中提炼出来的故事，这些故事已经从其持续应用中获取了强大力量，象征社会意识形态，凸显道德意识，

[①] Heike Paul, *The Myth That Made America: An Introduction to American Studies*, Transcript Verlag, 2014, p. 140.

以及意识中可能包含的所有复杂性和矛盾性。随着时间推移，原始的神话故事作为一种可释隐喻得以频繁重述和发展，在这个过程中，不断被习俗化、抽象化，越发精炼，直到变成一系列有深刻内涵，能引起共鸣的象征符号、"图标"、"关键词"或是历史套语。这种形式既赋予了神话语言意义，也使其成为个人和社会"记忆"中的一部分。事实上，每一个神话象征都是一种诗学的构建，表达上极尽简练，内涵却又时刻能通过某个意象或是词语，唤起人们复杂的历史回忆。①

美国西部小说有着丰富的审美体验和神话内涵，根植于广阔的西部荒野。对于欧文·韦斯特和赞恩·格雷这样的经典西部作家来说，西部代表的是拓荒之地和开拓的社会，无论地形实貌或是文化内涵，都和美国东部相去甚远。

遗憾的是，这些差异和不同正在逐渐消失。因此，这些作家的笔墨聚焦刻画的是东部与西部的二元对立：移民、都市化和工业化等与日俱增的压力正在侵袭一成不变的东部，人们有了逃脱之心，追求"无拘无束的荒野"。换句话说，那个时期西部小说中的英雄们大多是初来乍到的拓荒者。最具代表性的作家莫过于欧文·韦斯特，他的作品描写的正是早期探险者和观光者们的经历，树立了边疆小说叙事原型。因此，这一时期的西部荒野意象主要体现在"文明化"进程和边疆的逐渐逝去。

20世纪30年代末，当地区主义浪潮从美国南部席卷到西部时，作家们不再关注那些初来乍到的拓荒者，而是采取一种"在西部"的视角去观察描写身在的地区。人们发现此时的西部小说也不再只是记述牛仔和印第安人的边疆，而是开始展示记录一种新文化身份的建立

---

① Richard Slotkin, *Gunfighter Nation*: *The Myth of the Frontier in Twentieth-Century America*, New York: Harper, 1993, pp. 5–6.

第七章 美国后现代化时期的"符号荒野"与精神拓荒

过程。他们感兴趣的是人和环境之间如何相互影响，从而催生了定义这一地区文化独特性。地区主义者们并没有把传统的边疆叙事埋进故纸堆，而是变成了现在的一种"代加工物质"[①]。

第二次世界大战后，美国西部文学的血管中无疑已经注入了更多新的变化和多样性。得尔伯特·瓦尔德（Delbert Wylder）在《近期西部小说》一文中曾如此评论这个现象：

>……多样性令人叹为观止……，西部小说展现了惊人的活力和多面性。这个曾被一致认为跳不出"西部片框架"的流派如今却在从不同视角美国的过去和现在。它仍对文明进步持有质疑，但不再只是保守抵制，更多时候是智慧应对。西部小说看起来已经摆脱了之前的限制，步入了属于自己的时代。[②]

事实上，美国西部小说"看上去"是步入了黄金时期，但讽刺的是，西部文学评论日益多样化的同时也在逐渐丧失其地区特色，或者引用科瓦勒斯基（Kowalewski）的说法，在丧失"地方感"[③]。经典的西部神话叙事已经延展到了一个完全奇怪的维度。甚至理查德·艾图雷恩（Richard Etulain）自己在对后地区主义小说进行归类时，也承认没有几个评论家会把少数族裔作家的作品当作西部文学来引证。[④] 他们进入经典时身上的标签不是"女性主义""族裔"就是"生态"，但从不是"地区文学"。即便某个西部作品引起了学术界重视，也往往被冠以非地区性标志，例如墨西哥裔研究、美国印第安人研究或者更

---

① Richard W. Etulain, *Re-imagining the Modern American West: A Century of Fiction, History and Art*. Tucson: University of Arizona Press, 1996, p. 83.

② Delbert Wylder, "Recent Western Fiction", *Journal of the West*, 19, 1980, p. 70.

③ Michael Kowalewski, *Reading the West: New Essays on the Literature of the American West*, Cambridge: Cambridge UP, 1996, p. 7.

④ Richard W. Etulain, "Research Opportunities in Twentieth-Century Western Cultural History", Gerald D. Nash and Richard W. Etulain ed., *Researching Western History: Topics in the Twentieth Century*, University of New Mexican Press, 1997, p. 151.

广义的环境研究。与妇女、种族和劳动群体相关的所谓新西部历史和研究突破了传统西部神话叙事的限制,扩展了人们对于西部身份的认知,但西部小说在逐步扩大自身外延,在更宽泛的社会文化研究中为继续合法生存寻求庇护的同时,自身的"地方感"却渐渐模糊褪色,陷入国际化和地方化的冲突。

几个世纪以来,美国荒野神话一直是美国国家神话叙事中最为盛行的一种。这一神话的提出不仅美化了美国历史的讲述过程,还使"神许之地"这一比喻成了文化异议的最佳载体。20世纪60—70年代,美国兴起的各种社会运动对这一建国神话叙事框架下的白人男性偏见和例外主义目的的推动力都提出了挑战。从18世纪晚期开始,清教徒和朝觐者们就被颂扬为新英格兰的奠基人,革命巨变时期更是增添了神秘色彩,在19世纪美国国家话语体系中仍旧是崇拜的对象,但在现代主义者,尤其是1980年以来的文本中,他们受到了前所未有的检视。

以拉里·麦克默特里(Larry McMurtry)为代表的后地区主义作家(post-regionalist),既不像托马斯·伯杰(Thomas Berger)和 E. L. 多克托罗等反西部作家一样戏仿模式、一味颠覆,也从不如通俗作家般取悦和娱乐读者。他们通常在情节设置和背景选择上违背之前模式,不肯明确维护与法律、秩序和道德有关的传统观点,[①] 通过对西部荒野神话的重构,重新严肃而深入地诠释了西部"地方感",在西部地区主义和后地区主义之间架起了桥梁。而这种精神也正是美国西部小说的血脉和精髓所在。

总之,在现代化进程中,荒野在科技文明的影响下被人类"祛魅",又在人类自食其果,意识到严重性后实现其"复魅"。到20世纪,荒野有了崭新的含义。荒野不再是人类迫切战胜的敌人而被无限

---

① Theo D'haen, "The Western", Hans Bertens & Douwe Forkkema, ed., *International Postmodernism: Theory and Literary Practice*, Doctorow, E. L. Billy Bathgate, New York: Random House, 1989, p. 190.

消耗。它仍旧野性不羁，但是与现代文明交汇凸显了其异质性，使其盖上了现代文明的烙印。生活在混凝土和钢筋之中，现代人眼中的荒野是逃脱于城市文明的休闲娱乐场所，人们迫切的需要一种回归，一种精神上的解放与回归。在物欲横流的快节奏生活中，人们往往憧憬一种野性的、原始的生活，作为现代生活必不可少的一部分。在荒野里，人的精神无限解脱，人的心灵无限释放。美国人曾经视荒野为"美国精神的象征和灵魂诗意的栖息地"，人们通过走进荒野来寻找与上帝的交流和心灵的慰藉。曾有一位科罗拉多牧师把荒野颂扬为我们可以躲避烟雾和人类彼此间冷漠之地，是我们可以坐下来欣赏上帝造化神奇之地，是我们可以精神和身体需求之地，它会让我们带着拓宽的视野、增长的勇气和力量，重回生命之战。而当自然的荒野逐渐缩减，他们不得不开始重新寻找开拓不同空间里的荒野。

第二节 西部荒野神话的重构与复写

人们回顾过去有多种原因，但共同之处是为了获得自我意识和身份意识。为了增强自我意识，就需要将过去解放出来，使之成为可接近的事物。[①] 罗伯特·泰利（Robert Tally, 1969—?）在其新编著作《劳特利奇文学与空间手册》中指出，文学地理学提供了"走出文本"的新视角，认为"文本不是固定不变的封闭体，而是不断演变永未完成的，它的发生涉及与之相关的空间和社会因素"。[②] 荒野文学就是一个良好例证。从踏上新大陆到走入 21 世纪，美国作家对荒野的描述、记录、想象和追寻始终没有停止，他们不断回到过去，通过不断地复写，去获得对自己身份新的认识，同时使得荒野这一意象越发丰富、

---

① ［美］段义孚：《空间与地方：经验的视角》，王志标译，中国人民大学出版社 2019 年版，第 154 页。
② 沈洁玉：《空间·地方·绘图：〈劳特利奇文学与空间手册〉评介》，《外国文学动态研究》2019 年第 2 期。

引人注目。在这张复写地图里,美国西部小说无疑是记述荒野最为典型的一个标志。

约翰·考维尔蒂(John G. Cawelti)曾经指出,能够最为清楚地定义美国西部小说的因素,就是这片充满象征的荒野,以及这片土地带给人物性格和行为的影响。如果说西部荒野是美国人身份确立的地方,那么西部小说这种文学类属记述的就是这个民族信仰和思想。事实上,思想既建构了我们在社会中的处事方式,同时也为其所建构。在后现代语境下,思想与审美显然不可分割。本部分将分析美国向后现代化过渡时期,西部文学重构荒野符号图景的过程,社会意识形态又如何通过真实的西部找到支撑,得以永久化。换句话说,这一部分的关注点在于探究当代作家,尤其是西部作家对荒野叙事和美国社会结构之间关系的解读。

正如著名西部学者和文化历史学家理查德·斯罗特金(Richard Slotkin)所讲,西部荒野故事"从历史而来,……通过几代人的传诵,已经习得了一种符号象征作用,而这种作用正是产出符号的社会文化力量的核心"。现在,这些符号象征仍是"一种根深蒂固的隐喻,涵盖我们从历史中得到的所有教训,以及构成我们世界观的所有根本因素"。也正是这些"教训"和"因素","为社会提供了评判自身的参考框架,以及作出评判所需的话语体系,在这个过程中形成了一种简洁易懂、社会运行所依赖的'游戏规则'"。西部神话产生于西进运动,19世纪初期经由通俗小说传播,对很多美国人来说,是解读民族"游戏规则"的最佳途径。曾有学者指出:"西部小说就是美国在重新书写和解读自己的过去。"在美国人的生活中,再没有其他隐喻像西部荒野神话一样,魅力如此持久,影响如此深远,研究潜力如此巨大。

但以拉里·麦克默特里为代表的后西部作家在作品中展现的,却是对这种民族"游戏规则"的不同解读。20世纪60年代以来,后地区主义者发现,美国历史的特征与其说是共识、一致和民主的资本主

第七章 美国后现代化时期的"符号荒野"与精神拓荒

义,不如说是多样化、复杂性、分裂和碎片化。麦克默特里的作品再次证实了以上对美国文化的后现代批评的正确性。根据这一观点,美国社会,连同西部的民族社会模式,已经到了难以达成统一的新的岔路口。麦克默特里赞同后现代主义者的认识,认为美国的文化缺少中心。他的代表作《孤独鸽》系列作品中展现出的历史,并非类似"家谱"一样,把美国的发展史记录为相互关联的系统。是我们创造了历史,还是历史创造了我们?这个曾经让诸多反英雄人物难以摆脱的困境,在麦克默特里的作品中消失得无影无踪。

金姆·纽曼(Kim Newman)提到西部电影在思想意识层面的强大作用时,指出:

> 在文明到来,法律秩序或是社会价值观确立的前提下去看西部电影,本质还是与征服相关。骑士征服印第安人,警官征服逃犯,个体征服环境。但每种征服背后,都有美国霸权下版图的延伸,或是地理层面,或是哲学层面。

通常,人们会把美国征服荒野、持续西进扩张的宏大叙事看作这个国家神话的开端,而传统西部小说也常被作为佐证。但麦克默特里的《孤独鸽》系列却旨在记述美国民族叙事自身的重写。随着故事的展开,读者会看到,之前用来形容全体美国人的所谓"我们",那曾经在殖民时期聚为一体的荒野群体性经验已经支离破碎。小说中破碎的家庭、集体、个人信仰和英雄主义,都清楚地表明"维持任何一种家庭、种族和民族关系都毫无意义,也不可能实现"。之前人们普遍认为,美国这个民族的历史前后承袭连贯,但在这里,不得不重新考虑这个根深蒂固的概念。麦克默特里并不是要说服读者相信他解读世界视角的独特性和正确性,而是通过刻意打破美国民族叙事的谱系,让他们去质疑自己的理解。

理查德·斯洛特金曾在《枪手民族》(*Gunfighter Nation*)中暗示,

经传统西部小说神化了的美国独特意识形态,已经深深腐蚀于越战灾难性经历后的幻灭感和对美国未来与日俱增的不确定性。20世纪80年代,美国西部电影的显著凋零意味着"西部已经被归入到了'文类地图'的边缘"。[①]斯洛特金还注意到,目前学者和批评家很有必要从后现代角度出发,去重新评估美国历史上的边疆神话。他谈道:"现在人们反感的不再是西部小说这种文体,而是动辄认为边疆是民族神话基础的念头。"旧日神话或思想已不能再继续帮助人们看透现代世界,他们需要一种全新的神话模式,能够表达"一种事实……历史从一开始就是在不同文化的相遇、对话和相互适应过程中得以塑造的"。[②]卡尔维蒂也对此有过强调,表达更为简单直接,他认为美国白人征服野蛮荒野的古老神话正在让位于一种带有神秘色彩的新多元文化主义。

对麦克默特里来说,思想意识层面的分析也暗示着对写作过程自身的剖析。像他这样难得的散文式叙述往往会让当今的读者感到困惑,因为传统的文学类属界限,在他的作品中变得模糊难辨。说到这里,应该提一提"类属"这个概念,也就是对不同写作类型的定义。18世纪晚期时,"文学"指的是所有有文化价值的写作,包含现在的"非小说",例如历史、游记、哲学和科学。然而,到了20世纪晚期,"文学"变成了科幻小说、西部小说、犯罪小说、浪漫传奇小说等所有通俗畅销作品之外的文本。这种变化的结果是,文学文化和民族文化之间的距离变得不可逾越。由于这一历史原因所限,那些基于国家、民族不同关系而创作出的作品价值,很难得到充分解读。麦克默特里通过对古老西部荒野的符号象征图景进行重构,把这两种分道扬镳的叙事模式又混合到了一起,使读者既能看到真实的荒野,又能看到真实的美国。

---

① Richard Slotkin, *Gunfighter Nation: The Myth of the Frontier in Twentieth-Century America*, New York: Harper, 1993, p.633.

② Richard Slotkin, *Gunfighter Nation: The Myth of the Frontier in Twentieth-Century America*, New York: Harper, 1993, p.632.

第七章 美国后现代化时期的"符号荒野"与精神拓荒

一 《孤独鸽》四部曲简介

《孤独鸽》系列采取《皮袜子故事集》的叙事方式，由四部小说构成。如果按两个主要人物伍得罗·卡尔和奥古斯都·麦克雷（书中称"卡尔"和"格斯"）的年龄顺序，那《幽灵的漫步》（*Dead Man's Walk*，1995）应该是四部曲的开头，但若论出版时间，它实际是倒数第二部，略早于最后一部《科曼奇月亮》（也译为《科曼切月亮》，*Comanche Moon*）。《幽灵的漫步》的故事起源于1842年，讲的是卡尔和格斯在德州做游骑兵时的三次冒险经历，那时的他们年轻脆弱，毫无经验可言。

第一次探险是在兰德尔上校带领下的远征，试图找到通往厄尔巴索的驿站路线，但最终在格兰德河上被科曼奇杀手"驼背公牛"精心安排的大屠杀终结，除了格斯和卡尔无人生还。第二次探险是前往圣达菲，由迦勒柯布队长带领。这位队长曾做过海盗，还毕业于哈佛，但在荒野中这些完全派不上用场。饱受身体折磨的游骑兵，被墨西哥军队俘虏。前往墨西哥城的路上，铁链缠身，守卫监视下的他们被迫通过了一段连阿帕奇人都回避的无水荒漠，一段死亡之旅，也就是"幽灵的漫步"，通过抛豆子来决定生死。格斯和卡尔幸运的挑到了白色的豆子，才能够活着继续第三段探险。《幽灵的漫步》出版时，评论家的回应大多是肯定的。有人把西部小说比喻为"古老山峰"，而把此书看作"群山中一片令人赏心悦目的丘陵"；麦克默特里一直让他的读者们感到出乎意料、困惑不解，因为在他创作生涯中，冰水般透明朴实的写作风格和可与福克纳媲美的深邃，使他成就了古老西部传奇，也让当代家庭剧、悲剧、喜剧还有讽刺文学发生了转向。人们很难像喜欢《孤独鸽》一样喜欢《幽灵的漫步》，它甚至可能比《拉兰多大街》还难懂。在这本书中，麦克对神话的重构较之以前更为深入，描绘了一个更为残酷的世界，但也清晰地对西部风景、人物和故事进行了重新挖掘和评估。

　　此书之后，再见两位主角是在《科曼奇月亮》——四部曲中最后一部小说。他们驰骋在德州南边帕罗杜洛峡谷附近的平原上，由伊尼斯·卡夫队长带队，这位队长同样毕业于哈佛，坐骑名叫赫克托，是同行中最大的一匹马。小说采用了通俗西部小说的一种常见叙事——捕凶模式，故事里游骑兵们在追踪当地有名的偷马贼"踢破狼"，因为他成功地从机警的卡夫队长手里偷走了赫克托。小说大半篇幅都在描写卡夫如何独自徒步抓捕"踢破狼"，却最终被一个玛雅奴隶主阿穆多——也是赫克托的买主——割去了眼皮，关在笼子里饱受折磨。论故事顺序，《科曼奇月亮》发生在《幽灵的漫步》结束十年后，这个时候的格斯和卡尔已经人近中年，变得更加成熟。小说主要讲述了两人率领游骑兵解救卡夫队长的冒险经历。当他们返回奥斯丁时，内战已打响。对战争一贯冷漠的格斯和卡尔同意留下来继续维持治安，因为科曼奇人一直觊觎边疆，想趁着军队的注意力都在内战上时，杀回来重夺此地。小说结尾处，他们正在追捕杀死自己父亲的"驼背公牛"之子"蓝鸭子"，但最终徒劳无果。两人开始有了退休的念头。

　　小说的另一条线索是爱情，麦克默特里描写了卡尔和玛姬·蒂尔顿（《孤独鸽》中纽特的母亲）两人关系的演进和默然结束。这一段表面虽看起来凌乱琐碎，却饱含深意，对于不同人物，意义也不尽相同。在这本书中，反面角色换成了阿穆多，这个从尤卡坦州来到墨西哥北部的玛雅人控制着一群奴隶，经常把他们钉在树上，活剥皮，割眼睑，然后再遗弃在蛇堆里，或者关进悬挂在悬崖上的笼子。《科曼奇月亮》继续了《幽灵的漫步》中神秘难解、让人极尽痛苦的折磨方式。前书中的科曼奇偷马贼和施虐者"踢破狼"，在这部小说中看起来竟没有那么残忍了，同时，还让读者了解到了他偷马时的精妙技术和自我约束。之前西部草原上的祸害"驼背公牛"在此书中已是暮年老矣。

　　事实上，《幽灵的漫步》和《科曼奇月亮》可以看作是格斯和卡

第七章　美国后现代化时期的"符号荒野"与精神拓荒

尔的成长启蒙仪式。在四部曲中，他们是最令人瞩目、最有豪心壮志的英雄，开始把这场旅途当成一场伟大的冒险，但很快就发现，新鲜感只是多可笑的一瞬。第一次接触西部就极其痛苦可怕。沙漠的严酷考验让人最为刻骨铭心。饥寒交迫，极度干渴，有时只能靠喝马的尿液来缓解，此外还要提防印第安人的偷袭，所有这些西部典型图景的陆续出现，将年轻牛仔们的身心折磨逐渐推向了极致。

此外，小说的部分情节也在致力于塑造人物和刻画友谊。《幽灵的漫步》中，麦克默特里笔下的格斯单纯天真，竟然相信圣达菲有成堆的金银等人去搬；从"驼背野牛"手底下侥幸脱险后数周都摆脱不了恐惧和自我怀疑；被克拉拉·福赛斯迷得神魂颠倒；卡尔看上去没有那么愚蠢，但却经常攻击挑衅他们的队长。在《科曼奇月亮》中，格斯和卡尔之间的不同更是显而易见，无论是他们的朋友还是对手，看法都很一致。小说中印第安恶魔"名鞋"曾这么评论过二人：

  他认识格斯很长时间了，非常清楚这位队长与其他大多数人的所作所为都不相同，总会让他想起那几个乔克托族朋友。卡尔是典型的白人，生活循规蹈矩。但是格斯对任何规矩都从不耐烦；他按照自己内心的想法生活，听从内心的声音。①

格斯和卡尔的德州游骑兵生涯开始于 19 世纪，四部小说不但展现了两位密友之间牢不可破的兄弟关系根基，也暗示了西部荒野的隐喻意义之一，即行走在路上，不断的成长与追寻。长途赶运，征途漫漫。无论是去远征探险，还是在前往蒙大拿的路上，其中的艰辛与煎熬都令人动容。

在《〈孤独鸽〉中麦克默特里的牛仔神上帝》一文中，欧内斯廷·休厄尔·林克（Ernestine Sewell Linck）分析了小说人物的弗洛伊德式合

---

① Larry McMurtry, *Comanche Moon*, London: Orion, 1997, p. 553.

成体,"超我是卡尔,自我是格斯,本我是杰克"。她断言:"当本我杰克死去后,一切都不再正确。而当格斯这个自我也消逝的时候,残存的卡尔就成了一个困惑的老人。"小说中有一段对话可以帮助读者了解他们为何一直在路上追寻。

"你过去最快乐是什么时候,卡尔?"格斯问道。
"关于什么的?"卡尔问。
"就是你一个人的时候,在这片土地上自由自在。"①

事实上,在《孤独鸽》中,对于早期的德州骑兵生活,两人都表现出了一种怀旧感,他们离开孤独鸽镇,也是想再度尝试冒险。格斯答应卡尔加入前往蒙大拿之旅的理由更为现实。他并非真打算依靠牛群赶运为生,只是"想在银行家和律师得到它(这片土地)之前看上一眼",从这里我们很容易推断出,格斯更清楚他们选择要完成的事有多荒谬和徒劳。他知道,无论他们走到哪里,银行、律师以及现代工业文明的其他象征也会追到那里。"最先到达的人们会雇你去把所有的马贼处以绞刑,把印第安人留下的武器拿回来,然后你会照做,接着这个地方就会变得文明。最终你还是不知道你自己应该干什么,就像过去这十年来的感觉一样。"

麦克默特里之所以与反西部作家不同,是因为他延续了经典西部小说的精髓,那就是对边疆精神的推崇,他笔下的人们虽然生活艰苦,但从不为此牺牲人性。当然他也没有囿困于小说所吸收的模式化元素,相反,他通过添加传统西部小说中几乎听不到的叙事维度,将西部传奇融于生活后再度汇入小说,使得整个讲述更为多元丰盈。两部书的叙事发展都伴随着诸如墨西哥人、切克曼人还有妇女等少数或弱势群体话语出现。在其普利策奖获奖作品《孤独鸽》还有之后的《拉兰多

---

① Larry McMurtry, *Lonesome Dove*, New York: Simon & Schuster, 1985, p.40.

大街》中，女性的声音尤为强烈。事实表明，"他对她的需要比他想象的更多"。①

其实，《孤独鸽》是四部曲中最先出版的一部，主人公格斯和卡尔已经从骑兵队退伍长途运牛去遥远的西蒙大拿。这场远行也成了最后一场悲剧，21人因此丢掉了性命，其中包括另一位主角格斯，他在一场印第安人的血腥突袭中死于剑伤。此前，格斯与他珍爱一生的女人克拉拉之间的关系走到了尽头，卡尔面对自己和玛姬的儿子纽特却不敢承认，这些都让此次经历变得越发徒然无益。小说结尾处，卡尔完成了挚友遗愿，带着他的尸体回到格兰德河，埋在了他最喜欢的地方，此时，老伙伴们阴阳两隔，破旧的孤独鸽镇也在火灾中成了残垣断壁，可谓荒凉绝望至极。

至于四部曲最后一部《拉兰多大街》(1993)，故事则是从帽子溪装备店的蒙大拿牛牧帝国崩塌13年后起笔，描写格斯死后卡尔孤身一人面对西部迅速崛起的文明生活。他的旧日部下纷纷在五金店或是脏污的农场中谋到了出路，圆眼娶了罗雷娜，这朵孤独鸽镇的前交际花现在已经成了一名学校教师。唯独卡尔还继续过着战士的生活。也正因如此，他后来受雇去追踪专劫火车的墨西哥强盗乔伊。乔伊头脑聪明，总是带着一把装有望远镜瞄准器的德国步枪，百发百中，抓到俘虏极尽折磨。这项捕凶之旅从一开始就注定艰难，圆眼拒绝重操旧业，只有像会计耐德·布鲁克赛尔和年轻的代理商泰德·普朗克特这样没经验的新手愿意帮忙。虽然圆眼最终还是加入了搜捕，但途中杀手莫克斯的介入，使这一行动愈加危险。《拉兰多大街》沿袭之前系列的风格，充斥着死亡、强奸和破坏，无时无刻不在契合其主题：正如哲学家托马斯·霍布斯（Thomas Hobbes）所指出，人生的本质就是孤独、贫穷、肮脏、野蛮和短暂的。②小说结尾处罗雷娜为了救卡尔，不得不截断了

---

① Larry McMurtry, *Lonesome Dove*, New York: Simon & Schuster, 1985, p. 172.
② Glen Kubish and Alberta Report, "Lonesome Dove Gets a Worthy Sequel", *Newsmagazine*, AN9310087623, Vol. 20 Issue 40, 9/20/93, p. 42.

他一条腿,但她并没有留在他身边,而是选择去和丈夫团聚。

整个20世纪60年代,麦克默特里的文学声望一直有增无减,他成功超越了乡土的地域和文化限制,不仅是"整个西部的主要诠释者",也是美国最好的经典小说家之一。读者在阅读这一系列时,既能感受到巴洛克式的浪漫,也能体会库柏《皮袜子故事》中的叙事策略,人物反复出现时会因为过去的记忆而更为丰满。

事实上,沿着神话化和去神话化这种传统范式将西部小说割裂分界的逻辑本身就存在问题。"模式化或通俗西部小说"因其人物和情节一成不变,就是粗糙和品位低俗,目的是为娱乐或挣钱;而"严肃或高端西部小说"意味着优雅和价值,表达的是艺术和生命。[1] 这种定性的草率区分毫无疑问会引起对此文学类属的重大伤害。因此,在不同版本的西部小说批评研究著作中,学生们会在同一类属下看到截然不同的作家,比如美国西部小说评论界最具影响力的人物之一约翰·R.弥尔顿就认为以上麦克默特里的作品不属于传统西部小说,理由是书中没有典型的模式化特点,简·汤普金斯(Jane Tompkins)、李·克拉克·米切尔也是一样。但对于另一位评论家C. L. 桑尼克森(C. L. Sonnichsen)来说,麦克默特里和沃特思(Frank Waters)、格思利(A. B. Guthrie)、曼弗莱德(Frederic Manfred)一起都被看作"严肃西部小说"的代表,而赞恩·格雷、厄内斯特·赫克托(Ernest Hectors)、麦克斯·布兰德(Max Brand)、威尔·亨利(Will Henry)和路易斯·拉穆(Louis L'Amour)[2] 则是"通俗西部小说"的代言人。

二 荒野与美国民族叙事谱系

分析西部荒野在美国民族叙事谱系作用之前,很有必要先澄清两

---

[1] J. Golden Tayler, et al. ed., *A Literary History of the American West*, Fort Worth: Texas Christian UP, 1987, p. 266.

[2] 陈许:《美国西部小说研究》,北京大学出版社2004年版,第5页。

第七章　美国后现代化时期的"符号荒野"与精神拓荒

个概念，一个是"谱系"，一个是"民族叙事"。根据《大不列颠百科全书》的解释，"谱系"原本是指家族起源和历史的研究，来源于两个希腊词语，一个是"种族"或"家庭"，另一个是"理论"或"科学"。因此，后来这个词延伸意为"追溯祖先"，指的是研究家族历史的科学。许多美国作家、批评家、历史学家和其他学者有意或无意地扮演了宗谱学家的角色，在寻找和发现真实西部的过程中追踪美国这个"大家庭"的家族史。然而，往往让他们感兴趣的历史记录都不是完全真实的，只是适用于他们的目的而已。

国家叙事是美国文学的主流叙事形式之一，在文学叙事出现之前就已经存在，并且仍在繁荣发展。如今美国是一个独立国家，站在这个角度去看，国家叙事讲述这个民族的殖民主义开端，展望其作为世界典范的未来。实质上，美国西部，因其空阔的荒野而成的象征图景，孕育了国家叙事的精髓，美利坚民族自身也从这个过程中诞生。由此可以想见，边疆的结束对西部，甚至对整个美国的影响有多巨大。这一点在约翰·斯坦贝克的一个短篇故事中得到了充分证明。对斯洛特金来说，斯坦贝克的小说不但是 20 世纪 30 年代西部地区小说的典型代表，也是 60 年代后地区文学的先行者。在他的短篇小说《人民的首领》（*The Leader of the People*）中，"向西"的主题不断得以强调。当男孩朱迪谈起想要成为像他祖父一样的领袖时，这位老人一边追忆旧日西部，一边回答："没有哪里能去。每个地方都被占了。但那还不是最糟的——不，不是最糟的。西进不再是什么渴求。一切都结束了……结束了。"

边疆消失了，但是边疆精神仍在继续，至少在祖父这一辈和他们的后人心中。祖父讲述古老西部的故事，只是为了知道人们在听到故事时作何感想。故事就在这里，但他想讲的不再是故事本身，而是西进精神。对他来说，过去和现在的西部之间存在一种强烈的联系。老人担心的是，如果没人能懂得这一点，那么边疆的巨大贡献将会褪色，最终消失。后地区主义作家一直试图创造性重新解读西部神话，同时并不触及西部的古老母题,但对他们来说,这种联系已经成为令人困惑的难题。

"神话本质上是在定义我们是谁,更重要的是在定义我们要成为什么。"① 神秘的西部荒野叙事赋予了或者说是复原了,美国故事经典的个人主义、男性气息和盎格鲁—撒克逊式的控制欲。然而,对边疆历史的神秘讲述可能会满足深植于民族心理之中的渴望,但同时,"也创造出了对某种生活方式的向往,而这种生活方式只存在于排他主义者话语的封闭领域。"② 但拉里·麦克默特里在《孤独鸽》系列中的描绘,确是这一国家宗谱的断裂。他通过揭示过去和现在美国例外主义背后的爱国言辞在多大程度上与西部生活、历史发生了脱节,解构了西部神话。

> 全美国的原野之路终结,我们的往昔不是僵死的历史,它铭刻在我们心中。我们的祖辈当时住在荒野,内心向往文明。现在我们身居他们创造的文明之中,但内心的荒野却挥之不去。他们的梦想已经成为我们的现实,我们却梦想他们的荒野时代。

表面上看,《孤独鸽》的这段开篇语不仅为整本小说定下了基调,也提醒读者们麦克默特里要讲的是有关"所有人"的故事,象征着整个民族。正如约翰·M. 瑞雷(John M. Reilly)所说,麦克默特里描写的这些带有传奇色彩的人物和环境,都是形成美国大众流行意识的关键,因此,他也不再只是个地区作家。③ 他认为麦克默特里在小说中讲述的是国家故事。但其中的"我们"也不再是叙事的核心或是唯一的声音了。

---

① Susan Faludi, *An American Myth Rides Into the Sunset*, Published on Sunday, March 30, 2003 by the New York Times.

② Deborah L. Madsen, *American Exceptionalism*, Edinburgh: Edinburgh University Press, 1998, p. 148.

③ John M. Reilly, *Larry McMurtry: A Critical Companion*, Westport, Conn.: Greenwood, 2000, p. 89.

第七章　美国后现代化时期的"符号荒野"与精神拓荒

　　然而，在四部曲中，他对西部神话的重构并非简单放弃了神话元素，呈现真实的西部。事实上，西部神话既是文化的建构，也在建构文化，既是讲述的对象，也是讲述的主体。[①] 法妮·肯布尔·威斯特（Fanny Kemble Wister）对《弗吉尼亚人》的评论或许更能凸显笔者此处所要表达的观点："这部作品本来是小说，但最后却变成了历史。"[②] 新历史主义研究中的一个中心假说和论点是，身份是通过叙事和表演形成和改编的小说，而这种形成和改编是为了回应当时的历史环境，与其互动。因此，麦克默特里正是利用对族群、家庭和个人，尤其是被传统西部小说排除在外的群体身份的探寻，为读者呈现了一段虚构的历史。

　　事实上，他的写作技巧跟随的是"叙事间排斥"这种思路，本是用来解释线状叙事结构和叙事思想功能之间的复杂性，从而在逻辑上将新历史主义与解构主义联系得更为紧密。通过这种方法，读者得以听到那些未被讲述过的，或者原本排除在外的故事。从这个角度来说，麦克默特里是一位新历史主义者。他对历史语境的深入探究抵消了西部神话叙事本来缺乏的客观性。无论是斯蒂芬·格林布拉特（Stephen Greenblatt）还是海登·怀特（Hayden White），新历史主义者们都认为，人类的行为、实践和知识都是构建和发明而成，并非自然或本能而生。在这种意识推动下，阅读文本的实践就变为了参与人类信仰和意识形态建构的过程。对历史主义者来讲，过去是表达型的，与文学中的表达型文本是同样的意思，因而不是客观的。

　　传统概念上的"西部"主要是怀旧意义上的过去，在那个时间和空间，诸如人性、个人主义、雄心、原始力、勇气，以及包括征服本身在内的价值观和美德，还不曾受到任何威胁。在这一美国版本中，西部这个地区持续无限地推动着事物向前发展：殖民化与天定命运的

[①] Richard, *Gunfighter Nation*: *The Myth of the Frontier in Twentieth-Century America*, New York: Harper, 1993, p. 15.

[②] "*The New York Times* Book Review" (10 September 1995), http://galenet.galegroup.com/servlet/BioRC.

力量既是全部西部叙事由来的依据，也把人们由美好真实的过去无情地带到了一切未知的将来，似乎能够无尽扩张，一直向西，朝着更远、更宽广的地方，朝着加州金地，无限迁移。麦克默特里在《孤独鸽》四部曲中传达了一个重要观点：西部作为一个地区，并非简单把一个自然、社会和谐、"合乎道德规范的过去"进行了空间化；相反，它还是个充满暴力，无法饶恕的地方，其价值在于每个人至少都会在这里经历他自己的真正本性。

琳达·哈琴（Linda Hutcheon）描述了西部小说作为"编史元小说"，通过"在精英艺术和流行艺术之间架起桥梁"[①]，体现了后现代主义小说明显的悖论。在这种意义上，麦克默特里是一位后现代主义作家，因为他寻求解构传统的西部小说。在《孤独鸽》四部曲中，麦克默特里运用元小说形式进行否定、推翻，最终解构了传统西部小说的形式和叙述手法，使他的作品充满了歧义性。[②] 通过展示文本中的不确定性和间断性，碎片和歧义等后现代解构主义的典型特点，运用讽刺、杂糅以及语言的狂欢等手段来重构西部小说叙事，《孤独鸽》四部曲不仅成功地揭示了西部神话不为人知的一面，而且证实了前文所提到的可能性：重回西部神话去发现其中的创作活力，这种活力注定不会腐化。为了保持这种活力，美国西部小说必须回归历史，去挖掘新的意义。

三 《孤独鸽》系列中的谱系断层

1. 父亲的死亡：个体的自我悖谬

解构主义批评家 J. 希利斯·米勒（J. Hillis Miller）在评论维多利

[①] Linda Hutcheon, *A Poetics of Postmodernism: History, Theory Fiction*, New York and London: Routledge, 1988, p. 53.

[②] Pat Smith, Nickell, *Postmodern Aspects in Larry McMurtry's Lonesome Dove, Streets of Laredo, Dead Man's Walk, and Comanche Moon*, Texas Tech UP, 1999, p. vii.

第七章　美国后现代化时期的"符号荒野"与精神拓荒

亚小说时曾说，"（其）基本主题是为了探求人类在陷入上帝缺失的世界，或是自我无法用传统的办法与上帝对话时，寻找上帝替代者的各种方法"①，《孤独鸽》的主题也是如此，荒野中上帝的缺失成了造成个体心理断层的一个重要因素。

约翰·弥尔顿曾指出，大多数欧洲人关心的是社会历史，而美国人关注的是更大范围的历史，几乎是整个自然史，人类只是其中的一个部分。对他来说，这是任何美国作家在谈到家园、征途这些主题时，最广泛的切入点。这是从神话的角度去解读主题，每个人都是对父亲、家庭和身份这种古老追寻主题的变现，或者称为改良。在原型理论看来，基督教自身就是，也必将继续是，追寻父亲的结果。② 在《最后的莫西干人》中，库柏通过大卫这个人物宣扬基督教教义，但一旁的纳蒂·班波却不以为然。他厌恶所有书本和条条框框，他只相信眼前荒野中的"卷本"。他是荒野的勇士，这意味着他更愿意把他的虔诚留给自然，而不是天上的那一位。但是在《孤独鸽》系列中，无论是纳蒂鄙视的上帝，还是他的自然之神，都不再是人们的信仰。荒野中的人们不再听从基督指引，对上帝之父的追寻也就戛然而止。

讽刺的是，孤独鸽镇这个名字本身就与基督教有关。在《科曼奇月亮》中，格斯对这个小镇名字的起源很好奇，因为到处都能见到白色翅膀的鸽子。后来有人告诉他，名字是一个神父起的，当时他漫游到这个边界地区，认为这是神的旨意。"他在这片空地停下来，对着一群牛仔布道，就在他说话的时候，一只鸽子落在了他头顶上的一根树枝上"③。因此，是这个孤独的鸽子给了这个神父灵感，才有了"孤独鸽"这个本来跟小镇毫不沾边的名字。然而，这位赫曼神父最后被枪杀了，因为他不幸地把这群印第安杀手当成了善良的牛仔，还想给

---

① 南方：《从〈孤独鸽〉看美国西部小说的后现代转向》，《当代外国文学》2006 年第 2 期。
② John R. Milton, *The Novel of the American West*, Lincoln and London: University of Nebraska Press, 1980, p. 96.
③ Larry McMurtry, *Comanche Moon*, London: Orion, 1997, p. 446.

他们布道。由此可见,荒野之中,宗教信仰是多么的苍白无用。在小说中,还会看到斯卡尔队长有时会在奥斯丁监狱后面的绞刑台上布道,很多白人、印第安人、墨西哥人都会聚集在下面听。神谕面前,人们看上去都很和谐安静,但实质上,"他们当中的大多数都听不懂队长在说什么"。[1] 对上帝之父的追寻在充满死亡气息的荒野中,已经扭曲变形,不知所踪。

宗教始终都与死亡密切相关。最初宗教的诞生也是源于人类对死亡的探究。人类对死亡的态度也可以分为四种:接受死亡,否定死亡,反抗死亡,或者处于否定和反抗之间。[2] 基督徒本质上是反抗死亡的,他们坚定地认为,死后等待他们的是更好的生活。因而他们对天堂射下的温暖之光充满期待,也会从中得到力量去战胜死亡的恐惧。但是,小说中的牛仔们却不得不说服自己,勇敢地接受死亡,因为他们不但亲眼所见,也亲身感受到一个事实:死亡不可避免,在荒野中,死亡是生命彻头彻尾的终结。

如果读者们看看这四部曲每部小说的题目,就会很容易理解自然中生命的模样。《孤独鸽》《拉兰多大街》《幽灵的漫步》这三本作品的题目所指之处都充满死亡、强奸、毁灭,而《科曼奇月亮》暗示着印第安人的突袭,这常常是游骑兵和牛仔们的噩梦,因为印第安人的到来往往昭示着他们生命的终结。因此,从为作品命名开始,麦克默特里就已经决定要书写一个真实的西部。

浏览厚厚的书页,读者可以很容易见到鲜血和残尸,但却很少发现基督教堂中常见的送葬仪式,听不到惯用的悼词,更不用提为死者拥有美好来世的祈祷。在荒野中,上帝是缺失的。虽然小说中也曾打开过几次圣经,但它已不再是精神寄托,或者心理镇静药,而是成为一种茶余饭后消磨时间的谈资。"他(格斯)并不过度信仰宗教,但

---

[1] Larry McMurtry, *Comanche Moon*, London: Orion, 1997, p. 235.
[2] Peter A. French, *Cowboy Metaphysics: Ethics and Death in Westerns*, Lanhan, M. D.: Rowman & Littlefield, 1997, p. 54.

第七章 美国后现代化时期的"符号荒野"与精神拓荒

他确实认为自己是个出色的预言者，也喜欢研究祖辈们在预言时的方式。在他看来，他们都太啰嗦了——他只要烤着饼干的时候东张西望一下就可以。"① 后来当卡尔问他能从圣经中得到什么的时候，格斯尖锐的回答再次证实了这里所说的荒谬，"无聊，但听听宗教争论总比无所事事好"。

除去打发时间、在蜥蜴和秃鹰觊觎中超脱亡灵，圣经最富创造性也最具讽刺性的作用莫过于下面这点。由于奥斯丁这个地方神父实在太多，"他数着至少有七个，在街上散散步，就能撞见其中一到两个人"。格斯后来开始慢慢研究起了圣经。其中一个激进的浸信会牧师有一天冒失地找到格斯，对他嫖妓大加指责。为了回应他，格斯买了一小本圣经，有空就开始逐页翻找跟嫖妓或者至少是跟古时这些尊贵的族长主教们的情欲有关的段落。"他很快就找到了想要的东西。如果神父们还敢再来拿此事挑战的话，他打算就用他的发现去跟他们辩论。"②

从这里可以看出，牛仔们的宗教信仰已经支离破碎，因为死亡可能在任何时候任何地点降临。寻找上帝之父的神圣之旅最终荒谬不堪，徒劳无果。如果说在《幽灵的漫步》和《科曼奇月亮》中，年轻的牛仔们第一次看到朋友死在眼前鲜血横流时，还会感觉胃里翻江倒海，膝盖酸软，等到《孤独鸽》中，他们面对死亡时，让他们觉得无力的不再是恐惧，而是一种不可抗拒的疲惫感。

J. 希利斯·米勒还曾指出，"这种为自我存在寻找充分理由的做法通常会因为某个女人，而非男人，变得戏剧化"。③ 奥斯丁遇袭时，珀尔·科立曼被印第安人俘虏，遭受了七个红皮肤库曼切人的侵犯，侥幸生还后，她经常抱着本《圣经》，祈祷赶走挥之不去的烦扰。她

---

① Larry McMurtry, *Lonesome Dove*, New York: Simon & Schuster, 1985, p. 54.
② Larry McMurtry, *Comanche Moon*, London: Orion, 1997, p. 604.
③ Roger Walton Jones, *Larry McMutry and the Victorian Novel*, College Station: Texas A & M UP, 1994, p. 38.

和她丈夫比尔·科立曼都深知，接下来的生活对他们彼此都很艰难。最终，《圣经》让她有了解决问题的主意。她想到这个办法的时候，甚至兴奋地跳了起来。"是我在祈祷时得到的。这是神的旨意！"① 受此启发，她说服丈夫在一个新开的教堂里取代神父给民众传道。她觉得比尔英俊的脸庞非常适合传教，如果他放弃游骑兵的差事，做个神父，那么就永远不会留下她独自一人了。然而，这道"上帝的神谕"让比尔感觉身心交瘁，终于他把自己吊死在了橡树上，永远离开了珀尔。这一幕结束后，我们有理由推断：珀尔再也不会相信人们说的"信念可以移山"。上帝之父注定要死亡。

2. 儿子的死亡：家庭的疏离破碎

个体的心理断层使得小说中的人物陷入了一种自我矛盾和自我不确定的困境，无论他们如何努力挣脱、寻找身份，最终也难逃失败的命运。他们也注定不能彼此成就依赖关系。尽管整个系列作品自始至终都有对两性之间的细微描述，几对男女人物在可能建立的家庭边缘徘徊犹豫，但是留在读者们头脑中的仍旧只是形单影只的个体，以及它们扭曲碎裂的生活。

结婚是格斯最喜欢的事情之一，他有过两次婚姻，但都在婚后一年就失去了妻子。似乎他比其他任何人都更了解婚姻，也应该更有希望建立起和谐的家庭，但他最终的结局却是孤独地死去。

格斯指责卡尔只知道出色地完成任务，不会过普通的生活。虽然只有寥寥几笔线索，但卡尔本可能拥有正常生活。这种可能性从《幽灵的漫步》中他跟玛姬的爱情开始，到《孤独鸽》中玛姬悲惨地死去后他固执地拒绝与纽特父子相认而削弱，最终毁于纽特的死亡。《孤独鸽》结尾时，卡尔带着格斯的棺木回到了格兰德河。

> 他不知道自己其实想回去（回到蒙大拿的牧场）……不管怎

---

① Larry McMurtry, *Comanche Moon*, London: Orion, 1997, p. 355.

第七章 美国后现代化时期的"符号荒野"与精神拓荒

么说,他从来不觉得自己有家。他还记得还是个孩子的时候曾经坐马车到德克萨斯——他的父母早就死了。从那时起就开始了在孤独鸽游荡的日子。①

小说设计卡尔带格斯回到得克萨斯安葬这一桥段,似乎是在暗示叶落归根,但实际上卡尔到达这里的时候却发现根并不在此。卡尔唯一可能的家庭关系已经被他亲手毁掉,加上一生挚友格斯的离去,他很难再找到生命的意义。后来在《拉兰多大街》中,他被墨西哥强盗乔伊打成重伤,虽然最终活了下来,但失去了一条腿和一只胳膊,苟延残喘,变得越发孤独沉默。

除了两位男主人公,《孤独鸽》中还有其他几对男女本来可能建立家庭,回归正常人的生活,克拉拉和治安官朱莱、罗雷娜和她执着的追随者狄施,但最终都以失败告终。批评家马瑞恩·唐格姆(Marion Tangum)曾把帽子溪公司看作一个凝聚的集体,里面的成员对彼此来说都是"家人"。然而,就像这里的例子,事实并非如此。

一方面,在《孤独鸽》最开始,帽子溪公司之所以能建立,正是因为拆散了其他的家庭。奥布莱恩兄弟离开爱尔兰本来是为了寻找财富,在墨西哥迷路后被格斯和卡尔解救。最初格斯并没有吸收两兄弟进到长途赶运队伍中,他们只是在后面偷偷跟着,后来才成为其中一员,"似乎爱尔兰人本来就是队伍的一部分"。从麦克默特里的语气中,我们能感到帽子溪公司成员的随意与不可控。贾斯珀·方特得以受雇不过是因为他在恰当的时间在孤独鸽镇逛了一逛。卡尔到附近的农场寻找到了司柏拓兄弟这样愿意为他效力的年轻人:"他们的家庭状况非常令人绝望,卡尔甚至都很犹豫是不是应该带走他们。……这一家都快饿死了。"② 虽然看上去卡尔似乎是为这些年轻人重新建起了

---

① Larry McMurtry, *Lonesome Dove*, New York: Simon & Schuster, 1985, p. 841.
② Larry McMurtry, *Lonesome Dove*, New York: Simon & Schuster, 1985, p. 180.

一个家庭，但他自己对儿子纽特的冷漠注定这只能是空想。

另一方面，在去往蒙大拿的途中，帽子溪公司陆续失去了它的成员。塞恩·奥布莱恩在骑马渡过纽埃西斯河时不幸陷入一窝噬鱼蛇中，成了被荒野吞没的第一个牺牲品。像大蠕虫一样的水蛇缠绕在他身上时他的挣扎与尖叫是这一系列小说中最让人震撼的一幕。在他之后是杰克·斯布恩，他抛弃了萝莉，放弃了赶运去赌博，但最终却被绞死在了他的朋友们面前。而墨西哥厨子波利瓦的离开，为麦克默特里笔下人物与家庭、群体之间脆弱的关系又提供了一个佐证。

波利瓦非常想念他的女儿们和他的家乡，"秋天来临让他确信自己跟美国人混在一起已经太久了。他们不是他的伙伴。他大部分伙伴已经死了，但他的国家没有。他的村庄还有一些人喜欢谈起过去的日子，那时候他们全部的生活就是去偷得克萨斯的牛"①。麦克默特里似乎对波利瓦的爱国情怀和对故乡的怀旧很青睐，但波利瓦的行为还是揭示了这种爱国情感的局限性。波利瓦在得克萨斯同美国人一起居住了很长时间，并不经常回去看自己的妻小。离开帽子溪公司之后，他感觉自己干了件蠢事，回家是个错误。"他并不那么想自己的妻子。离开的时候他感觉有点痛苦。队长不该放他走。"② 波利瓦是墨西哥人，因此美国人觉得他有所不同，他自己也这么认为。尽管如此，习惯还是让他对这个地方有了归属感。对他来说，墨西哥现在已经差不多只剩回忆了。最终，"他的返乡证明是考验，充满了失望"③。家庭已经支离破碎，他的妻子把他赶了出来。于是他回到了令他感到舒服的帽子溪公司，尽管再也没有牛仔需要他做的饭了。到卡尔回来的时候，波利瓦连自己都记不起来了，"他很孤独，想不起他是谁，曾经做过什么"④。麦克默特里描写波利瓦在荒野和家庭之间的徘徊，并非

---

① Larry McMurtry, *Lonesome Dove*, New York: Simon & Schuster, 1985, p. 315.
② Larry McMurtry, *Lonesome Dove*, New York: Simon & Schuster, 1985, p. 317.
③ Larry McMurtry, *Lonesome Dove*, New York: Simon & Schuster, 1985, p. 842.
④ Larry McMurtry, *Lonesome Dove*, New York: Simon & Schuster, 1985, p. 842.

想突出墨西哥人或是美国人的爱国主义，而是作为一个有力证据来强调国家叙事的不可靠性。波利瓦对墨西哥充满了怀旧，对美国的生活充满了厌恶，但他最终还是回到了孤独鸽镇。

一路跟随牛仔们到达蒙大拿，读者感受最真实的只有一点，就是牛仔们一直悲伤，但他们个体和群体的身份意识，都没能确定，更不用说之前能代表美国人的"我们"在这里是否有连贯的含义了。

除了失去父亲，无论是上帝之父，还是家庭中真实的父亲，麦克默特里还描述了另一个打破美国国家叙事谱系的事实，那就是，儿子的死亡。在传统美国文学中，希望总是基于传统的根基，基于兄弟情谊和延续种族的必要性，① 因此，后裔的死亡自然象征着宗谱的断裂和希望的破灭。

在《孤独鸽》系列中，儿子的死去是很重要的隐喻。尽管家庭支离破碎，但无论怎么说，我们还是可以看到父亲的形象，比如卡尔，好比游骑兵们的父亲，年轻人一旦见不到他就觉得绝望，同时，他又是纽特的生父，虽然他从不给这个孩子认亲的机会。

> 他转身看着男孩，却哽咽得好像窒息。他决定按照格斯的要求承认自己是男孩的父亲。可当他看着站在寒风中的纽特和他身后的加拿大，发现张不开嘴了，仿佛整个生命突然凝固在嗓子里，成了块吐也吐不出、咽也咽不下的生肉了。②

通篇读毕，你会发现没有几个家庭的男性继承人能在荒野中活下来，继续跟下一代传颂西部神话。在荒野中，不再是女人"死去、疯掉或离开"，而是男人们，尤其是年轻人、儿子们，陆续病倒，被杀或是遭到遗弃。

---

① John R. Milton, *The Novel of the American West*, Lincoln and London: University of Nebraska Press, 1979, p. 96.
② Larry McMurtry, *Lonesome Dove*, New York: Simon & Schuster, 1985, p. 883.

如前章所述，克拉拉是小说中最坚定执着的女性，也是最接近传统女性形象的一个——贤惠、体贴、宽容，像大地母亲一样丰沃。然而，克拉拉家里的所有男人们都死去了，包括她的丈夫鲍勃和三个儿子。"他们在房子东边的山脊上给鲍勃挖了座坟，挨着他们三个儿子吉姆、杰夫和乔尼下葬的地方，克拉拉觉得孩子们的离去已经让她的心成了石头。"[1] 她只剩了两个女儿。似乎她只能养活女儿。另一处细节更有力地让读者意识到，这一家难以逃脱失去儿子的厄运，以及急需一位男性继承人的迫切性。鲍勃受伤后，克拉拉帮他清洗腰和大腿上的泥土时，他的阴茎会慢慢勃起，似乎头盖骨破裂对它毫无影响。"克拉拉看到后叫了起来——在她看来，这是鲍勃仍旧希望要个男孩。他不能说话，也不能翻身，很可能以后再也不能扬鞭催马，但他仍旧想要个儿子。"[2] 不过每个人都清楚这是不可能的。对克拉拉来说，她不想再要孩子了，尤其是男孩。某种意义上，她觉得自己能够养活女儿们，但说到儿子，她一点也不自信。

当然，克拉拉并非不能生养，麦克默特里通过对人物的精心描写，强调的是她不能生养儿子的挫败感。结合小说的引言考虑，读者们就会明白，作者的目的是要把克拉拉作为一个象征，表明她的生活和经历不可能造就任何后人。

在《孤独鸽》中，艾尔米拉把她刚出生的儿子马丁扔给克拉拉后，就逃走去寻找她旧日的情人了。克拉拉对这个孩子很有好感，决定抚养他成人。她产生这个念头正是在与艾尔米拉抛弃的丈夫——治安官朱莱约翰逊——准备开始一段感情的时候。但直到结束，小说除了叙述克拉拉让朱莱再等一年才能成家这一事实，对小男孩马丁的去向只字未提。后来，《拉兰多大街》给出了答案。当时萝莉准备把孩子托付给克拉拉，然后去寻找丈夫圆眼。我们从小说的字里行间可以

---

[1] Larry McMurtry, *Lonesome Dove*, New York: Simon & Schuster, 1985, p. 583.
[2] Larry McMurtry, *Lonesome Dove*, New York: Simon & Schuster, 1985, p. 588.

第七章 美国后现代化时期的"符号荒野"与精神拓荒

窥到一些线索,"但萝莉知道克拉拉会让孩子们留下的。自从女儿结婚后,她就是一个人,太孤独了。至少她的信给人感觉如此。不管怎么说,重新养个孩子对她来讲不是最坏的事情"①。这个时候,读者已经知道朱莱跳河自杀了。但他们唯一的男性继承人马丁的去向却仍未提及。但从萝莉的想法可以看出,这个孩子很可能也像克拉拉其他三个儿子一样夭折了。所以,克拉拉的形象不单单是代表"拓荒精神",也昭示着"古老的西部荒野生活实质上有多么艰难,多具破坏性"。②

另一个重要女性人物玛利亚也值得一提。最小的儿子拉斐厄神经不正常,特瑞莎很阳光、很美丽,思维敏捷,但生下来就双目失明,她只有一个正常的孩子,就是乔伊。他的脑子很快,蓝色眼睛,牙齿洁白,笑起来,女孩子们,甚至上岁数的女同志们都快融化掉,但他的内心世界却丑陋不堪。"他也被毁掉了。"③

在这一系列最后一本续集《拉兰多大街》没出版的时候,人们自然而然地就会期待这一部作品中的主人公是纽特。此前卡尔把自己的马、枪还有表作为家族遗产都给了纽特,但并没有让他跟自己的姓。但这部小说依然是围绕队长展开,孤独年迈的卡尔仍旧漫无目的地游荡在文明和荒野之间。他的儿子纽特最适合继承西部精神,继续国家神话,但却死了。如果说帽子溪公司因为纽特的到来显得更融合紧密了,那最终卡尔对两人父子关系的否认,使这个群体变得无足轻重。

当克拉拉得知卡尔宁愿选择兑现承诺,把格斯的遗体运回孤独鸽镇,也不愿陪伴他的儿子时,她说道:"诺言只是几句话,儿子是活生生的人。是生命!卡尔先生。"卡尔觉得自己把马给了纽特,就算是承认了自己是他的父亲。"我把我的马给他了,我在这匹马身上寄予了很多。"他与纽特道别的一幕可以说是小说的一个高潮。父亲用

---

① Larry McMurtry, *Streets of Laredo*, New York: Simon & Schuster, 1993, p. 242.
② Larry McMurtry, *Walter Benjamin at the Dairy Queen: Reflection at Sixty and Beyond*, New York: Simon, 1999.
③ Larry McMurtry, *Streets of Laredo*, New York: Simon & Schuster, 1993, p. 95.

力抓着儿子的胳膊,脸上写满了巨大的痛苦,如鲠在喉,咽不下也吐不出;而内心在希望与绝望之间挣扎,饱受折磨的儿子,也只能痛苦地看着卡尔颤抖的背影渐渐消失在高原之上。纽特接受了队长的礼物,但他拒绝和队长或是其他任何人有任何关联。当圆眼说"他做的好像你是他的亲人一样",纽特回答:"不,在这个世界上我毫无牵挂。我不想有,也不会有。"[①] 如果把他的话拿去和开篇的题词对照,就会发现纽特点出的实际是与过去的决裂,和威廉福克纳《押沙龙!押沙龙!》这部小说的结尾一样,拒绝承认与父辈和祖辈的关系。这种拒绝会消除任何宗谱的延续性,无论是家庭的,还是民族的。

因此,在《孤独鸽》系列的结尾,格斯和卡尔都没有后人。所有代表古老西部价值观的人都没有继承者,或者至少是没有提到。如果他们注定成为今后人的祖先,为什么麦克默特里在写作过程中都不把孩子留给他们呢?从最初引言中把"我们"联结在一起代表美国,到结尾父亲拒绝儿子,儿子拒绝同任何人亲近,麦克默特里通过还原浪漫神话背后的真实,迫使读者抛弃了神话就是源头的理解。他非但没有把西部神话具体化,还尝试挑战了神话的叙事和传播。《孤独鸽》象征的不仅是不同国家身份建立的脆弱基石,还引发了对于西部故事应该如何讲述的辩论。

3. 族群的解体

除此之外,四部曲中美国国家叙事的破裂还体现在西部之外其他地区,比如得克萨斯本土人的不确定关系和无归属感。

帽子溪公司刚刚成立的时候,只有格斯和卡尔两个人,后来迪茨、圆眼、纽特和厨师波利瓦才陆续加入。如果读者关注一下每个成员的出身,就会确信一点:小说开篇所引的题词中提到的"我们"体系,也就是说所谓连贯一致的美国精神,是否可靠,是否可能,需要重新思考。

[①] Larry McMurtry, *Lonesome Dove*, New York: Simon & Schuster, 1985, p. 823.

《孤独鸽》中格斯最初出场时,已经在得克萨斯服役了大半辈子,从游骑兵岗位上退休了。他出现在孤独鸽镇极不友好的刺眼阳光中,麦克默特里写道"这里是猪和田纳西人的地狱"①,算是透露了格斯的出生地。随后,格斯称呼迪拉德·布劳利"田纳西同胞",这进一步夯实了他的出生地与其身份之间的联系。"同胞"这个词背后的亲切感让读者们觉得,格斯愿意承认自己是个田纳西人。他喝酒的时候,好心情让他感觉就像身处"田纳西山谷中清爽宜人的晨雾"。

在整个系列中,格斯不是得克萨斯本土人而是来自田纳西这一事实不断得以重复。重伤不治时,格斯闭上眼睛,看到的是"迷雾一片,开始时红色的,但马上就成了田纳西山谷的晨雾一样银白"②。尽管小说并没有对田纳西人有任何表述,格斯自始至终也和其他人一般,看上去跟得克萨斯人没什么两样,但他可能是田纳西人这一微弱的线索还是让他同样难以对这里有归属感。

前面的章节在论述麦克默特里刻意将他的人物同历史事件疏离开时,曾提到墨西哥厨师波利瓦搞不清解放黑人奴隶的是李将军还是林肯,圆眼对他说"他(林肯)只是解放了美国人"③。言外之意林肯只是解放了像迪茨一样的美国黑人。虽然对波利瓦来说,自由同样重要可贵,但他不是美国人。麦克默特里始终在提醒读者,"人们一向珍视的美国故事中,所谓无论你从哪里来,都能在这里找到归属感"的说法是站不住脚的。波利瓦原本是墨西哥的盗匪,跟美国人在得克萨斯生活了这么多年后,依然因为自己是墨西哥人得到不同的对待,即便是和他一起并肩作战的伙伴们也是如此。

听到圆眼的纠正,格斯不以为然。他认为林肯解放的是一群非洲人,不过是跟卡尔差不多的所谓美国人。熟悉这一四部曲的读者立刻明白,格斯是在打趣卡尔的苏格兰出身。卡尔自打还是个婴儿的时候

---

① Larry McMurtry, *Lonesome Dove*, New York: Simon & Schuster, 1985, p. 3.
② Larry McMurtry, *Lonesome Dove*, New York: Simon & Schuster, 1985, p. 786.
③ Larry McMurtry, *Lonesome Dove*, New York: Simon & Schuster, 1985, p. 25.

就随父母从苏格兰来到了美国西部。在系列小说中,除了格斯的几个玩笑,我们对卡尔的家庭和祖先一无所知。在格斯看来,出生在苏格兰,或者像他自己一样生在田纳西,抑或作为非洲人的后裔,都会妨碍他们获得另外一个身份。因此,当卡尔反驳"我跟美国人没区别"时,格斯再次提醒他,"我知道你还吃奶的时候他们就把你带过来了,但再怎么着你也是个苏格兰人"①。

实际上,麦克默特里在这里强调的是,人们通常会从种族或是民族角度,以出身去定义一个人。② 身为田纳西人的格斯,在制作帽子溪公司的招牌时,认为自己和得克萨斯人是一样的,他并没想起来把迪茨的名字写在上面,因为迪茨是黑人。格斯意识到他几乎对这个年轻的黑人小伙子一无所知。"迪茨是有一天突然出现的,人们一贯如此,尤其是黑人。主人一死,他们只能开始游荡。"③ 虽然他一直对迪茨充满同情,多加照顾,但他的话仍然"算作是群体优越,执着于出身,认为出身不能改变或是逃避"④。

因此,帽子溪公司这个群体从开始形成时就充满了身份的不确定性。《拉兰多大街》最终记述了帽子溪公司的结局。圆眼是侥幸生还的几个人之一,小说这样描写他对公司谷仓和老伙计们的怀念:"现在他们天各一方了,不只是散落在西部的各个角落,而是阴阳两隔。格斯死在了迈尔斯城;杰克被吊死在了堪萨斯。他一直喜欢尊重的纽特也在牛奶河上游被狗娘养的夺去了生命。"⑤

家庭和群体的破碎使得读者很难将麦克默特里的人物同承继美国身份联系起来。他对西部象征图景的重构力在证明,任何试图把"我们"聚拢到一起的努力都注定要失败。没有什么线索能表明,这些人

---

① Larry McMurtry, *Lonesome Dove*, New York: Simon & Schuster, 1985, p. 26.
② John Miller Purrenhage, "'Kin to Nobody': The Disruption of Genealogy in Larry McMurtry's *Lonesome Dove*", *American Literature*, Fall 2005, Vol. 47, No. 1, p. 77.
③ Larry McMurtry, *Lonesome Dove*, New York: Simon & Schuster, 1985, p. 363.
④ Larry McMurtry, *Lonesome Dove*, New York: Simon & Schuster, 1985, p. 79.
⑤ Larry McMurtry, *Streets of Laredo*, New York: Simon & Schuster, 1993, p. 48.

第七章 美国后现代化时期的"符号荒野"与精神拓荒

物成功地继承了美国的文化身份,因此,他批评的是西部小说或是非西部小说中粉饰国家叙事的可能性。麦克默特里在作品中呈现的国家历史并非如读者所期,可以让他们追根溯源,找到自己继承的传统。拉斯·卡斯特诺夫(Russ Castronovo)在描述国家历史和人民的断裂记忆之间不和谐时也曾有过类似的论断:

> 国家叙事,一旦被作为黏结点,可以被分解为争论、排斥和压制的不同层面。"故事的叠加"并不会形成更宏大的历史,而是会把历史消散成点,互不协调。就像霍米巴巴所说,"国家记忆总是充满历史的混杂和叙事的脱节"。

《孤独鸽》显然不是黏结点,它所讲述的是一个充满焦虑的民族,一方面因为对许多"他者"的排斥,另一方面源于对民族本身价值观的困惑。同时,他的作品还批判了之前西部小说中无视排他主义和自身局限性所讲述的美国版本。

我们不能说美国西部文学一味简单地支持帝国霸权,或者借用帕特西娅里姆瑞克的话,盲目宣扬"侵略传统"(Legacy of Conquest)。像麦克默特里这样的作家,从来没有轻易认同大众思想和通俗西部小说中流行的"西部就是美国"观点。通过分析麦克默特里对家庭、族群试图维系身份的刻画,本书旨在点明,所谓代表美国,身处同宗谱系的"我们"并非拓荒者们的继承人,我们甚至并不曾有他们的梦想。他采用的依旧是西部神话和熟悉的长途赶运叙事,但目的却是"为了批判那些西部故事,它们一谈到美国历史都众口一词,认为充满浪漫、没有丝毫问题;在它们的版本里,性别差异固定不变,一旦'祖先'通过清除'他者'创立美国,就不会再存在什么国家身份危机。"[1]

---

[1] John Miller Purrenhage,"'Kin to Nobody':The Disruption of Genealogy in Larry McMurtry's Lonesome Dove", *American Literature*, Fall 2005, Vol. 47, No. 1, p. 82.

4. 信仰的缺失分裂

《孤独鸽》的开篇词既象征着"国家游戏规则",也清晰地揭示了两位主人公的英雄主义情怀。首先是在《幽灵的漫步》和《科曼奇月亮》中作为游骑兵为白人定居者保护得克萨斯,其次是作为拓荒的牧场主带领队伍长途赶运到蒙大拿。实质上,英雄主义是美国西部神话的精髓。在经典的西部小说中,英雄主义与牛仔向来密不可分,也是"西部法则"的重要组成部分。表面上看,格斯和卡尔之间的男性纽带很容易让读者想起之前西部小说中类似的搭档伙伴,但麦克默特里对这些"英雄"的刻画不但否定驳斥了"他们精神遗产的可传递性,还有他们传递的欲望"。①

实际上,《孤独鸽》系列并没有多少细节讲述格斯和卡尔的游骑兵事业,也没在他们对扩展美国国家的作用上多用笔墨。通过对墨西哥人波利瓦和黑人迪茨各自经历的讲述,麦克默特里"认同游骑兵们承袭的所谓传统中的种族政治内涵,更重要的是,他去掉了这些人的英雄主义的神秘光环"②。

首先,卡尔和格斯对他们所做的一切充满怀疑。他们不得不一再说服自己所做的和在做的事情都很必要。"如果在得克萨斯安居,与印第安人抗争是必要的。保护边界也是必要的,不然墨西哥人就会夺回得克萨斯南部。"现实中不再有英雄主义,只能到想象中寻找。他们甚至还会怀疑对彼此的依赖。"卡尔,我跟你这样的人搭档真是奇怪。如果我们现在才相识,恐怕咱们没什么话好说。"③

在圣安东尼奥酒吧与一帮不认识他们的年轻小伙打架那次,他们甚至还对自己对传统的延续表示了质疑。格斯仍旧认为他们不应该在盎格鲁人到这里初期帮助他们。

---

① John Miller Purrenhage, "Kin to Nobody": the Disruption of Genealogy in Larry McMurtry's *Lonesome Dove*, *American Literature*, Fall 2005, Vol. 47, No. 1, p. 84.

② John Miller Purrenhage, "Kin to Nobody": the Disruption of Genealogy in Larry McMurtry's *Lonesome Dove*, *American Literature*, Fall 2005, Vol. 47, No. 1, p. 89.

③ Larry McMurtry, *Lonesome Dove*, New York: Simon & Schuster, 1985, p. 222.

第七章　美国后现代化时期的"符号荒野"与精神拓荒

"这些该死的人到处盖城镇。你知道,这是我们的错。"

"不是我们的错,也不关我们的事,"卡尔回答,"人们想做什么就做什么。"

"谁说的,就从那儿开始的。我们赶走了印第安人,绞死了心眼儿好的强盗,"格斯说道,"你有没有想过也许我们所做的一切都是个错误?"①

卡尔对自己的工作充满自豪,认为非常必要,不然拓荒者们无法安居乐业。他觉得印第安人和墨西哥盗匪们是文明以外的人,不足一提:"正常人谁也不想让印第安人或是盗匪们再回来。"从以上对话可以看出,两个人都认为文明是白种人的专利。但格斯有一次对盎格鲁人在圣安东尼奥建立的文明表达了强烈不满:"恐怕我们开始就站错了队,把最好的年华都浪费到了这里。事实是如果别人把我当成印第安人,那我保不齐真就成了他们。"② "我和你活儿干得太好了。我们杀掉的大多数人也是当初让这片土地变得有趣的人。"③

其次,前文说过,西部小说有一种原型结构,也是弗莱归纳的四种文学神话原型之一。他认为"传奇情节的关键因素是冒险"④,而富于传奇形式的主要冒险是追寻(quest)。然而,在《孤独鸽》中,麦克默特里把以成长和追寻为核心母题的这一神话原型结构置于后现代主义视角下进行了重构。小说中的浪漫因素依然清晰可见:无论旅途有多危险,到蒙大拿的长途赶运也好,深入西部的探险也好,他笔下的人物必须超越自然和人类的极限,面对致命的敌人,但是却不见了英雄的升华。

《科曼奇月亮》中,游骑兵们一直在追踪一个名叫"驼背公牛"

---

① Larry McMurtry, *Lonesome Dove*, New York: Simon & Schuster, 1985, p. 319.
② Larry McMurtry, *Lonesome Dove*, New York: Simon & Schuster, 1985, p. 327.
③ Larry McMurtry, *Lonesome Dove*, New York: Simon & Schuster, 1985, p. 320.
④ Northrop Frye, *Anatomy of Criticism*, Princeton: Princeton University Press, 1957, pp. 243-337.

的印第安盗匪,对卡尔和格斯来说,他们的骑兵生涯正是从追逐这个人开始。但当他们听说"驼背公牛"被自己的儿子杀死之后,却没有一个人急着想去看他的尸体。现在这个人就躺在他们脚下,但是"在卡尔看来,死了的'驼背公牛'比活着的时候小了很多——并不是他们想象的高大威猛,只是个中等身材的普通人"[1]。他们开始回忆这个老印第安人残忍的手段和他开战时恐怖的号叫。游骑兵们既不兴奋,也不庆祝,相反却被一种遗憾的气氛笼罩。尽管有几个朋友都死于"驼背公牛"之手,他们还是认为他是位伟大的酋长,理应得到尊重。

> 看到驼背公牛死去,卡尔本来觉得自己应该如释重负,但他没有。躺在他前面这个人不再是平原的噩梦——他只是个死去的老人。他们正在追踪蓝鸭子,但有一会儿,卡尔觉得继续追下去没什么意义。他觉得自己已经精疲力尽。他走到他的马身边,有一刻,居然连爬上去的力气都没有。[2]

实际上,宿敌的死去从另一方面预示了西部神话的结束,边疆荒野的消逝,也再次印证了他们寻找身份的徒劳无功。麦克默特里在《孤独鸽》中呈现的与鲁道夫·安娜雅(Rudolfo Anaya)和莱斯利·希尔科(Leslie Silko)等少数族裔作家之一民族叙事的观点一致。霍米巴巴认为"少数族裔话语厌恶常会导致文化霸权和历史优越感的宗谱起源说,族裔话语承认国家文化和人民是有争议的行事空间"[3]。

批判地认识美国国家宗谱不应该只审视少数族裔提出的挑战,还须分析霍米巴巴字里行间隐含的文化霸权。虽然《孤独鸽》中有些人物崇尚霸权文化,帽子溪也因为此前没人长途赶运到蒙大拿而以某种"历史优越感"自居,麦克默特里把不同家庭和族群的失败经历汇集

---

[1] Larry McMurtry, *Comanche Moon*, London: Orion, 1997, p. 727.
[2] Larry McMurtry, *Comanche Moon*, London: Orion, 1997, pp. 728-729.
[3] Homi Bhabha, *The Location of Culture*, New York: Routledge, 1994, p. 170.

第七章　美国后现代化时期的"符号荒野"与精神拓荒

到一起，想揭示国家神话起源中的错误。他的小说印证了霍米巴巴以下描述："现代性思想话语试图把一种霸权'常态'强加给不均衡发展和有差异的弱势民族、种族、群体和人民的历史，后殖民主义视角会阻碍其发生。"[1]

《孤独鸽》之所以受到普遍欢迎，是因为它揭示了在面对一个民族最强大的神话时的关键所在：美国身份的构成。雷蒙·威廉姆斯把文化定义为以下三个层面：主导文化、剩余文化和新兴文化。他认为剩余文化"形成于过去，但……在文化进程中……作为现在实际生效的因素非常活跃。因此，某些经验、意义和价值虽然在主导文化那里不能得到基本证实，却可以在先前社会和文化机构或是组织的剩余文化基础上得以存活，并加以实践"。[2]

从宏观角度讲，麦克默特里的四部曲就是剩余文化的代言人，利用历史和当代不同的切入方法对什么是美国人这个问题进行宏大而不断扩张的探索。正如他自己指出的，读者之所以对他故事中的19世纪框架予以回应，是"因为他们想回到19世纪。这部作品提供了20世纪复杂性之外的另一种可能"[3]。谈及西部神话，人们往往会模棱两可，但麦克默特里通过重构国家叙事，表达了一种坚定的态度：他被吸引过，失望过，但逃不过；这是个人的情绪，但同时映照的是美国这个国家的反应。

麦克默特里对破碎的族群和家庭的描绘解构了以往国家谱系中的"我们"。父亲拒绝认子，儿子拒绝和任何人亲近，这形成了一种强大的隐喻，让读者不再相信西部神话是美国国家叙事的源头。弗雷德里克·杰克逊·特纳在谈到西部对构建美国文化身份的重要性时，有一句非常有名的论述：美国西部不再是地理概念上的地区，应该被定义为一种过

---

[1] Homi Bhabha, *The Location of Culture*, New York: Routledge, 1994, p. 171.
[2] Raymond Williams, *Culture and Society 1780—1950*, London: Chatto, 1958, p. 122.
[3] Biography Resource Center, "Farmington Hills, Mich: Thomson Gale", http://galenet.galegroup.com/servlet/BioRC, 2005.

程,美国国民性格从这里源起。从这个意义上说,麦克默特里对原始神话的批判"是在呼吁对美国国家叙事已有的研究进行更细致的分析,也使他笔下的人物被迫背井离乡,既没有家园也没有血缘可以依靠"。①

迈克尔·凯门（Micheal Kammen）曾指出,人们所坚信的过去的真相往往比真相本身更能左右他们的行为和反应。② 然而,认为《孤独鸽》是在把解读美西进扩张作为这个国家神话的开端并没有道理。美国作家豪威尔斯在1897年说过,"我们没有过去,只有未来",1938年,库柏讲"我们是一个变化的民族",再次强调了这一点。这两位伟大的美国早期作家都隐含了同一条真理,即没有静止稳定的遗产等着美国人去继承。

麦克默特里成功地让美国人再次清醒地认识到了一个事实：西部神话的创造只是为了回应一个对传统的全民渴望。人们写作西进运动故事是为了解决当时一个重要的文化困境,但现实完全不是这么回事。引用小说中年轻的肖恩·奥布莱恩一个问题来结束本章内容："如果这里是美国,那么雪去哪里了？"③

每个社会都有自己的神话。古希腊有众神,中国有龙的传说,犹太和基督徒们有伊甸园,美国人有他们的荒野,是牛仔形象的主要载体,也是西部神话语言得以建构的基础。荒野神话塑造了美国国民性格,极大影响了他们的文学,已是普遍公认的真理。传统学者们在解读西部小说时非常依赖弗莱。因为"非此即彼"的二元对立情节,西部小说家们也陷入一种"非此即彼"的困境：不超越西部传统,做一名西部故事写手,一个浪漫传奇作家；或者否认他们与传统的联系,成为一名现代作家,一位讽刺小说家。无论哪种情况,他们似乎都注定没有认识到文学类属始终变化,富有希望。然而,麦克默特里通过

---

① John Miller Purrenhage, "Kin to Nobody": the Disruption of Genealogy in Larry McMurtry's Lonesome Dove, *American Literature*, Fall 2005, Vol. 47, No. 1, p. 89.

② Michael Kammen, *Mystic Chords of Memory: The Transformation of Tradition in American Culture*, New York: Alfred Knopf, 1991.

③ Larry McMurtry, *Lonesome Dove*, New York: Simon & Schuster, 1985, p. 139.

《孤独鸽》系列摆脱了这种两难境地。一方面，他没有受流行西部模式化小说所困，也没有将20世纪后期盛行的后现代主义潮水全盘皆收；另一方面，对于美国西部的古老神话，他的态度并非如某些批评家所说，模棱两可，而是从历史、国家和文学本身三个层面，有意识地重构了西部神话，成功呈现了一幅后西部的荒野全息图。题材依旧古老，但一种新的文学活力却就此诞生，同时，也加速了学界对西部小说这一类属的关注和反馈。

5. "后西部"荒野中的女性

前面章节提到过的《最后的莫西干人》、《白鲸》和《哈克贝利·费恩历险记》等作品中，在呈现不同时期的荒野图景同时，不约而同地展示了一种牢固的"男性纽带关系"。他们共同阐述了D. H. 劳伦斯和莱斯利·费德勒著作中所谈的传统美国小说范式，男人放弃家庭，走入荒野，为的是结成伙伴，追逐野外生活和自由，避开女人们。美国西部小说一贯以兄弟情谊著称[1]，李·克拉克·米切尔在其论文中专门分析了西部小说中男人的主宰和控制欲，谈到"这一体裁就是致力于绞尽脑汁构建男性气概"。[2] 传统的西部小说结尾多是如此：牛仔英雄最终要在美人和骏马之间作出决定，男主人公们一定会毫无意外地选择荒野和冒险。因为女性意味着琐碎生活和文明秩序，而他们想要的是不朽的自由。

尽管前文也曾提到，在19世纪20年代之前就已经有女性作家开始关注描写西部荒野，但文学拓荒阶段的作品中女性角色非常单一和模式化。在男性化的荒野里，女性若非缺失，就是难以存活。"他清楚这里对女人来说是何等艰辛。她们大都死去、疯狂或逃离。邻居的妻子就在某天早晨用鸟枪自杀，留下'受不了吼叫的风声'的遗言。"[3] 即

---

[1] John Reilly, *Larry McMurtry: A Critical Companion*, Westpot. Conn.: Greenwood, 2000, p. 16.
[2] Lee Clark Mitchell, *Westerns: Making the Man in Fiction and Film*, Chicago: University of Chicago Press, 1979, p. 4.
[3] Larry McMurtry, *Lonesome Dove*, New York: Simon & Schuster, 1985, p. 586.

便是活着、留下的人，眼睛中也"时常流露出让人难以理解的惊恐神色"。① 常见形象也多是金子般心灵的妓女或善良的维多利亚妇人，仍是19世纪小说中"金发女郎和黑发女郎"的套路，就像库柏《最后的莫西干人》中纯洁温柔的爱丽丝和激情四射的柯拉。库柏对另一部小说《拓荒者》中的伊丽莎白·坦普尔的描写也表明，19世纪20年代的美国文学中，女性已经在荒野中扮演了重要的角色，她们既可以在艰苦的户外活动中变得强壮勇敢，同时也在贞洁、谦逊和虔诚中保持着女性化。但这些荒野中的女性形象更多是在融入，而非挑战。

20世纪以来，即使女性西部小说已经成了后地区主义西部文学的一个分支，也很少有男性作家愿意把女性作为作品的中心。但其中有两位比较引人注目，一个是华莱士·斯特纳（Wallace Stegner），是他指出"家庭，尤其是女性经历，将逐渐成为后地区主义文学的关注重点"②；另一个就是麦克默特里，"他的作品暗示着，在现代西部，女性是强有力的人物，在没有神话的帮助下，她们依然懂得如何安居乐业"。③

麦克默特里对《孤独鸽》四部曲性别图景的重构，不仅表现在对本质主义性别观念的重构，还体现在存在主义的精神层面，通过文化还有文化间的冲突得以展示。作者一方面重构了传统的男性间亲密关系，另一方面也首次对女性之间的亲密关系进行了分析。简·尼尔森（Jane Nelson）在谈到麦克默特里作品中的女性世界时，认为他对得克萨斯农村传统的两性关系进行了颠覆——男人们变成了无声一方，像植物一样，依赖着女人们去灌溉滋养。他的《孤独鸽》四部曲依然延续了这一观点，只不过两性关系的背景改为西部荒野。

麦克默特里在《孤独鸽》四部曲中刻画的性别关系的价值转向，恰恰与美国文学历史的发展变化相一致。首先，复杂多元的声音代替

---

① Larry McMurtry, *Lonesome Dove*, New York: Simon & Schuster, 1985, p. 586.
② Richard W. Etulain, *Reimagining the Modern American West: A Century of Fiction, History and Art*, Tucson: University of Arizona Press, 1996, p. 149.
③ J. Golden Tayler, et al. ed., *A Literary History of the American West*, Fort Worth: Texas Christian UP, 1987, p. 619.

第七章　美国后现代化时期的"符号荒野"与精神拓荒

了传统的男女二元对立,道德伦理标准也不再清晰。任何评论家都可能提到"西部是世俗的,物质享乐之上,反女性主义;强调公共空间中的矛盾冲突,痴迷于描写死亡,膜拜菲勒斯文化"。但麦克默特里为此带来了新鲜血液。他的笔好比魔杖,揭示了精神性欲暴力的根源,这一话题在传统模式化西部小说中很少触碰到。例如队长的妻子,伊内兹·斯卡尔是一个性欲极强又厚颜无耻的女人,可以随便和任何一个男人回家上床,比罗雷娜和玛姬更像荡妇。可是她高高在上的社会地位是罗雷娜和玛姬做梦都想象不到的。这个女人的狂放不羁几乎成了男性主人公们少年到成年转变路上一次不可避免的体验。性是一种文体手段,很大程度上控制着人物性格的表现和与他人的关系。伊内兹这种性的影响在小说情节发展的进程中逐渐显现出来,尤其是对格斯和卡尔来说,他们后面一些行为的出现均与此有关。

其次,麦克默特里通过重构俘虏叙事模式,颠覆了传统荒野神话中的两性关系,以及女性和荒野的关系。一般来说,俘虏叙事指的是女性白种人被印第安人俘虏监禁的故事结构,传统西部小说的经典情节,有时起直接的关键作用,有时间接渲染主题,但不可避免都会提到。前文提到俘虏叙事时曾说,19 世纪早期这一文体就已经出现,但主题多是拥抱荒野为家,最常见的文本是强调白人女性和美国土著男性之间的跨种族关系。例如,玛丽·詹米森(Mary Jemison)在 1823 年出版的关于她被印第安人囚禁的记录中,读者可以看到她对森林荒野的接受。詹米森在大约十五岁的时候被俘虏了,她选择了接纳印第安人作为她的族人,嫁给了一个印第安人,作为部落的一员度过了她的一生。凯瑟琳·玛利亚·塞奇威克(Catharine Maria Sedgwick)的小说《希望莱斯丽或马萨诸塞州早年的日子》中同样也是荒野为家的主题。在这部小说中,主角的妹妹——白人女性菲斯·莱斯丽——年轻时被印第安人抓走,并最终嫁进了这个部落。当她和姐姐团聚,并被骗回到白人定居点时,菲斯很痛苦,因为这时收养她的人所在的荒野已经成了她的家,那里能感受到在其

— 203 —

他地方无法感受到的自由。

但在麦克默特里笔下，女性与荒野相融共处，以此为家的情节消失不见。白人女性被印第安人玷污后都会有恐惧心理，因为白人社会不会再接受她。剩下的只有悲伤，被俘虏的越久，她们越不能接受她们不得不面对的一切，或者越不能被期盼她们归来的家人接受。其实，没有几个受害者能活下来。她们不是死于身体的疾病，而是内心的伤痛。当描写女主人公萝莉和珀尔·科尔曼分别从印第安人那里侥幸逃生的时候，作者虽然没有用不堪的语言，读者却能真切体会到上述同样的惶恐。但萝莉坚强地活了下来，成了续集《拉兰多大街》中的女教师，勇敢地切断了卡尔一条腿，救了他的命，与丈夫重聚，还收养了两个孤儿。然而具有讽刺意味的是，对于科尔曼一家来说，最终的受害者不是被俘虏的妻子，而是丈夫比尔·科尔曼。比尔是游骑兵里面最差的套圈手，他这辈子第一次——也是唯一一次——一套就成功居然是他自己上吊的时候。珀尔·科尔曼想让他从帽子溪公司的队伍里退出来，陪在自己身边，保护自己不再受伤害。她想让比尔成为一位牧师，对此比尔先是不知所措，后来又愤怒不已，最后变得心力交瘁。这是这对夫妻的最后一面，也是读者推测比尔死因的最后一条线索，之后便是比尔挂在了橡树粗大的树干上，脸色紫黑，妻子在一旁尖叫不停。

麦克默特里在四部曲中呈现的是荒野中的苦难生活带给人们的恐惧、痛苦和无望。格斯和卡尔经常会吃惊地发现，拓荒者连犁地的工具都没有。"他们或许有台搅拌机、一个纺锤、一把铁锹、几把斧子、一本年历和给孩子们的识字课本。在卡尔看来，他们拥有的只不过是自己的力量和希望，至少他们中很多人有了以前不属于自己的东西——土地。"① 他们在巡逻的时候，会遇到一些拓荒人家，在远离聚居地的地方，试图开垦从未尝过锄犁滋味的处女地。"来到荒野

---

① Larry McMurtry, *Comanche Moon*, London: Orion, 1997, p. 318.

的人们对于艰苦早已司空见惯，但艰苦是一回事，恐惧是另一回事。土地广阔无垠，他们可以自由定居，但是土地消除不了恐惧。① 于是，薇拉·凯瑟作品中的开拓精神在这里由沉默取代，原有的花园神话也变成了"美国大沙漠"。

在这里，女人和水，和海洋联系到了一起，两者都善变、多产，但更具破坏性。后来，土地和女性之间的类比不再那么重要，是因为天赋女性的力量和土地一样，随着农业和文明的出现消失了。

最后，《孤独鸽》四部曲的主要叙事情节虽然和其他流行枪战小说一样，充满荷尔蒙和冒险，但女性的声音、身影和梦境也一直随处可见。格斯很明显对克拉拉·福斯特有一种不寻常的强烈好感。他喜欢克拉拉许多年了，但克拉拉因为深深理解格斯，最终和一个普通男人结了婚。卡尔是游骑兵中唯一一个对女人没有什么兴趣的人，却一生背负着因为遗弃玛姬所带来的负罪感和遗憾。萝莉是《孤独鸽》中几乎所有年轻男人的倾慕者，即便她后来成了妓女也是如此。但她也曾是杰克·斯普依赖的情人，改变了圆眼的妻子。与主框架叙事并行的还有一些次要人物的插曲，比如说艾尔米拉对她治安官丈夫的漠不关心、玛利亚扭曲了的生活等，都在重构性别图景时发挥了各自作用。

麦克默特里认为，最有趣的女性人物是那些不太完美的人，她们乐于接受自己的弱点，身上带着傲慢和/或偏见，果敢坚定，质疑一切。"……他在小说中能正视女性和她们的文化差异，他大多数的女性形象既不沉默也不顺从。"② 在这部系列小说中，两性之间的区别不再受一般意义上的生物本质论所支配。大多数女性角色，勇敢坚韧，能够应对荒野分秒变化的不确定生活状态。③ 小说结尾时，人们经常光顾的破酒馆被付之一炬，只留下几块烧焦的木板和覆盖了一切

---

① Larry McMurtry, *Comanche Moon*, London: Orion, 1997, p. 421.
② Natalie A Boyd, The Frontier Myth as Seen in Larry McMurtry's Lonesome Done Trilogy, M. A., University of Alaska Anchorage, 1997, p. 59.
③ Natalie A Boyd, The Frontier Myth as Seen in Larry McMurtry's Lonesome Done Trilogy, M. A., University of Alaska Anchorage, 1997, p. 81.

的白灰。让读者意外的是，纵火之人的竟是酒馆的老板，他点着了屋子和他自己。

"她离开之后，沃兹接受不了这个事实，他在她的房间呆坐了很久，接着放火把一切都烧了。"

"你说的'她'是？"卡尔边问边注视着还未燃尽的灰。

"女人，"迪拉德小声说，"女人，人们说他很想那个妓女。"①

读者清楚沃兹念念不忘的"她"是萝莉，但麦克默特里为何在以上节选对话中并没直接说出她的名字，而只是回答"女人"呢？我们知道美国从殖民主义时期开始，荒野文学的主角从来不是女性，这部作品表面上看去仍是一样，小说中的女性人物或囿于家庭生活，或选择遗忘荒野，或全凭男人控制，但实际上却是女性在操控和吸引着男人们的内心。这段意味深长的对话把一个隐含已久的事实带到了读者面前，男性对女性的依赖比女性对男性更持久、更严重。

这种依赖性首先在游骑兵队长卡尔身上得到了证明。大家公认他是唯一一个与女人保持距离，也最不可能依赖女人的人。整篇小说中，他固执冷漠，给读者留下了深刻印象。他是边疆最受尊敬的人，代表着正义和权威，只有他才能发号施令。然而，一名妓女却成了他的软肋。这个女人就是纽特的母亲玛姬，卡尔不想告诉她自己的名字。"原来玛姬是个柔弱的女子，但这种柔弱却能磨灭卡尔的所有力气。"②当她说希望他能叫一声自己的名字时眼神中的悲伤，让卡尔刻骨铭心。但是他最终还是没有说出口，也没有公开承认他是纽特的父亲。"当听到玛姬的死讯时，他立即明白自己失去了改正错误的最后机会，也再也不能认为他已经成为自己想要成为的人。"③ 这也许就是他晚上经

---

① Larry McMurtry, *Lonesome Dove*, New York: Simon & Schuster, 1985, p. 843.
② Larry McMurtry, *Lonesome Dove*, New York: Simon & Schuster, 1985, p. 360.
③ Larry McMurtry, *Comanche Moon*, London: Orion, 1997, p. 359.

第七章 美国后现代化时期的"符号荒野"与精神拓荒

常独自一人沿河骑马的原因，在《孤独鸽》之前的作品中很少见到他如此。"一句话能困扰他这么多年，听上去匪夷所思，但随着年龄的增长，这句话对他来说不是越来越淡忘，而是变得越来越重要。它毁了他的一切，也毁了别人认为他有的一切。"①

在小说中，生命轨迹被某个女人彻底改变的并非只有卡尔一个。读者清晰地记得卡尔看到格斯为一个已经离开了十五年的女人哭泣时那一幕：在他（卡尔）认识的男人中，格斯是最冷漠的一个。但就是这样一个人，对克拉拉·福斯特一见钟情，即使她后来嫁给了沉默不语的马贩子，格斯依然对她关爱备至。克拉拉独立自强，镇定自若，适应荒原生活的变化比任何人都迅速。尽管她和格斯彼此相爱，但是她清楚地知道，"格斯骨子里太不安分，不适合她……，他不是个过日子的人，而她也无法说服他安居乐业"。② 她之所以最终没有嫁给格斯，是由于她非常清楚这两个男人之间的过命交情：

> 我还要告诉你另一件事：我为格斯结识你而遗憾。你们两人的所为是相互毁灭，更不用说亲近你们的那些人了。我不肯嫁给他的另一个原因就是不愿意在我的生活中每天都和你争他。什么你们男人们，什么所谓的承诺，无非都是实现你们计划的借口，而你们的计划，就是日复一日的离开。你总认为自己是对的——多么可耻的自负，卡尔先生。但你就没做过一件正确的事情，从你身上指望得到什么的女人注定是悲哀的。你所争取的不过证明你是个虚荣的懦夫。你过去的为人让我看不起你，而现在你做的一切，依然令人鄙视。③

克拉拉的话很容易让读者想起《拉兰多大街》中卡尔和萝莉的一

---

① Larry McMurtry, *Comanche Moon*, London: Orion, 1997, p. 360.
② Larry McMurtry, *Comanche Moon*, London: Orion, 1997, p. 93.
③ Larry McMurtry, *Lonesome Dove*, New York: Simon & Schuster, 1985, p. 831.

个对话场景,当时卡尔在与乔伊·加尔拉的战斗中负了伤,为了救他的命,萝莉不得不切断他的腿。

"但是我现在不是妓女了,"萝莉说。"我结了婚,有了孩子,在学校教书。我不是过去的我了——你难道不明白么?我不是过去的我了!"……"我得把你的腿切掉!现在就得切,如果你死了,你就是被像自己这样的杀手害死的。如果你活下来,你不能再满足于当个杀手了。我也不再是妓女!"①

两个女人都在批判、责备,同时她们的话也意蕴深刻。比起男主人公,她们在面对现实时表现出了更多的勇敢,对新生活的适应能力也更强。克拉拉的话实际上一语击中了格斯和卡尔之间所谓的男性纽带。传统西部小说的女性人物身边一般都没有任何亲密关系,只能生活在男性纽带关系的阴影里。但在麦克默特里的小说中,女性成了令人敬佩的角色②,边疆生活的同质性使得女人们密切联结在一起,这也成为平原女人应对恶劣边疆条件的主要途径。萝莉生活的支柱一直是其女性朋友克拉拉,但故事结束前,她与一个叫玛丽亚·桑切斯的墨西哥女人之间也形成了某种纽带关系。玛丽亚的生活与萝莉相比有天壤之别,但萝莉却愿意与她分享快乐和痛苦。《拉兰多大街》有六章的篇幅都提到了玛丽亚,她的父亲、兄弟和姐夫因为盗马被卡尔和格斯以绞刑处死。而他们做的只是"从得克萨斯人手里拿回自己的马"。失去挚爱的亲人让她对卡尔充满了仇恨,她四个丈夫,有三个曾虐待过她;还有那些美国佬,因为她肤色深就认为她是妓女,侮辱她,但活着的人中没有谁比卡尔更让她痛苦。作为不同种族的女性,她在面对陌生的生活时表现出了更大的勇气。她十岁时被邻居强暴,

---

① Larry McMurtry, *Streets of Laredo*, New York: Simon & Schuster, 1993, p. 437.
② J. Golden Tayler, et al. ed., *A Literary History of the American West*, Fort Worth: Texas Christian UP, 1987, p. 615.

第七章 美国后现代化时期的"符号荒野"与精神拓荒

从此生活只剩下痛苦。迫于生存,她结了四次婚,但是前三个丈夫都被杀掉,最后一个逃之夭夭。只留下她自己养活几个不是身体残疾就是心理变态的孩子。"但是玛丽亚曾经快乐过吗?这个问题很难回答。"实际上,"男人,无论体面与否,怎么可能知道什么能让一个女人快乐或是不快乐呢?"[1]

克拉拉、萝莉和玛丽亚这三种女人,都不是典型的西方女性形象,但无论以何种标准来评判,她们都胆量过人,意志坚定,受人尊敬,在彼此之间形成了一种独特的女性纽带关系。通过对这些女性人物的塑造,麦克默特里成功地将对英雄牛仔和得州骑警的神话构建复杂化了。实际上,他竭力刻画的性别图景特征之一,就是重新和外边的真实世界联系起来。麦克默特里一直坚信荒野有着恒久的魅力,在他笔下,荒野依旧无边无际,充满自由和无限可能,但同时,他在西部传统叙事中加入的女性色彩又为这片荒野增加了新的独特性。他通过描写荒野中的女性,以及她们给男人带来的创造性和破坏性影响,重新记述和建构了战争年代的历史。他将虚构的小说和真实的历史天衣无缝地合二为一,个人和群体的动机和意图、价值观和思想、希望、疑惑、恐惧、力量和弱点完全融入历史,而历史也显得人文性十足。同时,他不但用当下的标准和规范去衡量过去,还将过去事件发生的历史语境作为一面镜子,为今天的美国提供借鉴。战争期间西部荒野文学中女性角色的塑造是一个涵盖范围广、学术价值高的重要话题,应继续专门对其进行详细的著述研究。

---

[1] Larry McMurtry, *Streets of Laredo*, New York: Simon & Schuster, 1993, p. 530.

结　语

空间与人类生存密切相关。在传统社会的神话空间中，中心或者"中间地带"的思想非常重要，但美国的中心地带并没有称为中部诸州，而是称为中西部，原因在于，在美国的历史上，迁移是一个关键主题，人们到西部的迁移与将西部地区视为理想之地的强大诱惑密不可分，扭曲了中心概念所揭示的对称意义。[①] 苏珊·阿米塔芝（Susan H. Armitage）在谈及地区主义概念时，引用了多纳德·沃斯泰德（Donald Worsteds）对地区产生过程的研究发现：当人们想在地球上某个地方谋生，不断调整自身去适应其条件和可能性的时候，地区就出现了。人类与某个特定环境互相认同的过程就促生了地区。美国西部地区之所以能处于这个国家荒野神话的中心，自然是与美国人西进运动中建国和现代化进程发展息息相关。

通过将荒野意象置于美国现代化进程的背景下分析，我们不难看到，这一意象的地理空间和心理空间意义始终在发生变化。从18世纪美国现代化酝酿时期的无边丰腴的神性森林，到19世纪现代化起步期干旱缺水的草原，从现代化发展时期的乡村、城镇——城市与文明的中间地带，到成熟期的非个人化城市，再到后现代化时期的符号异质

[①] ［美］段义孚：《空间与地方：经验的视角》，王志标译，中国人民大学出版社2019年版，第99页。

结　语

空间，其投射出来的心理空间维度也在不断迁移重组，从恐惧、疏离到崇拜、神化，从依附、认同到祛魅、奴化，再到复魅共存，反复经历体验、解构、重构的过程，最终形成了一幅复调荒野的"深度绘图"，透过这一文学经典意象和生态核心概念，在神话与现实，历史、地理与文学，传统价值观和现代价值观，严肃文学和通俗文学，个人与国家民族的对话，不同阶层之间都架起了对话的桥梁。

荒野是一个富有宗教内涵和神秘色彩的人文地理学词汇，源于盎格鲁—撒克逊语，《圣经》作为西方文明的根基，从一开始就呈现出了多元化的荒野意象，并非自由和邪恶的"二元化"对立，是一个矛盾象征。荒野是道德荒芜之地，却也是潜在天堂、神谕之所；是充满考验甚至惩罚之处，始终与异端、原罪相关，也象征着盟约誓约之福；是避难所，也是沉思处。最初清教徒对荒野的追寻与其说是身体的征服，不如说是精神的耕种，也是基督教发展的推动力之一。

荒野在美国国家和民族形成发展过程中具有重要地位，也在美国文学中展示出了强烈的"悖反性"。荒野自开始就是"文明的反题"，既代表着边疆英雄主义，同时又因为现代化进程中对环境的破坏，而充满耻辱和负罪感。荒野更是美国西部神话的重要载体，是一种刻意地想象建构物，目的是从当时的文化困境寻得出路。此外，荒野意象也是理解美国国家"游戏规则"的关键线索，从人们对待西部荒野的态度变化中，可以窥见美国传统建国神话叙事。

荒野具有多元价值，在现代化进程的不同时期始终在变化更迭。荒野不仅有深厚的宗教内涵，也因其塑造了国民性格而具有重要的历史和文化价值，更重要的是其生态和美学价值。在梭罗、缪尔等自然写作作家笔下，荒野具有"智性价值"和滋补作用；在生态伦理学和生态美学家看来，荒野是伦理范畴的成员，是"生命之根"，是"地方"也是"家园"。荒野具有"自在性"也不失"实在性"，既是自然风景，又是生活方式；既是真实存在，又是精神信仰；既是历史范畴，又是文化概念；既影响生物的共处与秩序，又关乎文明的继承和发展。随着现代化进程的不断加快，荒野在与人类关系的交织变化中不断彰显出它独特的价值能力。

荒野文学作为一种文学类属，在美国的发展也最为繁荣。无论是现代化酝酿时期的旷野记述、起步发展期的自然写作，还是以牛仔、花园和边疆为文化和情节模式的西部神话叙事，或者20世纪仍有继承改写的囚禁叙事，都注入了作家的感知情怀，根植进民族心理。荒野既是地理支撑，也是精神支柱，在美国文学发展进程中呈现以下原型结构：以长途赶运为背景的成长追寻，牛仔们在野蛮与文明的夹缝中寻找自我认同；"沿河而下"、"一路向西"、"不停问路"、找寻"位置感"的文学人物表明，只有回到荒野，人类才回归完整。

在美国现代化酝酿时期，荒野的地理概念空间呈现的并不是干旱少雨、黄沙满地的沙漠，而是一望无际、动植物资源极其丰富的森林。这种地貌环境的神秘感和人类面对荒野诸多难以驯服的因素时自然采取的情感化应对，促使清教徒们视荒野为神明之地，更注重与上帝的交流。进入19世纪后，随着美国城市化速度直线上升，人口不断增长，荒野的地方属性逐渐占据绝对优势后，荒野的群体化空间体验已经向个性化空间过渡，文学中荒野的浪漫主义建构和"诗化"趋势越发明显。美国现代化转型发展时期，荒野的地理空间从森林边疆过渡到了草原边疆。农业国家向工业国家的转变引起了人们价值观和生活态度的巨大变化，"地方感"的价值因为空间流动性大打折扣。荒野不再是单纯的自然景观，而是成了自然与文明之间的"中间地带"和可以诞生一切的"分娩中心"。萨拉·奥恩·朱厄特、薇拉·凯瑟和玛丽·奥斯汀的作品不约而同地强调了荒野中的文化信仰和态度，她们对荒野感同身受而非"对抗"，"识别"而非挑战，努力战胜土地带来的孤立和麻木，使身份意识、与自然的关系、女性的地方感交融在一起，力图通过兼容性，而不是排他性，重建荒野的地方感和多元化社群。

总之，美国文学中的自然和文明呈现出一种特殊关系。这两个古

结　语

老的二元因素溶解汇成了一体：文明化的自然或自然化的文明。"文明的福祉"——城镇和满是"自然荒野"的西部图景重新解构融合成了一种象征性实体，驳斥了自然与文化、西部和东部、荒野和文明之间的传统裂痕。"荒野"这个词曾一度失去了所有能让人敬畏的力量。大自然的高度和深度正在不断减弱，它的魅力变得很小，神圣的庄严感也变得很弱。在这最微弱的感知当中，"自然"这个词唤起的想象就同乡间、景观和景色所唤起的想象相类似。

进入新时代，全球化背景下的新技术革命使得人类所处的空间得以扩大，意义更加立体多维，我们作为主体与世界相处的方式也发生了很大变化。信息的即时性共享延展了传统的物理空间，人们所处的真实位置或环境似乎已不再重要，社会关系的亲密性也逐渐与物理邻近性脱钩。后现代地理学家大卫·哈维（David Harvey）指出，在以"现代化、资本积累以及空间凝缩"[①]为主要特征的后现代现实下，地方性质发生了本质转变，亟待我们重新审视地方观念。现代化进程导致前所未有的地方环境恶化，地方的均质化发展趋势滋生地方认同弱化和意义贬值，消费文化使得地方成为极不真实的存在，无止境的移动空间使人们对地方很难产生依恋，传统意义上造成的地方历史文化底蕴和情感依附渐趋消逝，地方感正在面临消亡的严峻危机。地方蜕变为后现代现实下"后自然"、"无地方"（placelessness）及无情感的地方，社会发展与地方建设之间的严重断层。"星球茅厕化"（Toilitization of the Planet）的生态预警意象震慑人类。

"后自然"世界是比尔·麦克基本在《自然的终结》中提出的术语，他认为人类习惯认同的自然已经终结，污染笼罩着整个星球，因此我们生活在"后自然"世界之中，沉浸在自然之中的喜悦烟消云散，自然的心灵疗伤功能也已经悄然逝去。[②] 辛西娅·戴特瑞（Cyn-

---

[①] David Havey, *Justice, Nature and the Geography of Difference*, Cambridge: Blackwell Publications, 1996, p. 305.

[②] B. Mckibben, *The End of Nature*, New York: Penguin Books Ltd., 1992, pp. 59 – 60.

thia Deitering)将"后自然"这一概念运用到文学界,认为这一术语十分准确地"表达出污染如何改变了人类对地球的经验"。① 这一对都市中"去自然"环境的眷注道出许多明智之士的心声,生态批评家尼尔·埃文登(Neil Evernden)也表达了对地方未来的担忧,"都市生活中自然环境的骤减,会导致人类与地方的真正依附步履维艰——即使在一个地方生活很久的人也必须去努力获得这种依附感"。②

20世纪70—80年代,美国生态主义批评进入前所未有的繁盛阶段,出现了很多分支流派,在前面章节"荒野的生态内涵"中已有陈述,斯洛维克曾将此变化称为"美国生态文学文艺复兴"③。这一时期,有关生态启示,尤其毒物描写的文本也不断涌现,美国文学中出现了新的"毒物意识"。④ 作为公众思想和个人想象的一部分,作家在生态灾难背景下,通过对污染的描写,呈现出对自然与环境的改变,以及对城市问题、社会公正的思考。⑤

内在性是后现代主义的另一个典型特征,具体指"思想通过符号概括自身的一种持续增长的能力"。它表明的是后现代个体通过各种话语和符号帮助,去实现自我延伸、自我提升和自我增值的努力。这一概念意味着后现代主义不再有超验性,不再对诸如精神、价值、终极关怀、真理、美、善或类似的抽象价值感兴趣。相反,它收缩回到了事物主体,以及对环境、现实和创造的内在适应。随着美国现代化

---

① Cynthia Deitering, "The Postnatural Novel: Toxic Consciousness in Fiction of the 1980s, Cheryll Glotfelty and Harold Fromm (Eds.)", *The Ecocriticism Reader: Landmarks in Literary Ecology*, Athens: University of Georgia Press, 1996, p. 196.

② Neil Evernden, "Beyond Ecology: Self, Place and the Pathetic Fallacy, Cheryll Glotfelty and Harold Fromm (Eds.)", *The Ecocriticism Reader: Landmarks in Literary Ecology*, Athens: University of Georgia Press, 1996, pp. 100 – 101.

③ S. Slovic, *Seeking Awareness in American Nature Writing*, Salt Lake City, U. T.: University of Utah Press, 1992.

④ Cynthia Deitering, "The Postnatural Novel: Toxic Consciousness in Fiction of the 1980s, Cheryll Glotfelty and Harold Fromm (Eds.)", *The Ecocriticism Reader: Landmarks in Literary Ecology*, Athens: University of Georgia Press, 1996, p. 196.

⑤ 李玲、张跃军:《从荒野描写到毒物描写:生态批评的发展趋势》,《当代外国文学》2012年第2期。

的历史进程,美国文学中的荒野意象经历着一次又一次的变形,从原来殖民地时期男性化视角下重获生机活力之地,到自我发现和讲述有关失败、剥夺、威胁的故事载体,再到作为民族神话核心的内在颠覆、解构与挑战,人类一直在审视和改变自身与世界的关系。

进入 21 世纪,年青一代有着突出的技术嵌入能力,势必形成不同的自然观和对荒野价值的不同认知。但他们越来越不能主动获得自然界的经历,在成长过程中,荒野和自然对他们来说是陌生的、野性的,充满恐惧。这一点在文学作品中也有充分的记载和描述。① 新世纪的荒野文学作品,很多都呈现了危机四伏的人类栖居环境,古朴典雅和魅力田园式的印象被释放着毒性的"后自然"环境取代,常见囊括核污染、生态环境恶化和人类精神世界的塌陷等末世图景。现代都市成了一座座"荒原",充斥着精神颓废、道德沦丧、生态恶化以及生活卑劣猥琐。城市的悲剧是映照人类社会前景的一面镜子,而地方危机的根源并不在于外界,而是在于人类自身内在性认知系统的瘫痪。意识不到荒野、地方作为人类赖以生存的环境的重要性,忽视了经济发展模式与地方环境恶化之间的因果联系性,带来的已不只是癣疥之疾,更是生死攸关之大事。

---

① Rebecca Rasch, "An Exploration of Intergenerational Differences in Wilderness values, 2018", *Population & Environment*, 2018, Vol. 40, Issue 1, p. 76.

参考文献

Allin, Craig, *The Politics of Wilderness Preservation*, Westport: Greenwood Press, 1982.

Ard, Patricia M., "Charles Dickens and Frances Trollope: Victorian Kindred Spirits in the American Wilderness", *American Transcendental Quarterly*, Vol. 7, No. 4, 1993.

Axtell, James, *Natives and Newcomers: The Contest of Cultures on Colonial North America*, Oxford: Oxford University Press, 1988.

Austin, Mary, *Land of Little Rain*, Intro. Terry Tempest Williams, New York: Penguin, 2006.

Bates, Katharine Lee, *American Literature*, Jefferson: The Macmillan Company, 1898.

Baym, Nina, Robert S. Levine. Eds., *The Norton Anthology of American Literature*, Eighth Edition, Vol. A. B. C. D. E., New York: W. W. Norton, 2012.

Bennett, Jane, *Thoreau's Nature*, Sage Publications, 1994.

Bercovitch, Sacvan, "The Rites of Assent: Rhetoric, Ritual and the Ideology of American Consensus", in Sam B. Girgus, ed, *The American Self: Myth Ideology, and Popular Culture*, Albuquerque: University of new Mexico Press, 1981.

Bhabha, Homi, *The Location of Culture*, New York: Routledge, 1994.

Boschman, Robert, *In the Way of Nature*, Jefferson: McFarland Company, 2009.

B. Gary G. , *American Wilderness: A New History*, G. B. : Oxford University Press, USA, 2007.

B. Otis, "Faulkner's Wilderness", *Wheeler American Literature*, Vol. 31, No. 2, 1959.

Boyd, Natalie A. , *The Frontier Myth as Seen in Larry McMurtry's Lonesome Done Trilogy*, M. A. , University of Alaska Anchorage, 1997.

Bradford, William, *Of Plymouth Plantation*, New York: Capricorn, 1962.

Bradstreet, Anne, *The Works of Anne Bradstreet*, Boston: Harvard University, 1967.

Bratton, Susan Power, *Christianity, Wilderness, and Wildlife: The Original Desert Solitaire*, Oxford University Press, 1993.

Brault, Robert Joseph, *Writing Wildemess: Conserving, preserving, and Inhabiting the Land in Nineteenth-century American Literature*, University of Minnesota, 2000.

Bross, Kristina, "A Wilderness Condition: The Captivity Narrative as Christian Literature", *American Christianities: A History of Dominance and Diversity*, University of North Carolina Press, 2011.

Brumm, Ursula, "Wilderness and Civilization: A Note on William Faulkner", *Partisan Review*, XXII, 1955.

Buell, Laurence, *The Future of Environmental Criticism: Environmental Crisis and Literary Imagination*, Oxford: Blackwell Publishing, 2005.

Buell, Laurence, *Writing for an Endangered World: Literature. Culture and Environment in the US and Beyond*, Cambridge, 2003.

Busch, Frederick, *Sometimes I Live in the Country*, Boston: Godine, 1986.

Byrd, Gregory Lee, *Desert Places: Wilderness in Modernist American Literature, 1900—1940, The University of North Carolina at Greensboro ProQuest Dissertations Publishing, 2001.

Carroll, Peter N., *Puritanism and the Wilderness: The Intellectual Significance of the New England Frontier, 1629—1700*, New York: Columbia University, 1969.

Cather, Willa, *O Pioneers!*, Boston: Houghton Mifflin, 1941. Orig. Pub., 1913.

Cawelti, John G., *The Six-Gun Mystique Sequel*, Bowling Green: Bowling Green State UP, 1999.

Chase, Richard, *The American Novel and Its Tradition*, The John Hopkins University Press, 1980.

Clomtz, Clark Ted L., *Wilderness City: The Post World War II American Urban Novel from Algen to Wideman*, Routledge: New York & London, 2005.

Coats, George W., "The Wilderness Itinerary", *The Catholic Biblical Quarterly*, Vol. 34, No. 2, 1972.

Cooper, James Fenimore, *The Last of the Mohicans*, Toronto and New York: Bantam Books, 1981.

Cordell, H. K., Bergstrom, J. C. & Bowker, J. M. (Eds.), *The Multiple Values of Wilderness*, State College: Venture Publishing, Inc., 2005.

Corstorphine, Kevin, *Eco Gothic*, Manchester University Press, 2013.

Crang, Mike, *Cultural Geography*, London and New York: Routledge, 1998.

Cronon, William, Ed, *Uncommon Ground: Rethinking the Human Place in Nature*, New York: Norton, 1996.

Dainotto, Roberto M. *Place in Literature: Region, Culture, Communities*, Ithaca, NY, Cornell University of California, 2000.

Davis, Jeff, *Riding the Formula Western Subgenre over the Divide between Popular Literature and "High" Literature: Genre Influence in the Ameri-*

can *Western Fiction*, University of California, Santa Barbara, 2002.

Delbanco, Andrew, "American Literature: A Vanishing Subject?", Daedalus, *On the Humanities*, Vol. 135, No. 2, 2006.

Dean, John, "The Uses of Wilderness in American Science Fiction", M. A., *Science Fiction Studies*, Vol. 9, No. 1, 1982.

D'haen, Theo, "The Western", Hans Bertens & Douwe Forkkema, ed., *International Postmodernism: Theory and Literary Practice*, Doctorow, E. L. Billy Bathgate, New York: Random House, 1989.

Doug, Scott, *The Enduring Wilderness*, Golden: Fulcrum, 2004.

Edgar Allan Poe, *The Fall of the House of Usher*, Booklassic, 2015.

Ehrenfeld, David, *Beginning Again: People and Nature in the New Millennium*, Oxford University Press, 1993.

Elder, John C., "John Muir and the Literature of Wilderness", *The Massachusetts Review*, Vol. 22, No. 2, 1981.

Eliade, Mircea, *The Myth of the Eternal Return*, Princeton: Princeton University Press, 1991.

Elliston, Clark J., "The Call of the Wild: Christian Tradition and Wilderness", *Rural Theology*, Vol. 14, No. 1, 2016.

Enright, Kelly, *The Maximum of Wilderness: The Jungle in the American Imagination*, Charlottesville: University of Virginia Press, 2012.

Erisman, Fred, "The Enduring Myth and the Modern West", Gerald D. Nash and Richard W. Etulain ed., *Researching Western History: Topics in the Twentieth Century*, University of New Mexico Press, 1997.

Etulain, Richard W., *Reimagining the Modern American West: A Century of Fiction, History and Art*, Tucson: university of Arizona Press, 1996.

Etulain, Richard W., "Research Opportunities in Twentieth-Century Western Cultural History", Gerald D. Nash and Richard W. Etulain ed.,

Researching Western History: Topics in the Twentieth Century, University of New Mexican Press, 1997.

Evernden, Neil, "Beyond Ecology: Self, Place and the Pathetic Fallacy, Cheryll Glotfelty and Harold Fromm" (Eds.), The Ecocriticism Reader: Landmarks in Literary Ecology, Athens: University of Georgia Press, 1996.

Every, Dale Van, Forth to the Wilderness: The First American Frontier, New York: William Morrow and Company, 1961.

Faludi, Susan, An American Myth Rides Into the Sunset, Published on Sunday, March 30, 2003 by the New York Times.

Fiedler, Leslie, Love and Death in the American Novel, Revised Ed. New York: Stein and Day, 1966.

French, Peter A., Cowboy Metaphysics: Ethics and Death in Westerns, Lanhan, M. D.: Rowman & Littlefield, 1997.

Freneau, Philip, Poems of Freneau, Ed., With Intro. Harry Hayden Clark. New York: Hafner, 1960.

Frome, Michael, Battle for the Wilderness, Salt Lake City: University of Utah Press, 1997.

Frye, Northrop, Anatomy of Criticism, Princeton: Princeton University Press, 1957.

Funk, Robert W., "The Wilderness", Journal of Biblical Literature, Vol. 78, No. 3, 1959.

Gary, G. B., American Wilderness: A New History, G. B.: Oxford University Press, USA, 2007.

Gauthier, Marni, Narrating America: Myth, History and Countermemory in Modern Nation, Ph. D., University of Colorado, 2001.

Gersdorf, Cartrin, The Poetics and Politics of the Desert Landscape and the Construction of America, in An Interdisciplinary Series in Cultural History, *Geography and Literature*, ed., Robert Burden, Amsterdam-New York, 2009.

Glotfelty, Cheryll, *The Ecocriticism Reader: Landmarks in literary Ecology*, The University of Georgia Press, 1996.

Grant, William E., "The Inalienable Land. American Wilderness as Sacred Symbol", *Journal of American Culture*, Vol. 17, No. 1, 1994.

Greer, Ben, *The Loss of Heaven*, New York: Doubleday, 1988.

Greiner, Donald J., *Women Enter the Wilderness. Male Bonding and the American Novel of the 1980s*, University of south Carolina Press, 1991.

Hammill, Faye, Wilderness, Cities, Regions, *Canadian Literature*, Edinburgh University Press, 2007.

Harding, Wendy, "Creating the American Nation from a Vast and Empty Chaos" (pp. 27 – 48), *The Myth of Emptiness and the New American Literature of Place*, University of Iowa Press, 2014.

Harvey, David, *Justice, Nature and the Geography of Difference*, Cambridge: Blackwell Publications, 1996.

Harvey, Mark, *Wilderness Forever*, M. A.: Harvard UP, 2001.

Hawthorne, Nathaniel *Works of Nathaniel Hawthorne: The Martble Faun*, Boston: Houghton and Mifflin Company, 1888.

Heimert, Alan, "Puritanism, the Wilderness, and the Forntier", *The New England Quarterly*, Vol. 26, No. 3, 1953.

Henberg, Marvin, Wilderness, Myth, and American Character, *The George Wright Forum*, Vol. 11, No. 4, 1994.

Herndl, C. G. & S. C. Brown (eds), *Green Culture: Environmental Rhetoric in Contemporary America*, Madison, WI: University of Wisconsin Press, 1996.

Huntington, Samuel P., "The Change to Change: Modernization, Development, and Politics", *Comparative Politics*, Vol. 3, No. 3, 1971.

Ireland, Brian, "Errand into the Wilderness: The Cursed Earth as Apocalyptic Road Narrative", *Journal of American Studies*, Vol. 43, No. 3, 2009.

Irving, John, *A Prayer for Owen Meany*, New York: Morrow, 1989.

Isenberg, Andrew C. , *The Destruction of the Bison: An Environmental History*, J. Magoc, Chris, ed. , *So Glorious a Landscape: Nature and the Environment in American History and Culture*, Wilmington: Scolarly Resources, 2002.

Jackson, Harry F. , *Writing in the Wilderness, Scholar in the Wilderness*, Syracuse University Press, 1963.

Jeffers, Robinson, *The Collected Poetry of Jeffers Robinson*, Vol. I, 1920—1928, Ed. , Tim Hunt. Stanford: Stanford University, 1988.

Jennings, Francis, *The Invasion of America: Indians, Colonialism and the Cant of Conquest*, New York: W. W. Norton & Company, 1975.

Jewett, Sarah Orne, *The Country of the Pointed Firs and Other Stories*, Hanover: University Press of New England, 1997.

Johnson, Samnel, *A Dictionary of the English Language*, Longman, 1755.

Jones, Holway R. , *John Muir and the Sierra Club: the Battle for Yosemite*, San Francisco: Sierra Club, 1965.

Jones, Roger Walton, *Larry McMutry and the Victorian Novel*, College Station: Texas A & M University Press, 1994.

Joseph Brophy, Robert, *Structure, Symbol, and Myth in Selected Narratives of Robinson Jeffers*, Ann Arbor, Mich, UMI, 1981.

Kammen, Micheal, *Mystic Chords of Memory: The Transformation of Tradition in American Culture*, New York: Alfred Knopf, 1991.

Kowalewski, Michael, *Reading the West: New Essays on the Literature of the American West*, Cambridge: Cambridge UP, 1996.

Kroeber, Karl, *Ecological Literary Criticism*, Columbia University Press,

1994.

Kolodny, Annette, *The Land Before Her: Fantasy and Experience of the American Frontiers, 1630—1860*, Chapel Hill: University of North Carolina Press, 1984. Print.

Kubish, Glen, *Lonesome Dove Gets a Worthy Sequel*, Alberta Report/Newsmagazine, 9/20/93, Vol. 20, Issue 40.

Killingsworth, M. Jimmie & Jacqueline S. Palmer, *Ecospeak: Rhetoric and Environmental Politics in America*, Southern Illinois University Press, 1992.

LaBudde, Kenneth, Cultural Primitivism in William Faulkner's "The Bear", *American Quarterly*, Vol. 2, No. 4, 1950.

Lane, Joseph H., "Our Home in the Wilderness: The American Experience with Wilderness and Frontier Democracy in Marilynne Robinson's Fiction and Essays", *A Political Companion to Marilynne Robinson*, Jr. University Press of Kentucky, 2016.

Laurence, D. H., *Studies in Classic American Literature*, New York: Penguin, 1971.

Leopold, Aldo, *A Sand County Almanac*, New York: Oxford, 1966. Orig. Pub., 1949.

Lewis, Michael, *American Wilderness: A New History*, G. B.: Oxford University Press, USA, 2007.

Lewis, R. W. B., *The American Adam*, University of Chicago Press, 1959.

Madsen, Deborah L., *American Exceptionalism*, Edinburgh: Edinburgh University Press, 1998.

Madsen, Deborah L., *Allegory in America, From Puritanism to Postmodernism*, ST. Martin's Press, 1996.

Marsh, George Perkin & Alexander Von Humboldt, *Man and Nature: Or Physical Geography as Modified by Human Action*, New York: Charles

Scribner, 1864 (Reprinted in 1965 by Harvard University Press).

Max, Leo, *The Machine in the Garden: Technology and the Pastoral Ideal in America*, New York: Oxford, 1964.

Mckim, Denis, "God's Garden: Nature, Order, and the Presbyterian Conception of the British North American 'Wilderness'", *Journal of Canadian Studies*, Vol. 51, No. 2, 2017.

McKibben, Bill, ed., *American Earth: Environmental Writing since Thoreau*, New York: Literary Classics of the United States, 2008.

McMurtry, Larry, *Walter Benjamin at the Dairy Queen: Reflection at Sixty and Beyond*, New York: Simon, 1999.

McMurtry, Larry, *Lonesome Dove*, New York: Simon & Schuster, 1985.

McMurtry, Larry, *Streets of Laredo*, New York: Simon & Schuster, 1993.

McMurtry, Larry, *Comanche Moon*, London: Orion, 1997.

Meldrum, Barbara Howard, ed, *Under the Sun: Myth and Realism in Western American Literature*, N.Y.: Whitston, 1985.

Mexal, Stephen J., "The Roots of 'Wilding': Black Literary Naturalism, the Language of Wilderness, and Hip Hop in the Central Park Jogger Rape", *African American Review*, Vol. 46, No. 1, 2013.

Milton, John R., *The Novel of the American West*, Lincoln and London: University of Nebraska Press, 1979.

Mitchell, Lee Clark, *The Vanishing Wilderness and its Recorders*, UMI, 1975.

Mitchell, Lee Clark, *Westerns: Making the Man in Fiction and Film*, Chicago: University of Chicago Press, 1979.

Monani, Salma, "Wilderness Discourse in Adventure-Nature Films: The Potentials and Limitations of Being Caribou", *Interdisciplinary Studies in Literature and Environment*, Vol. 19, No. 1, 2012.

Murdoch, David H., *The American West: The Invention of a Myth*, Wales:

Welsh Academic, 2001.

Nagle, John Copeland, "The Spiritual Value of Wilderness", *The Environmental Law*, Vol. 35, 2005.

Nash, Roderick Frazier, *Wilderness and the American Mind*, 4th ed., New Haven: Yale University Press, 2001.

Norwood, Vera L., *The Nature of Knowing: Rachel Carson and the American Environment, Within and Without: Women, Gender, and Theory*, Signs, 1987.

Norwood, Vera L., "Heroines of Nature: Four Women Respond to the American Landscape", in C. Glotfelty and H. Fromm (eds) *The Ecocriticism Reader: Landmarks in Literary Ecology*, London: University of Georgia Press, 1996.

Oelschlaeger, Max, "Cosmos and Wilderness: A Postmodern Wilderness Philosophy", *The Idea of Wilderness: From Prehistory to the Age of Ecology*, Yale University Press, 1991.

O'Leary, Stephen D., *Apocalypticism in American Popular Culture*, Boston: Beacon Press, 2003.

Opie, John, *Nature's Nation: An Environmental History of the United States*, Journal of Environment Education, 1999.

Owens, Louis, *Other Destinies: Understanding the American Indian Novel*, Norman, OK: University of Oklahoma Press, 1992.

Parker, Robert B., *A Catskill Eagle*, New York: Dell, 1986.

Paul, Heike, *The Myth That Made America: An Introduction to American Studies*, Transcript Verlag, 2014.

Powell, Padgett, *Edisto*, New York: Farrar, Straus & Giroux, 1984.

Purrenhage, John Miller, "'Kin to Nobody': the Disruption of Genealogy in Larry McMurtry's Lonesome Dove", *American Literature*, Vol. 47, No. 1, Fall 2005.

R, Kroetsch, *Disunity as Unity: A Canadian Strategy*, Heble A, Pennee D P, Struthers Jr T. , *New Contexts of Canadian Criticism*, Peterborough: Broadview Press, 1997.

Rasch, Rebecca, An Exploration of Intergenerational Differences in Wilderness values, *Population & Environment*, Vol. 40, Issue 1, 2018.

Raskin, Jonah, *A Terrible Beauty The Wilderness of American Literature*, Regent Press, Berkeley, California, 2014.

Reilly, John M. , *Larry McMurtry: A Critical Companion*, Westport, Conn. : Greenwood, 2000.

Ross, Patricia A. , *The Spell Cast By Remains: The Myth of Wilderness in Modern American Literature*, New York: Routledge, 2006.

Russo, Richard, *The Risk Poll*, New York: Random House, 1988.

Slotkin, Richard, *Gunfighter Nation: The Myth of the Frontier in Twentieth-Century America*, New York: Harper, 1993.

Slovic, S. , *Seeking Awareness in American Nature Writing*, Salt Lake City, UT: University of Utah Press, 1992.

Smith, Henry Nash, *Virgin Land: The American West as Symbol and Myth*, New York: Vintage Books, 1950.

Spivey, Ted R. , *Beyond Modernism: Toward A new Myth Criticism*, Lanham, New York, London: Georgia State University, 1988.

Snyder Gary, *The Practice of the Wild*, New York: North Point, 1990.

Stephen J. Mexal, "The Roots of 'Wilding': Black Literary Naturalism, the Language of Wildness & Hip Hop in the Central Park Jogger Rape", *African American Review*, Vol. 46, No. 1, 2013.

Tally, Robert T. Jr. , *Topophrenia: Place, Narrative and the Spatial Imagination*, Indiana University Press, 2019.

Tally, Robert T. & Battista, Christine M. (Eds.), *Ecocriticism and Geocriticism: Overlapping Territories in Environmental and Spatial Literary*

Studies, New York: Palgrave Macmillan, 2016.

Tayler, J. Golden, et al., *A Literary History of the American West*, Fort Worth: Texas Christian University Press, 1987.

"The Senate and House of Representatives of the United States of America in Congress", *The Wilderness Act of 1964*, https://www.fs.usda.gov/Internet/FSE_DOCUMENTS/fseprd645666.pdf.

Thurn, Thora Flack, *The Quest for Freedom in the Changing West of Edward Abbey and Larry McMurtry*, Ann Arbor: Univeristy of Michigan, 1990.

Town, Caren J., "The Most Blatant of All Our American Myths: Masculinity, Male Bonding, and the Wilderness in Sinclair Lewis's Mantrap", *The Journal of Men's Studies*, Vol. 12, No. 3, Spring 2004.

Turner, Frederick Jackson, *The Frontier in American History*, New York: Holt, Rinehart and Winston, 1967. Orig. Pub., 1920.

Turner, James Morton, "From Woodcraft to 'Leave No Trace': Wilderness, Consumerism, and Environmentalism in Twentieth-Century America", *Environmental History*, Vol. 7, No. 3, 2002.

Tuan, Yi-fu, *Space and Place: The Perspectives of Experiences*, Minneapolis: University of Minnesota Press, 1977.

Tuan, Yi-fu, *Topophilia: A Study of Environmental Perception, Attitudes, and Values*, Englewood Cliffs, Prentice-hall, Inc., 1974.

U. S. Bureau of the Census, *Historical Statistics of the United States: Colonial Times to 1970*, Washington, D. C.: Government Printing Office, 1976.

Wapner, Paul, The Nature of Wilderness (pp. 133 – 167) *Living Through the End of Nature: The Future of American Environmentalism*, MIT Press, 2010.

Watson, Alan, "Traditional Wisdom: Protecting Relationships with Wilderness as a Cultural Landscape", *Ecology & Society*, Vol. 16 (1): 36, 2011.

Weil, Simone, *Waiting on God*, London: Collins, 1971.

Wheeler, Otis B., "Faulkner's Wilderness", *American Literature*, Vol. 31, No. 2, 1959.

Whitman, Walt, *The Complete Poems*, Ed. & Intro. Francis Murphy. New York: Penguin, 2004.

William, David R., *Wilderness Lost: The Religious Origins of the American Mind*, Selinsgrove: Susquehanna University Press, 1989.

Williams, George Huntston, *Wilderness and Paradise in Christian Thought*, Beacon Press, 1962.

Williams, Raymond, *Culture and Society 1780—1950*, London: Chatto, 1958.

Williams, Roger, *A Key into the Language of America*, Intro. Howard M. Chapin. Bedford (M. A.): Applewood, nd. Orig. Pub., 1943.

Woiwode, Larry, *Born Brothers*, New York: Farrar, Straus and Giroux, 1988.

Woiwode, Larry, *Beyond the Bedroom Wall*, New York: Farrar, Straus and Giroux, 1975.

Worster, Donald, *A Passion for Nature: The Life of John Muir*, Oxford University Press, 2008.

Worster, Donald, *The Wealth of Nature: Environmental History and the Ecological Imagination*, Oxford University Press, New York, 1993.

Zahniser, Howard, *The Need for Wilderness Areas*, in *Where Wilderness preservation Began: Adirondack Writings of Howard Zahniser*, Land & Water, Vol. 2, 1992.

[美] 阿尔多·李奥帕德：《沙郡岁月》，吴美真译，中国社会出版社2004年版。

参考文献

［美］埃默里·埃利奥特、克莱格·萨旺金：《美国文学研究新方向：1980—2002》，王祖友译，《当代外国文学》2007年第4期。

［英］安东尼·吉登斯：《现代性与自我认同——晚期现代中的自我与社会》，夏璐译，中国人民大学出版社2016年版。

［美］奥尔多·利奥波德：《沙郡年记》，张富华、刘琼歌译，外语教学与研究出版社2010年版。

白岸杨等：《胎记——霍桑短篇小说》（评注本），华东理工大学出版社2010年版。

蔡霞：《"地方"：生态批评研究的新范畴——段义孚和斯奈德"地方"思想比较研究》，《外语研究》2016年第2期。

常耀信：《美国文学史》，南开大学出版社1998年版。

陈许：《美国西部小说研究》，北京大学出版社2004年版。

程虹：《美国自然文学三十讲》，外语教学与研究出版社2013年版。

［美］大卫·哈维：《希望的空间》，胡大平译，生活·读书·新知三联书店2006年版。

［美］段义孚：《空间与地方：经验的视角》，王志标译，中国人民大学出版社2019年版。

［美］段义孚：《恋地情结》，志丞、刘苏译，商务印书馆2019年版。

付成双：《美国现代化中的环境问题研究》，高等教育出版社2018年版。

冯泽辉：《美国文化综述》，四川人民出版社2002年版。

［美］菲利普·韦格纳：《空间批评：批评的地理、空间、场所与文本性》，载阎嘉主编《文学理论精粹读本》，中国人民大学出版社2006年版。

韩毅：《美国工业现代化的历史进程（1607—1988）》，经济科学出版社2007年版。

黄杲炘：《美国名诗选》，上海外语教育出版社2015年版。

胡友峰：《生态美学理论建构的若干基础问题》，《南京社会科学》2019年第4期。

［美］霍尔姆斯·罗尔斯顿：《哲学走向荒野》，刘耳、叶平译，吉林人民出版社2001年版。

［美］杰克·伦敦：《银白的寂静》，沈樱译，北京时代华文书局2015年版。

［美］蕾切尔·卡森：《寂静的春天》，文竹译，台海出版社2017年版。

［美］理查德·布朗：《现代化——美国生活的变迁 1600—1865》，马兴译，世界知识出版社2008年版。

李玲、张跃军：《从荒野描写到毒物描写：生态批评的发展趋势》，《当代外国文学》2012年第2期。

李庆余：《美国崛起和大国地位》，生活·读书·新知三联书店2013年版。

林国华：《从荒野角度看美国》，《南方周末》2018年12月2日。

刘丹阳、叶平：《20世纪西方环境哲学关于荒野概念研究的进展》，《哲学动态》2010年第11期。

陆建德：《现代化进程中的外国文学》，中国社会科学出版社2015年版。

［美］罗伯特·D. 卡普兰：《荒野帝国》，何泳杉译，中央编译出版社2018年版。

［美］罗德里克·弗雷泽·纳什：《荒野与美国思想》，侯文蕙、侯钧译，中国环境科学出版社2012年版。

罗荣渠：《现代化新论——世界与中国的现代化进程》，商务印书馆2004年版。

［美］玛丽·奥斯汀：《少雨的土地》，马永波译，中国国际广播出版社2009年版。

［英］迈克·克朗：《文化地理学》，杨淑华译，南京大学出版社2005年版。

沈洁玉：《空间·地方·绘图：〈劳特利奇文学与空间手册〉评介》，《外国文学动态研究》2019年第2期。

孙道进：《环境伦理学的本体论困境及其症结》，《科学技术与辩证法》

2006年第6期。

覃美静、李彤：《神的启示——美国殖民地时期文学作品中的荒野描写》，《赤峰学院学报》（汉文哲学社会科学版）2014年第1期。

滕海键：《1964年美国〈荒野法〉立法缘起及历史地位》，《史学集刊》2016年第6期。

滕凯炜：《"天定命运"论与19世纪中期美国的国家身份观念》，《世界历史》2017年第3期。

田俊武：《旅行叙事与美国19世纪文学的叙事本体——以19世纪美国文学典型作品为例》，《贵州社会科学》2016年第2期。

[美] W. S. 默温：《W. S. 默温诗选》，董继平译，河北教育出版社2003年版。

王惠：《论荒野的审美价值》，《江苏大学学报》（社会科学版）2006年第4期。

王立新：《美国国家认同的形成及其对美国外交的影响》，《历史研究》2003年第4期。

王育峰：《生态批评视阈下的美国现当代文学》，山东大学出版社2013年版。

[美] 沃尔特·惠特曼：《惠特曼诗选》，赵萝蕤译，外语教学与研究出版社2016年版。

夏光武：《美国生态文学》，学林出版社2009年版。

杨金才：《论美国文学中的"荒野"意象》，《外国文学研究》2000年第2期。

袁霞：《艾丽丝·门罗〈荒野小站〉中的民族国家叙事》，《东北大学学报》（社会科学版）2016年第3期。

张少华：《美国早期两条现代化道路之争》，北京大学出版社1996年版。

中国美国史研究学会：《美国现代化历史经验》，东方出版社1994年版。

朱新福：《美国文学上荒野描写的生态意义述略》，《外国语文》2009年第3期。